꿈을 이루는 여자들

꿈을 이루는 여자들

발행일	2024년 8월 30일

지은이	오은수, 김선미, 김희선, 이경민, 이명진, 이미지, 이정표, 전혜진, 조은주, 최소연		
펴낸이	손형국		
펴낸곳	(주)북랩		
편집인	선일영	편집	김은수, 배진용, 김현아, 김부경, 김다빈
디자인	이현수, 김민하, 임진형, 안유경, 신혜림	제작	박기성, 구성우, 이창영, 배상진
마케팅	김회란, 박진관		
출판등록	2004. 12. 1(제2012-000051호)		
주소	서울특별시 금천구 가산디지털 1로 168, 우림라이온스밸리 B동 B111호, B113~115호		
홈페이지	www.book.co.kr		
전화번호	(02)2026-5777	팩스	(02)3159-9637

ISBN	979-11-7224-261-9 03810(종이책)	979-11-7224-262-6 05810(전자책)

(주)북랩 성공출판의 파트너
북랩 홈페이지와 패밀리 사이트에서 다양한 출판 솔루션을 만나 보세요!
홈페이지 book.co.kr • **블로그** blog.naver.com/essaybook • **출판문의** book@book.co.kr

작가 연락처 문의 ▸ ask.book.co.kr

작가 연락처는 개인정보이므로 북랩에서 알려드릴 수 없습니다.

꿈을 이루는 여자들

오은수
김선미
김희선
이경민
이명진
이미지
이정표
전혜진
조은주
최소연

지음

북랩

들어가는 글

✦

"돈이 많아진다면, 일을 그만둔다고?"

눈이 동그래진 남편이 나를 쳐다본다. 그도 그럴 것이, 변화를 두려워하던 나 아니었던가. 지금껏 살아온 대로 흘러가듯이 사는 게 좋았다. 살면서 작은 문제라도 생기면 울어 버리기 일쑤였고, 전전긍긍했다. 한 가지 걱정이 생기면 다른 일에 신경 쓸 여력조차 없었다. 변화가 생기면 적응하기까지 시간이 오래 걸렸다. 일어나지도 않은 일까지 걱정한다는 소리도 들으며 살아온 나였다. 아내로서, 직장인으로서, 엄마로서 해야 할 일만 하면서 살았다. 이대로도 나름 괜찮다며 안전지대에 머물러 사는 나에게 남편은 가끔 돈이 많아져도 일을 계속할 것이냐고 묻곤 했다. 그럴 때마다 의아해했던 것은 나였다. 돈이 많든 적든 일하는 것과 무슨 상관이 있다고 이런 질문을 하는지 오히려 남편을 이해하기 어려웠다.

"해야지!"

당연히 사람이 일하며 사는 거지 뭐 별수 있겠나 싶었다. 몇 번을 물어봐도 나의 대답은 같을 거라며 단언하기까지 했다. 눈을 힘까지 주어 가며 한 치의 의심도 없이 답하는 나에게 남편은 그 이유를 궁금해했다. 이유가 어디 있다고 그러는 건지. 연이어 던지는 남편의 물음에 대답 대신 놀란 눈으로 쳐다보던 나였다.

　꽤나 진지한 남편의 질문에 새삼 그 이유를 곰곰이 생각해 보니 딱히 떠오르지 않았다. 왜 일을 하며 사는 것을 당연하게 생각했던 것일까? 한 번도 나에게 물어보며 살지 않았기 때문에 나조차도 답을 찾지 못했는지도 모른다. 지금 와서 다시 생각해 보니 이제는 그때의 내가 왜 그런 답을 했는지 조금은 알 것 같다. 첫째, 직장 외에 돈을 벌 수 있는 방법이 있는지 몰랐다. 배운 게 도둑질이라고, 늘 하던 일 말고 돈을 벌 수 있을 거라고는 생각조차 못 하며 살아왔기 때문이었다. 둘째, 불확실한 미래가 싫었다. 늘 살아오던 삶의 트랙에서 벗어나게 되면 어떤 일이 벌어질지 아무도 모를 텐데 구태여 그 고생을 하기는 싫었다. 셋째, 꿈이 없었다. 내가 원하는 무언가를 정하고 그걸 이루기 위해 어떤 실행을 한다거나 해 본 경험조차 없었다.

　책을 읽고 자기 계발을 시작한 이후 내가 변하기 시작했다. 남편이 넌

지시 던지던 그 질문에 대한 답이 달라졌다. 달라지기만 한 것이 아니라 180도 바뀌었다. 돈이 많아지면 일을 그만둘 거라며 확신에 찬 답을 던졌다. 눈이 동그래져서 다시 되묻는 남편에게 이유까지 덧붙였다. 꿈이 생겼기 때문이라고. 직장 외에도 돈 벌 수 있는 방법이 있다는 걸 알았다고. 살던 대로 사는 것만이 제일이라고 생각했던 내가 이제는 다른 삶을 살며 성장해 가는 나를 그려 가고 있었다. 오히려 설레기까지 하며 말이다.

이 책은 꿈을 잊고 살아가던 10명의 작가가 다시 꿈을 찾고, 그 꿈을 이루기 위해 노력하는 과정을 담아 총 4장으로 구성했다. 1장에서는 과거로 거슬러 올라가 꿈을 꿨던 작가들의 이야기가 펼쳐진다. 인생의 굴곡을 거치면서, 현실의 무게에 짓눌려서 꿈은 점점 희미해진다. 일상의 소소한 일들에 점점 꿈은 밀려난다. 꿈을 꾼 적이 있었는지도 모르게 엄마로, 아내로, 직장인으로 정신없이 하루를 보낸다. 어느 날 내 삶에 정작 나는 없고, 꿈마저 어릴 때만 가지는 특권으로 변했다는 걸 깨닫는다. 2장을 통해 10명의 작가는 꿈을 찾게 된 계기와 자신이 변할 수 있었던 이유를 공유하고 있다. 꿈을 이루기 위해서 자기 계발을 시작하고 열심히 하고자 마음을 먹었지만, 생각보다 쉽지 않았다. 그런데도 끊임없이 도전하면서 꿈을 향해 나아간다. 그 과정에서 조금씩 변하고 있다. 과거에는 온갖 핑계를 대며 안 된다는 말부터 했지만, 지금은 할 수 있다는 생각을 하고 행동으로 바로 보여 준다. 어떻게 변할 수 있었는지에 대한 답을 만날 수 있을 것이다. 3장에서는 꿈을 그저 꿈으로만 간직하지 않고 이뤄 내기 위해 노력한 작가들의 노하우를 만날 수 있다. 습관을 만들고 자신을 변화시키는 방법은 다양하다. 저마다 자신에게 맞는 방법이 다르기 때문에 다양한 방법들을 살펴보고, 그중에서 독자 본인에게 맞는 방법을 고르는 게 좋다. 마지막 4장에서는 자신이 꿈을 다시 되돌아보고, 그것을 이루기 위해 한계를 뛰어넘는 과정을 다루고 있다. 또한 꿈을 간직하기만 하는 것이 아니라 실제로 이루면서 기쁨과 성취감을 느끼고, 삶을 더욱 풍요롭게 만들어 가자는 작가의 마음을 전한다.

10명의 작가가 이 책을 쓴 이유는 크게 세 가지다.

첫째, 잊고 지냈던 자신의 꿈을 다시 찾고자 하는 모든 사람들에게 용기와 희망을 주고 싶었다. 많은 사람이 결혼과 출산, 육아를 하면서 자신의 꿈을 포기하거나 잊고 살아간다. 나 또한 아픈 둘째를 데리고 병원에 다녀야 했을 때 꿈을 꾼다는 건 생각하지도 못했다. 그저 현실과 타협하며 살았다. 그러다 내가 있어야 자식도, 가족도, 회사도 있다는 걸 깨달았고, 꿈은 진정한 나로 살아가게 하는 중요한 요소라는 것도 알게 됐다.

둘째, 꿈을 이루기 위한 구체적인 방법과 실천 전략을 공유하고 싶었다. 꿈을 되찾은 사람들은 막상 그 꿈을 이루기 위해 무엇부터 어떻게 시작해야 할지 모를 수 있게 마련이다. 꿈을 현실로 만드는 방법조차 막막할 수 있다. 나보다 가족이 먼저였고, 직장이 우선인 채 살아왔기 때문에 당연하다. 이 책을 통해 독자들이 자신의 꿈을 구체화하고, 단계별로 목표를 설정하는 방법을 한 가지라도 찾을 수 있을 것이다.

셋째, 꿈을 이루기 위한 과정에서 겪는 도전과 시련 그리고 그것을 극복할 수 있는 마음가짐과 태도를 전하고 싶었다. 꿈을 이루는 일은 쉽지 않다. 자주 좌절하고 쓰러질 때도 많다. 그럴 때마다 이 책은 손이 되어 당신의 손을 잡아 줄 것이다. 혼자라면 힘들지만 함께이기에 가능하다. 우리들의 이야기는 꿈을 이루는 여정 속에서 겪은 모든 어려움과 기쁨 그리고 성취를 담고 있다. 꿈은 결코 허황한 것이 아니다. 꿈은 우리 삶의 나침반이 되어서 우리가 어디로 가야 갈지, 무엇을 위해 살아야 할지를 알려 주는 중요한 지표가 되어 준다.

꿈이 있는 여자는 늙지 않는다. 꿈을 품고 나아가는 동안 우리는 끊임없이 성장하고, 새로운 도전에 맞서며, 인생을 더욱 풍요롭게 만든다. 매일의 작은 성취와 노력이 우리를 더 강하고 지혜롭게 만들며, 꿈을 향한 여정 속에서 우리는 삶의 열정과 에너지를 발견하게 된다. 우리의 꿈은 우리를 젊고 활기차게 만들며, 삶에 대한 열정을 불어넣는다. 꿈을 통해 이제 더 이상 남의 기대에 맞춰 사는 것이 아니라 우리 자신이 주도하는 삶을 살아갈 수 있다. 꿈을 이루기 위한 여정에서 우리는 또 다른 꿈을 꾸며, 제2의 삶을 살아가게 된다. 자, 이제 당신의 이야기를 시작할 차례다. 이 책을 읽고 있는 당신도 얼마든지 꿈꿀 수 있다. 이 책을 통해 잊고 있던 꿈을 다시 꺼내어 그 꿈을 현실로 만들기를 응원한다. 당신의 삶이 한층 더 예뻐질 것이다.

제1장

잇고 살았던
나의 꿈

1.
나의 시선 끝에 나는 없었다

..

오은수

"태아 폐에 물이 차고 있어요. 대학병원으로 가 보셔야 합니다."

어안이 벙벙해진 채 넋을 놓고 앉아 있던 나를 간호사가 세차게 흔든다. 며칠 있어 보자는 의사의 말에 이틀 밤을 지새우고 한걸음에 병원으로 달려갔던 나다. 나쁜 일은 없을 거라 스스로를 다독였지만, 의사는 드라마 속에서나 들을 수 있는 말을 하고 있었다. 자궁경부무력증만 잘 버티면 우리 가족은 행복한 나날을 보낼 수 있을 거라고 생각했다. 그러나 수술로 태어난 둘째 아이의 몸에는 수많은 줄이 주렁주렁 달려 있다. 내 손바닥보다도 작은 얼굴에 꽂혀 있는 인공호흡기 저 너머로 나는 왜 여기 있냐며 묻는 듯한 아이의 입 모양이 보였다. 까맣게 태어난 아이는 그렇게 병명도 모른 채 홀로 소리 없이 울고 있었다. 아이의 뇌, 심장, 폐, 눈 등 모든 장기를 추적 관찰해야 한다는 소리를 들었을 때, 말 한마디가 심장을 조를 수 있다는 것을 처음 느꼈다. 흐릿하게나마 자리했던 내 꿈은 온데간데없이 사라져 버렸다.

꿈을 이루는 여자들

아이를 낳고 숨 쉴 틈도 없이 달려온 탓일까. 문득문득 정신을 놓고 아파트 베란다 앞에 서 있는 나를 발견했다. 엎친 데 덮친다고, 얼마 있지 않아 아이 보험마저 해지가 되었다. 그날 이후로 아무 일이 없는 날에도 눈에서는 눈물이 흘렀다. 아이를 바라보고 있으면 문득 아이와 나만 없어지면 모두가 편하지 않을까 하는 생각까지도 들었다. 산후 우울증의 어두운 그림자가 내 곁으로 다가오던 찰나, 정신을 차려야 한다는 주변 사람들의 말이 들려왔다. 아빠의 품에 안긴 아직 어린 첫째와 나를 쳐다보며 울고 있는 둘째도 보였다. 정신이 번쩍 들었다. 어떻게든 아이의 병명을 알아내야겠다고 생각했다. 둘째 아이와 조금이라도 비슷한 사례가 있으면 카페에 가입해서 글을 모조리 읽었다.

그러나 좋은 이야기는 눈 씻고 찾아볼 수가 없었다. 검색할 때마다 소리 없는 울음이 방을 가득 메웠다. 부정적인 생각은 꼬리에 꼬리를 물고 커졌다. 손끝은 계속 떨렸고, 시선은 허공을 맴돌며 고정되지 않았다. 얼굴은 창백해지고, 입술을 물며 한숨을 쉬는 횟수도 잦아졌다. 생각들이 최악의 상황에 다다랐을 때, 카페 회원 한 분이 1:1 채팅을 걸어 왔다. 그 사람은 나에게 아이의 병명을 파고들면 파고들수록 엄마가 더 힘들어질 거라고 했다. 자신도 그랬다며, 카페에서 검색하는 것을 그만두고 그 시간에 아이와 시간을 더 보내라고 조언했다. 자기는 그러지 못한 걸 가장 후회한다면서 나는 그러지 않기를 바랐다. 그때 깨달았다. 내 시선은 아이가 아니라 온통 아이의 병에 가 있었단 걸. 그날 이후로 카페에 들어가는 횟수를 줄이고 아이와 함께하는 시간을 늘렸다. 그런 사이 드디어 아이의 병명이 밝혀졌다.

KT 증후군, 일명 '클리펠-트레노네이증후군'이란다. 이름조차도 생소한 그 병이 저 작은 몸뚱이에 찾아왔다니. 치료법이 있기는 한 건지 치료비가 비싼 건지 물을 생각조차 하지 않았다. 그저 뿌연 안개가 걷히는 것처럼 마음이 편해졌다. 왜였는지는 모르겠다. 병명을 알았다고 해서 당장 아이가 완치되는 것도 아니었는데 말이다. 이제 치료법만 찾아보면 될 것이라는 작은 희망에서 온 안심이 아니었을까.

출산 휴가 기간이 끝나고 바로 복직했다. 마음 같아서는 내 손으로 아이를 돌보고 싶었지만, 병원비를 내려면 복직할 수밖에 없었다. 일을 시작하니 아이들에게 미안한 마음이 더 커졌다. 첫째에게는 첫째대로 엄마의 사랑을 온전히 주지 못해 미안했다. 첫째 아이 또한 자궁경부무력증으로 힘겹게 낳아 태어나면 뭐든 다 해 주겠노라 약속했는데, 그 약속을 너무도 빨리 지키지 못하게 된 것이다. 아프게 낳은 둘째에게도 한없이 미안했다. 아니, 죄책감이 더 컸다. 그럴수록 더 몸을 움직였는지도 모르겠다. 스스로에게 내리는 벌이었다. 그러지 않고서는 견딜 수가 없었다. 원인도 모를 병이었기에 의사 말대로 내가 잘못해서 아이가 아프게 태어난 것은 아니었다. 그러나 아홉 달을 내 뱃속에서 아이 홀로 아픔을 겪어야 했고, 세상에 태어난 작은 몸으로 온갖 치료를 견뎌 내게 한 상황 자체만으로도 나는 내가 참 미웠나 보다.

"최근에 스트레스를 좀 받으셨나 봐요."
아슬아슬하게 견뎌 주고 있던 내 몸은 결국 터져 버렸다. 늦은 밤. 곧 새벽이 다가올 시간, 고열이 나고 복통이 심해졌다. 자는 아이들을 두고 응급실에 갈 수가 없었던 남편은 119에 전화했다. 구급차는 일찍 도착했다. 다만, 고열 때문에 병원으로 바로 출발할 수가 없었다. 코로나19가 크게 확산하고 있었기 때문이다. 보호자가 있어야 했고, 받아 주는 병원이 있어야만 했다. 주변에 부탁할 사람이 없었다. 할 수 없이 병원 근처에 살고 있던 직장 동료에게 전화했다. 직장 동료는 부탁을 망설임 없이 들어줬고, 그제야 구급차는 사이렌을 켜고 출발했다.

의사는 나에게 면역력이 심하게 떨어져 있다며 며칠 입원을 해야 한다고 말했다. 마음 놓고 쉴 상황이 아닌데 입원이라니. 며칠 뒤엔 직장 행사까지 잡혀 있는 상황에서 입원은 말이 되지 않았다. 고집부리는 나를 남편과 직장 동료는 강하게 말린다. 수액을 꽂고 침대에 누워 있노라니 눈물이 왈칵 쏟아진다. 내 몸조차 내 말을 듣지 않으니 한스럽기만 하다. 하루를 펑펑 울고 나니 내가 보인다. '나는?' 남편과 직장 동료들에게 미안해하면서 정작 나는 나에게 미안해하지 않는단 말인가?

엄마로 살면서 내가 나를 내려놓고 있었다는 사실에 몸서리쳤다. 한때는 나도 꿈 많았던 어린 시절이 있었다. 선생님이 되어 아이들을 가르치고 싶었고, 영화반에 우연히 들어갔다가 영화 제작자가 꿈이 되기도 했었다. 어떻게든 꿈을 이루고자 부모님 몰래 아르바이트까지 할 정도로 하고 싶은 건 바로 실천에 옮기는 나 아니었던가. 녹록지 않은 현실을 꿈으로 버티며 살아오면서도 눈빛을 반짝이던 나는 이제 온데간데없었다. 불현듯 정신이 들었다. 이대로 주저앉아 있을 수만은 없었다. 눈앞에 보이는 하얀 천장 위로 지나간 내 삶이 영화 필름처럼 흐릿하게 스쳐 지나간다. 아르바이트하던 나, 취업하려고 발버둥 치던 나, 아이를 살려 보겠다고 동분서주하는 내가 보였다. 그러나 내 시선에 정작 진정한 나는 없었다. 짠하다. 나조차도 나를 제대로 보아 주지 않았구나. 이제라도 나를 지켜봐 주려고한다. 나 혼자만을 위해서가 아닌 가정과 일 그리고 내 아이들과 더 잘 살아 내고 싶어졌기에 단단해지려 한다. 땅속 깊이 단단히 뿌리 내린 나무가줄기와 이파리를 잘 보듬을 수 있듯이 내가 나를 다시 안아 줘야 소중한이들을 품어 낼 수 있으리라. 이제는 깊이 뿌리를 내려 보려 한다. 어디에뿌리를 내릴지 고민하던 끝에 꽂힌 단어 하나는 '꿈'이었다.

2.
내 업이 내 꿈인 양 살았다

..

김선미

운동장을 가로질러 신나게 달려가는 아이들 속에 고개를 푹 숙이고 터덜터덜 걸어 나오는 여자아이가 보인다. 잊히지 않고 뇌리에 남아 있는 어릴 적 내 모습이다. 교사인 아버지를 따라 전학을 많이 다녔다. 초등학교 입학한 이후 5학년 때까지 경남 진영에서 김해로, 의령을 거쳐 마산으로 네 번이나 학교를 옮긴 것이다.

"선생님, 선미 이름은 왜 없어요?"

말도 못 하고 고개를 숙이고 있던 나를 본 친구가 선생님께 물었다. 초등학교 5학년 겨울 방학식이 있던 날이었다. 전학은 여러 차례 다녔으나 공부는 제법 했었다. 지금과 달리 당시에는 초등학교도 시험을 봤다. 성적순으로 받는 우등상이니 내 이름이 들어 있을 거라 기대했는데 없었다. 선생님은 내 이름 대신 다른 친구의 이름을 부르셨다. 친구의 질문에 담임 선생님은 그저 얼버무리셨다. 억울했다.

뒤에서 신나게 뛰어오며 '언니야'를 외치는 동생 소리에 대답도 못 한 채

운동장을 걸어 나오며 생각했다.

'선생님이 되어야겠다. 선생님이 되어 나처럼 억울한 학생은 만들지 말아야지.'

중학교 때는 누구도 내게 꿈이 무엇이냐고 물어본 적이 없었다. 지금처럼 진로 교육이 제대로 이루어지지도 않았고, 진로라는 말을 하지 않던 시절이었다. 누군가의 꿈이나 진로가 그다지 중요하지 않았다. 고등학교도 시험을 봐서 진학하던 시절이라 중학교 때부터 야간 자율 학습을 하며 공부했다. 원하던 고등학교에 진학했고, 착실하게 학교생활에만 열중했다. 어떤 꿈을 가지는 게 내 인생에 도움이 된다거나 멋진 미래를 펼칠 수 있다거나 하는 거창한 생각은 해 보지 못했다. 대학 입학을 위한 원서를 작성하면서 선생님이 되겠다는 말을 꺼냈다. 막연하게 간호사나 특수 학교 선생님, 수녀가 되어 봉사하는 삶을 살고 싶다는 생각은 했었던 것 같다.

선생님이 되기 위해 사범대학으로 진학했다. 졸업을 하자마자 발령을 받았다. 초등학교 때 가졌던 꿈이 이루어진 것이다. 꿈을 이루었으나 당연하게 생각했다. 그저 덤덤했다.

교사가 된 후, 학교는 내 삶의 중심에 있었다. 발령을 받았던 날부터 퇴근 후 한 일은 수업 지도안을 작성하는 것이었다. 당시에는 컴퓨터가 없었기 때문에 지도안을 작성하는 것부터 정기 시험의 문제지 인쇄까지 모든 것을 손으로 작성해야 했다. 첫 월급으로 가장 먼저 산 것은 예쁜 드레스가 아니라 타자기였다. 20대의 아름다움을 자랑하는 것보다 수업하고 일

꿈을 이루는 여자들

하는 것이 더 좋았다. 조금 더 열심히 하기 위해 시간 절약이 필요했고, 손으로 쓰는 것보다 빠른 타자기가 필요했다. 일이 많을 때는 초과 근무 하는 것도 주저하지 않았다. 누구에게 잘 보이고 싶다거나 승진하기 위해 일한 것이 아니었다. 그것이 나의 의무라 생각했고, 기왕이면 잘하고 싶었다.

어떤 사람에게는 그렇게 열심히 최선을 다하는 내가 편하게 보이지 않았나 보다. 수업 준비하고 일하느라 초과 근무를 하고 있을 때면 '승진하려 애쓴다'며 비꼬는 사람도 있었다.

결혼하고 아이들이 태어나면서 나의 세상에는 학교와 가정만 존재했다. 새벽같이 일어나 아침을 준비하고, 아이들을 어린이집이나 유치원에 보낸 후 지각하기 직전 학교로 뛰어들었다. 내 삶은 교사와 엄마, 두 가지 역할에 모든 에너지와 시간을 소비했다. 일과 육아 모두 완벽하게 해내고 싶었으나, 그건 오산이었다. 잘하려고 하면 할수록 내 삶은 점점 더 팍팍해졌다.

내 직업이 교사인 것은 좋았다. 뿌듯할 때도 있었다. 하지만 딱 거기까지였다. 정작 내가 하고 싶은 일이 무엇인지 생각해 보지 않았다. 아니, 생각해 볼 겨를조차 없었다. 선생님 외엔 어떤 꿈도 가져 본 적이 없었다. 그저 일상과 의무감의 연속이었다. 나에게도 추구할 가치 있는 꿈이 있을 것이라는 사실조차 상상하지 못했다.

학생이나 타인을 먼저 생각하는 것에 익숙해져 있었다. 시간은 늘 내 편일 것 같았다. 열심히 살아온 만큼 그 시간이 영원할 것이라고 생각했기 때문이다.

어느 순간, 주변을 돌아보니 아무도 없었다. 학교에서, 학교 밖에서 함께 동고동락했던 사람들이 하나둘 사라지기 시작했다. 서로 응원하고 격려하며 무슨 일이든 해낼 것 같았던 사람들이 정년퇴직으로, 명예퇴직으로 사라져 간 것이다. 순간, 내 업도 마지막을 향해 간다는 사실을 깨닫게 되었다.

누군가가 교사로 살아온 삶을 후회하냐고 묻는다면 결단코 아니라고 단언할 수 있다. 할 수 있는 최선을 다해 일했기 때문이다. 교육자의 시선으로 학생들을 사랑과 정성으로 가르치며 대했다. 시간이 어떻게 흘러왔는지 모를 정도로 교사로서의 일에 열과 성을 다해 달려왔다. 그저 아이들이 좋았다. 아이들이 성장해 가는 모습을 보는 것만으로도 천직이라 생각한 나의 업에 감사하며 살아왔다.

언젠가 어느 인터뷰에서 교사로서 후회되는 일이 있냐고 질문을 받은 적이 있다. 대답은 '아니오'였다. 내가 무엇을 후회하는지, 내 삶의 목표가 무엇인지조차 모른 채 나에 대한 성찰이 없었기 때문이었다. 교사로서는 충실하게 살아온 나였으나 그 속에 개인으로서의 나는 없었다. 좋아했던 일, 원했던 일만 남았고 정작 내 삶에서 나는 쑥 빠져 있었다. 나이 예순이 되어서야 비로소 현실을 보게 되었다. 타인을 위한 일에는 최선을 다했으나, 개인의 열망은 소홀히 했음을 너무 늦게 깨달았다.

퇴직을 떠올리면서 머릿속을 장악한 단어는 마무리! 마무리를 잘해야겠다는 생각으로 가득 찼다. 사회인으로서의 삶은 여기에서 끝나지만 나, 김선미 인간으로서의 내 삶은 이제 시작인 셈이다. 한쪽 문이 닫히면 다른 쪽 문이 열린다. 그동안은 닫히는 문만 보느라 새로운 문이 열리는 걸 보지 못했다. 주어진 대로 살아왔고, 그렇게 사는 것이 맞다고 생각했다. 그 속에서 꿈과 업을 동일시하고 마치 내 업이 내 꿈인 양 살았다. 내가 없는 꿈과 업! 서로 간의 연결 고리가 없었다. 쳇바퀴 도는 것 같은 하루하루의 삶이 지루하게 느껴졌던 것도 내가 진정으로 원하는 꿈이 없었기 때문이다. 아이들에게는 늘 꿈을 가지라고 얘기하면서 정작 난 내가 무엇을 원하는지조차 모르고 있었다. 늦었지만 이제라도 내 삶의 목적, 존재 이유를 꿈과 연결해 보려 한다.

3.
빛이 난다던 나는 어디로 갔을까

..

김희선

얼굴에 화장하다 말고 시계를 본다. 늦었다. 지금이라도 밥을 차려야 아이들이 아침밥 먹을 시간이 생긴다. 그대로 부엌으로 달려가 국은 가스 레인지 위에, 돈가스는 에어 프라이어에 넣고 밥을 뜬다. 한 번에 한 가지 일을 할 여유 따위 없다. 나 혼자만 준비하면 되는 게 아니니 말이다. 소리 높여 아이들의 이름을 차례로 부른다. 분명 아까 다 깨웠는데 불러도 대답이 없다. 방으로 찾아간다. 옷을 입은 채로 다시 잠든 첫째와 책을 읽느라 엄마 말을 듣지 못한 둘째를 식탁으로 억지로 끌고 온다.

숟가락 드는 걸 확인하고 다시 화장대에 앉는다. 선크림을 바르다 말고 밥을 차려서 그런지 얼굴이 얼룩덜룩하다. 손으로는 화장을 고쳐 바르면서 눈으로는 아이들이 밥을 먹고 있는지 확인한다. 10분밖에 남지 않았다는 말과 함께. 이건 나한테도 하는 소리다. 그때까지는 나도 출근 준비를 끝내야 한다. 시계를 보며 아이들 밥 먹는 것도 확인하고, 출근 준비도 하고, 집도 정리한다. 연신 시계 한 번, 아이들 한 번, 화장대 한 번 쳐다본다.

꿈을 이루는 여자들

이상하다. 분명 일찍 일어난다고 일어났는데도 왜 이리 시간이 없는 걸까. 더는 지체할 수 없다. 안방에서 아이들에게 그만 먹고 밥상을 정리하라고 소리 지른다. 운이 좋으면 아이들 남은 반찬으로 밥이라도 먹을 수 있지만, 오늘은 그럴 여유도 없다.

안방에서 나오면서 식탁과 싱크대를 바라본다. 밥, 돈가스, 국이 차려 준 그대로 싱크대에 들어가 있다. 얼마 먹지도 않았다. 버려진 음식을 보는 순간 울화통이 치민다. 가뜩이나 정신없는 아침, 빠듯한 시간 쪼개서 밥을 준비했다. 아이들 조금이라도 더 먹일 생각에 돈가스 하나 집어 먹지 않았다. 나 먹기 아까워 먹어 보지도 못한 음식이 싱크대에 그대로 처박혀 있다. 이럴 줄 알았으면 돈가스 하나 입에 욱여넣을 것을. 얼굴이 달아오른다. 애써 주먹을 쥐어 보지만 이성은 이미 사라진 지 오래다. 올라오는 감정을 꾹 눌러 담았더니 목이 메기 시작한다.

눈치 없이 눈물이 두 볼을 타고 흐른다. 아침에 애써 해 놓은 화장이 그대로 번져 버렸다. 엄마의 눈물에 놀란 아이들이 현관 앞에서 오도 가도 못한 채 서 있다. 눈물이 멈추지 않아 난감하다. 그 와중에 화장이 번질까 걱정이다. 두 눈을 하늘로 치켜세우고 고개를 들어 화장이 번지지 않게 애쓰다 포기해 버린다. 고개를 들어도 눈물이 다시 담길 만큼 가볍지 않기에.

빨갛게 부어오른 눈이 쉽사리 가라앉지 않는다. 복도에서 친한 동료와 눈이 마주친다. 퉁퉁 부어오른 눈을 보았으리라. 걱정스러운 눈으로 교실까지 따라 들어온다. 아침에 있었던 일을 이야기하니 다시 눈물이 차올라

뜨겁다.

말을 뱉고 보니 이렇게까지 화낼 일이 아니었다. 아이들은 잠이 덜 깨 입맛이 없었을 뿐이고, 엄마가 정리하라고 하니 싱크대에 넣어 놨을 뿐이다. 다음부터는 남은 음식 싱크대에 바로 넣지 말라고 말하면 될 일이었다.

그저 서러웠다. 무엇 때문이었는지는 모르겠다. 요즘따라 유독 정신없이 하루를 시작하는 듯하다. 여유가 있는 날에는 아이들이 남긴 반찬으로, 그마저도 서서 밥을 먹었다. 어렸을 때 엄마가 왜 부엌에 서서 밥을 먹었는지 이제야 이해가 된다. 그저 배를 채우기 위한 행위에 불과했으리라. 다들 그렇게 산다고 생각했다. 그러니 나도 참고 살다 보면 괜찮아질 거라고 스스로 다독이면서 말이다. 쌓이고 쌓이다 싱크대 버려진 밥으로 인해 터져 버렸다. 나의 노력과 정성이 밥과 함께 버려졌다고 생각했을까.

오늘만이 아니다. 근래 아이들 앞에서 눈물 보이는 일이 잦았다. 아이가 학원 차를 타지 않았을 뿐인데 눈물이 났고, 퇴근하면 소파에 누워 있다가 이유 모를 눈물로 머리카락이 축축해졌다. 뭐가 문제인가. 건강한 아이들, 자상한 남편이 있는데 말이다.

엄마로서, 아내로서, 교사로서 잘 살고 있다고 생각했다. 그 믿음이 서서히 흔들렸던 모양이다. 아이가 학교에 잘 적응하지 못한다는 담임 선생님의 전화를 받았다. 내 아이 하나 제대로 돌보지 못하면서 다른 아이들을 가르치겠다며 살고 있는 건가. 아이 담임 선생님의 전화를 받을 때마다 죄인이 된 듯했다. 치솟는 서울 집값에 가정 경제를 제대로 돌보지 못한 것 같아 마음도 편치 않았다. 엄마의 지독한 절약으로 하고 싶은 일 마음껏 못 하고, 먹고 싶은 것 제대로 못 먹고 살았던 유년 시절 내가 안쓰러웠다. 내 아이들만큼은 그렇게 키우고 싶지 않았다. 주말마다 여행을 다니며 현재를 즐겼다. 미래를 진지하게 고민해 보고 계획한 적 없다. 하늘 높은 줄 모르고 오르는 집값을 보니 이제야 나의 미래가 불안해졌다. 남편은 남편대로 회사 일로 힘들어하고 있었다. 여행을 가서도 일이 머리를 떠나지 않는 모양이다. 아이들 재우고 맥주 한잔 기울일 때면 눌러 놓았던 근심 걱정이 얼굴에 그대로 보였다.

행복한 가정을 만드는 게 우선이라고 생각했다. 잘 키워 왔다고 생각했던 가정이 삐꺽거리고 있었다. 나보다 아이들, 가정이 먼저라는 생각에 힘들어도 참았다. 그렇게 살아온 결과가 이거란 말인가. 내 뜻대로 되는 일이 없어 보였다. 나한테 화살이 쏟아졌다. 내가 원하는 삶이 이거였나? 이렇게 사는 게 맞는 걸까? 언제까지 이렇게 살아야 하지? 연신 떠오르는 질문에 무엇 하나 쉽게 답하지 못했다. 그러나 이거 하나만은 확실하다. 내가 먹는 게 아까워 돈가스 하나 집어 먹지 못하는 삶은 잘못된 거라고 말이다. 오직 자식만 보고 살았던, 젊은 날 엄마 같다.

교사가 되는 게 꿈이었다. 꿈을 이루기 위해 독하다는 말까지 들으며 공부했다. 고등학교 3학년 여름, 마음과는 다르게 체력이 뒷받침되지 않아 병든 닭처럼 책상에 엎드리는 일이 잦았다. 이대로 무너질 수는 없었다. 변화가 필요했다. 학교에서 오후 자율 학습을 하다가 그대로 뛰쳐나와 엄마가 다니는 절로 향했다. 교복을 입은 채로 깊은 산길을 따라 암자를 찾았다. 나를 보고 놀라는 스님에게 엄마가 두고 간 염주를 찾으러 왔다고 말했다.

이 산속까지 교복 입고 찾아온 여고생은 처음이었으리라. 가쁜 숨을 몰아쉬는 내게 스님은 따뜻한 녹차를 내주었다. 녹차 향이 은은하게 퍼진 법당에서 스님과 마주 앉아 이야기를 나누었다. 스님은 내게 빛이 난다고 말했다. 꿈을 향해 열심히 달려 나가는 내가 환하게 빛나고 있다고. 스님의 말 한마디는 나에게 힘을 실어 주었다. 조금 전까지 생각대로 되지 않아 꽉 막히기만 했던 마음이 스르륵 풀렸다. 올라갈 때 무거웠던 발걸음과는 다르게 내려오는 길은 가벼웠다. 마음의 무게가 그만큼 덜어졌으리라.

그 뒤로도 힘이 들 때면 스님과 녹차를 마시던 모습이 종종 떠올랐다. 그럴 때마다 꿈을 반드시 이뤄 내고 말 거라며 의지를 다졌다. 그렇게 원하는 꿈, 교사가 되었다.

빛이 난다던 나는 어디로 가 버렸을까. 오늘도 화장대에 걸터앉아 출근 준비를 한다. 거울 속 나를 보며 옅은 한숨을 쉰다. 입꼬리가 내려와 올라갈 생각을 안 한다. 눈가의 주름도 조금씩 보였고, 피부도 푸석푸석하다. 힘을 잃은 눈빛, 미소가 사라진 지 이미 오래다. 거울 속 나는 방전된 배터리 그 자체였다.

내 뜻대로 되지 않는다고 그저 주변 탓만 하며 하루하루를 소진하고 있었다. 아침밥을 안 먹은 아이들 탓, 천정부지로 치솟는 집값 탓, 마음대로 되지 않는 세상 탓. 내 탓은 어디에도 없으니 구태여 내가 할 일 따위 없었다. 아무것도 할 수 없는 아이처럼 그저 서럽게 울기만 했다. 책상을 박차고 일어나 절에 달려갔던 어린 날의 나는 온데간데없다. 그때의 나처럼 지금의 나도 변화가 필요했다. 교사라는 꿈을 향해 굽이굽이 산길도 기꺼이 올라갔던 나다. 이후 내 삶에 '꿈'이라는 단어가 있었던가.

내 안에 빛나는 보석을 다시 찾아보려 한다. 피우지 못한 채 내 안에 콕 박혀 있는 씨앗을 찾아 꽃으로 피워 내야겠다. 그 꽃이야말로 나를 빛나게 할 내 꿈, 그것일 테니.

4.
질주하던 삶에 브레이크가 걸렸다

..

이경민

　3년 전 여름 감기가 10일 이상 낫지 않았다. 혓바늘이 돋았는데, 모양
도 이상했다. 여러 군데 병원을 가도 차도가 없어서 피 검사를 해야겠다
고 생각하고 오후 반차를 냈다. 채혈실에 가서 팔을 걷어붙인다. 별일 아
닐 거라고 생각했던 혈액 검사는 뜻밖의 소식을 안겨 주었다. 피를 뽑아
간 지 네 시간 만이다. 드라마에서나 보던 급성 골수성 백혈병이라는 말
을 나에게 하고 있다. 앞에 앉은 의사의 표정은 덤덤하다. 어안이 벙벙했
다. 무슨 소리인가 싶었다. 매년 회사에서 받으라고 하는 건강 검진은 꼬
박꼬박 받았다. 몸에 좋은 건강 식단으로 밥도 해 먹었다. 입에 맛있는 음
식은 손이 가질 않았다. 가끔 남편은 찾아도 나는 유달리 입에 대지 않
았던 터다. 영양제도 종류별로 챙겨 먹고 운동도 나름대로 열심히 했다.
직장 분위기에 맞추려고 골프도 잘 쳤던 나다. 뭘 하나 하더라도 허투루
하는 법이 없이 살았다. 오진이겠지, 오진일 거야. 인정할 수가 없었다. 속
으로 씩씩대며 어디서 말도 안 되는 소리냐며 선뜻 입에 담기도 어려운 여

덟 글자의 병명이 적힌 종이를 받아서 들었다. 옆에 고스란히 적힌 내 이름 석 자가 낯설다.

평소 다니던 대학병원 응급실로 향한다. 혈액 검사 한 병원에 가서 왜 사람을 놀라게 하냐며 한 소리 할 요량으로 응급실 의사 말에 귀를 세운다. 아까 들었던 말보다 더한 말이 의사의 입에서 튀어나온다. 아직도 창창한 내 나이 앞에 임종이라니, 가당키나 하던가. 혈액 수치가 높은 정도가 아니라며 본인들끼리 조용조용 말한다. 불리한 말은 더 잘 들리는 법칙이라도 있는지, 연휴를 넘기기 어렵겠다는 말이 왜 이리 크게 들리던지. 주변 정리를 하라는 의사의 말이 믿기지 않아 다른 의사의 입에서 또다시 확인한다. 믿을 수가 없다. 깜짝 카메라라도 숨겨 둔 것 같았다. 나는 연예인도 아닌데 왜 이런 장난을 하는 거냐며 재차 확인해 보려 했다. 여러 의사가 와도 같은 소리를 한다. 흔히 알고 있기로는 백혈병 하면 골수검사 하면서 허리에서 뭘 뽑기도 하던데, 나는 그런 검사를 받지 않았다. 그래 놓고 이리도 단언할 수 있는 건가 싶었다. 의사 선생님은 한숨을 내쉬면서 병명은 확실하다고 말했다. 설마가 사람 잡는다고 해서 '설마' 두 글자는 입 밖으로 내지도 않았다. 열심히 산 죄밖에 없는 것 같은데 백혈병이라니. 그것도 하루아침에 이게 말이 되나 싶어 허탈하기만 했다.

입원실이 나왔다고 한다. 마치 준비되어 있기라도 하듯 입원부터 응급처치까지 착착 진행됐다. 광복절 연휴를 넘기기 어렵다고 했는데, 하늘이 한 번 더 기회를 주려는지 다행히 넘겼다. 급한 불은 끈 것 같았지만, 이제부터가 시작이었다. 골수검사도 하고 항암치료까지 바로 진행되었다. 생전들도 보도 못한 무균실이란 곳에 입원도 했다. 철저하게 외부와 단절된 병원 생활이 본격적으로 시작된 것이다. 어떤 드라마도 이 정도로 빠른 전개로 흘러가진 않을 것이다. 침대에 누워 생각해 봤다. 가족력도 없는 내가 왜 이런 병에 걸렸는지 분석을 좀 해 봐야겠다 싶었다. 순간 푸념과 탄식이 이어지려는 것을 보고 흠칫 놀랐다. 이러다가 동굴 속에 마구 빨려 들어갈 만큼 기나긴 원망이 시작될까 오히려 두려웠다. 잽싸게 생각을 바꿔 본다. '임종', '주변 정리' 이런 말을 듣다 보니 자연스레 그동안 내가 어떻게 살아왔는지 돌아보게 되었는지도 모르겠다.

조물주가 80년 이상 쓰라고 나에게 만들어 준 몸이리라. 고이고이 아껴 써도 모자랄 판에 50년도 못 쓰고 아작을 내 버렸으니 내심 몸에게 미안했다. 내 몸에게 원망의 화살을 쏟아부을 것이 아니라 살살 달래 주는 편이 낫겠다. 힘든 치료가 계속될 거라고 하는데, 앞으로 잘 이겨 내 주면 최선을 다해 돌보겠노라 매일 기도했다. 몸에게 귀를 기울이니 그제야 보였다. 이제껏 삶의 중심에 내가 없었다는 것을. 삶의 모든 초침이 남에게 맞춰 있었다는 사실을. 남을 배려하고 칭찬하고 불편하지 않도록 신경 쓰며 살아온 것이 오히려 나를 불편하게 했다. 적당히 쉬어 주면서 달렸으면 별일 없었을 텐데, 그런 거 없이 앞만 보고 경주마처럼 전력 질주를 하고 있었던 거다. 임종을 준비하라고 하는데도 덜컥 눈물이 나거나 분노가 치밀지 않았다. 그저 이제 초등학교 6학년밖에 되지 않은 딸과 남은 대출금 생각뿐이었다. 죽는다는 말을 듣는 그 순간에도 나는 없었다.

워킹맘으로 살면서 직장과 가정, 두 마리 토끼를 모두 잡고 싶었다. 바쁘게 살아가는 나를 위해 친정 부모님의 손을 빌려 육아는 조금 수월하게 했다 쳐도 그 외의 집안일과 직장 생활은 완벽히 해내려 했다. 지나온 자리에 말이 나오는 것이 싫어 악착같이 일 처리를 했다. 시험이 많은 곳이다 보니 수시로 업무 마치고는 독서실에 가서 공부해 가면서 고과 점수에서 뒤처지지 않으려 애를 썼다. 머리가 좋은 편은 아니라서 남들 하는 두세 배 이상 노력을 해야 겨우 따라잡을 수 있었다. 잠든 아이의 얼굴을 보고 집을 나섰다가 그 얼굴을 다시 보며 잠들기 일쑤였다. 평판 관리도 중요했기 때문에 누가 부탁을 해 오든 거절하지 않았고 궂은일도 도맡아 했다. 야근은 일상이었고, 회식이나 주말 행사 참여도 불평불만 없이 적극적으로 임했다. 직원들과 어울리기 위해 골프도 시작했고, 뒤처지면 안 되겠기에 새벽에 일어나 연습장에 갔다가 출근했다. 덕분에 승진도 때맞춰 낙오 없이 해냈고, 꽤 만족스러운 삶을 살았다. 문제는 당연히 그리 해야 하는 줄 알고 살았고, 다들 그렇게 사는 줄 알았던 데에 있었다. 한 번도 이런 삶이 맞는 삶인가 하는 문제 제기 없이 질주했던 나의 태도에 있었다. 단 한 번의 의심 없이 그저 어릴 때부터 꿈꿔온 커리어 우먼, 현모양처에만 초점을 맞춘 채 살아온 자체가 문제였다.

암이라는 친구가 생겨 버렸다. 지쳐갈 즈음 찾아온 친구 덕분에 질주하던 삶에 브레이크가 걸렸다. 친구 덕분에 나를 돌아볼 수 있었고, 나에게 집중할 수 있는 시간을 가지게 되었다. 화려하진 않아도 커리어 우먼으로 살기를 바랐지만, 이제는 다른 꿈도 생겼다. 회사에서도 최고 자리에 오르길 바랐고, 현모양처가 되어 살림과 육아, 아내의 역할까지 완벽히 해내려고 했다. 새로 찾아온 친구는 그 생각을 버리게 해 주었다. 덕분에 온전히 주변에 선한 영향력을 끼치는 사람이 되고 싶다는 꿈이 생겼다. 돈 부자, 시간 부자가 되고 싶다. 누군가의 칭찬, 조직의 인정만이 아닌 새로 생긴 꿈속에는 온전히 내가 있다.

이런 것을 모른 채 달려가는 폭주 기관차처럼 살아온 나다. 더 늦어지기 전에, 더욱 손쓸 수 없어지기 전에 브레이크를 걸어 준 친구가 고맙다. 진정 '꿈'이란 것을 몰랐다. 꿈을 향해 나아갈 기회를 얻게 되어 설렌다. 자존감이라는 녀석하고도 친해질 수 있어 더욱 감사할 따름이다. 잘나가던 커리어 우먼으로 살다 암 환자가 되어 버린 나를 보며 세상 사람들은 안타깝다고 할지도 모르겠다. 예전 같으면 나도 그랬을 터다. 생각의 관점을 바꾸고, 삶에 의미를 담아낼 수 있게 된 것은 순전히 암이라는 친구 덕분이었다. 브레이크를 걸어 준 친구에게 오히려 감사하다. 그렇지 않았다면 여전히 나는 진짜 소중한 것이 무언지도 모른 채, 또 진정한 꿈을 찾으려하지 않고 달려가고 있었을 테니까.

5
어쩌다 보니 두 아이의 엄마로만 살고 있었다

..

이명진

"이명진, 축하해~ 장학금에 생활비도 받는 중국 박사 유학이라니! 우리가 서른한 살인데 해외 나갈 생각을 하고, 대단하다!"

중국으로 떠나기 직전 고등학교 친구들이 열어 준 송별회 영상 속 나는 환하게 웃으며 친구들의 축하를 받고 있었다. 중국 전문가로 성장하기 위해선 적어도 3년 이상은 중국에 살아 봐야 하지 않나 하는 단순한 생각으로 유학을 준비했다. 비용이 만만찮다. 우리나라나 중국에서 주는 장학금을 받고 싶어 이런저런 방법을 찾은 끝에 '중국정부 장학금'을 받고 떠날 수 있었다. 30대 초반, 친구들이 회사 다니고 결혼하며 안정적인 기반을 닦을 때 나는 중국 유학길에 올랐다. 주변 선후배들은 늦은 나이에 유학 가면 결혼도 늦어질 텐데 하고 염려하며 말렸다. 당시에 나로선 그런 현실적 조언들이 귀에 들리지 않았다. 그렇게 내 인생을 돌이켜보니 '도전'이라는 한마디로 압축되었다. 그렇다. 주어진 현실에 만족하며 사는 스타일은 분명히 아니었다.

이런 시절이 까마득하게 오늘만 다섯 번째 맡는 똥 냄새. '이제 그만 좀 싸자' 울먹이는 소리가 절로 나왔다. 10킬로그램 가까이 되는 아이를 매일 다섯 번 이상 들어 엉덩이를 씻기니 손목에 통증이 생겼다. 점점 심해져 이제 숟가락만 들어도 손목이 욱신거린다. 병원에서 건초염 진단을 받았다. 물리 치료를 하고 침도 맞았지만 나아지지 않는다. 병원에선 손을 아예 쓰지 않아야 낫는다고 했다. 아이 키우는 엄마에게 손을 쓰지 말라니, 불가능한 일이었다. 아이가 울면 또 똥을 싼 건 아닌지 무서운 마음마저 든다. 육아에 있어 나에겐 쉬운 일은 하나도 없었다.

엄마로서 줄 수 있는 최상의 것들을 해 주고 싶었다. 모유를 주는 것이 최고의 선물이라 여겼다. 그런데 나에겐 버거웠다. 아이가 젖꼭지를 잘 빨지 못해 직접 수유하다가 유축해서 젖병에 넣어 먹였다. 새벽에 혼자 깨어 젖몸살에 효과가 있다는 양배추를 가슴에 붙이면서 눈물을 뚝뚝 흘린 날이 여러 날이다. 엄마라면 모유 주는 게 당연하다고 생각하는 남편이 옆에서 쿨쿨 잘도 잔다. 남편 얼굴에 양배추를 떼어 던지고 싶었다. 행복해야 할 순간들이 힘들게만 느껴졌다. 손목 통증이 더 심해졌다. 병원에서 스테로이드 주사를 맞으면 그나마 나아질 거라 했다. 드디어 명분이 생겼다. 출산 100일 만에 모유 수유를 중단하고 스테로이드 주사를 맞았다. 몸과 마음이 편해졌다. 엄마가 스트레스받지 않아야 아이에게 진심이 담긴 사랑을 줄 수 있다는 것을 깨달았다. 적어도 나는 그랬다.

어느새 하루 다섯 번 똥 싸던 아이가 자라 제법 의사소통이 된다. 두 돌 지나니 함께 카페에 가서 여유를 즐기며 커피를 마실 수 있게 됐다. 다시 일을 하고 싶어졌다. 퇴사했던 회사에서 연락이 왔다. 이전에 하던 보고서 작성 등 기존의 업무들을 재택으로 하게 됐다. 다른 중국어 번역 일도 들어왔다. 프리랜서처럼 일할 수 있는 기회들이 많았다. 마음만 먹으면 새로운 일을 찾을 수 있다는 자신감이 있었다. 채용 공고도 보고, 새롭게 배울 만한 것도 찾아봤다. 살아 있는 기분이 들기 시작했다.

딱 그즈음이었다. 일주일 내내 감기 몸살 기운이 떨어지지 않는다. 꽤 오래가네 하며 희한하게 생각하던 찰나, 이상한 기운을 감지했다. 2년여 만에 손에 쥔 임신테스트기에 빨간 두 줄이 선명하다. 둘째가 생겼다. 심장이 쿵 내려앉는 동시에 눈물이 왈칵 쏟아졌다. 첫째 아이를 낳았을 때의 기억이 떠올랐다. 어느 누가 자식을 쉽게 키우겠냐마는 첫째를 낳고 내 몸 어디 하나 아프지 않은 곳이 없을 만큼 통증에 시달렸다. 몸이 부서지게 자식을 키운다는 게 뭔지 알 것 같은 시간을 이제야 통과했다 생각했는데 둘째라니. 지나간 육체의 힘듦이 떠오르니 기뻐해야 할 순간에 두려움이 몰려왔다. 친정 언니에게 하소연했다. 언니는 동생이 아프고 고생했던 것을 알기에 축하보다 왜 조심하지 않았냐고 타박했다. 동생이 더 소중했기에 나온 진심이었을 테다. 그런데 그 말이 얼마나 서운한지 눈에 눈물이 맺힌다.

퇴근한 남편이 집에 오자마자 "자기야, 내가 둘째 만든다 했지!" 하며, 엉덩이춤을 춘다. 좋아하는 남편을 보니 화가 나기도 했지만 이상하게 안심되기도 했다. 뭐 어쩌겠는가, 하나님이 내게 주신 생명인 것을. 걱정하는 마음을 내려놓고 감사 기도를 했다.

'헉헉' 숨이 턱까지 차올랐다. 3개월이 채 되지 않았는데, 이미 만삭이 된 것처럼 움직임이 둔해졌다. 첫째를 임신했을 때는 체중 관리를 열심히 했더랬다. 오히려 출산하고 살이 더 쪘고, 빼지 못한 채 둘째가 생겼다. 몸이 매일 물먹은 솜처럼 무거웠다. 첫째를 어린이집에 등원시키고 돌아오면 피곤이 밀려와서 아무것도 할 수 없었다. 하루 종일 잠을 자야지만 겨우 회복됐다. 첫째 아이는 둘째를 임신한 이후 유독 더 안아 달라고 매달렸다. 그럴 때마다 간신히 힘을 내 아이를 안아 주곤 했다. 몸이 힘드니 태교할 생각조차 나지 않았다. 매일 무기력했다. 이러한 증세는 둘째 출산 후에도 지속됐다.

새벽에 뒤척이는 둘째를 숨죽이며 토닥인다. 나도 잠들려고 하는 찰나 첫째가 화장실 가고 싶다며 엄마를 부른다. 모른 척 자고 싶은 마음이 굴뚝이지만 어디 엄마가 그럴 수 있나. 일어나서 화장실에 같이 가 주고 다시 아이를 재운다. 비몽사몽 겨우 잠든 것 같은데 "엄마, 엄마, 아침이야. 일어나." 하며 첫째가 배에 올라탄다. 큰 목소리로 나를 부르는 바람에 둘째가 잠에서 깼다. 시계를 보니 아직 6시도 안 됐다. 둘째까지 깨 버리니 마음에 짜증이 몰려왔다. 침대에 다시 눕고 싶은 마음뿐이지만 억지로 정신을 차리고 아이들과 거실로 나왔다. 성경을 읽어 준 후, 첫째가 눈만 뜨면 하고 싶어 하는 퍼즐 맞추기를 했다. 둘째의 방해로 맞추었던 퍼즐이 몇 번이나 흐트러졌다. 첫째가 동생에게 소리 지르고 난리다. 아이들이 시끄럽게 떠들어도 남편은 신생아처럼 잘도 잔다. 아이들 소리가 자장가처럼 들린다고 한다. 남편은 거의 매일 자정 가까이 되어서야 퇴근한다. 한 가정의 가장으로서 책임을 다하기 위해 애쓰는 남편이 안쓰럽고 성실한 남편에게 감사하다. 그런데 매일 아침 일어나라고 수차례 부르고, 몸을 혼들어도 깨지 않는 남편을 보면 고마운 마음은 어디론가 사라져 버린다. 주말에도 당연하게 늦잠을 자는 남편에게 폭발하고 말았다.

남편과 첫째가 집을 나서면 둘째와의 시간이다. 아이가 졸려 하길 내심 기다리게 된다. 아이가 낮잠 자면 책도 보고, 나만의 시간을 보내야지 계획을 세운다. 불현듯 '나 오늘 잠도 설치고 피곤한데'라는 생각이 머릿속에 들어왔다. 보상 심리일까. 아이를 재우다가 벌러덩 누워 버렸다. 밤잠보다 더 달콤한 잠을 잤다. 잠에서 깨자마자 나에 대한 한심함이 몰려온다.

결혼과 출산은 나의 모든 삶의 방향을 송두리째 바꿔 버렸다. 나만을 위해 쓰는 시간은 온데간데없고, 내 스케줄은 가족과 보내는 시간으로만 채워졌다. 그리고 사랑스러운 아내, 살림꾼 아내, 다정다감한 엄마, 자녀 교육에 성공한 엄마 등 말 그대로 현모양처로서의 삶의 목표만을 추구하고 있었다. 오롯한 나로서의 삶을 잊고 지냈다. 엄마의 역할을 마치고 드디어 나만의 자유 시간을 보낼 수 있는 밤이 되었다. 눈은 감기는데 자고 싶지는 않다. 대한민국의 육퇴(육아 퇴근) 한 엄마들이 다 그러하겠지. 이런 소중한 시간에 기껏해야 어떤 기저귀를 살지, 내일의 아침 메뉴, 육아 정보 등을 검색한다. 온전히 나를 위한 시간으로 보내도 되는데, 그러지 못했다. 혹시 내가 무기력하다고 느끼는 건 '나 자신'이 사라진 삶을 살고 있기 때문은 아닐까. 지금 내 모습 그대로에 만족해야 아내로서 엄마로서 해야 할 역할들도 잘 해낼 수 있으리라. 나를 흥분시키고 기꺼이 행동하게 했던 일이 무엇이었는지, 나 자신을 톺아보는 시간을 가져야겠다. 무슨 꿈을 꿔야 할지, 어디에 나의 열정을 불태울지.

6.
전업주부가 되었다

..

이미지

뚜렷한 목표나 이루고자 하는 꿈은 없었다. 주어진 상황에 열심히 임해서 좋은 결과를 내는 것이 삶의 목표였을지도 모르겠다. 자연스레 내가 해야 할 일에는 최선을 다한다는 신념으로 살아왔다.

신념 덕분이었을까. 공부도 열심히 했다. 칭찬받는 것이 좋았고, 부모님에게 자랑스러운 딸인 게 행복했다. 그저 모나지 않게, 할 수 있는 최선을 다하며 살아온 것이 몸에 밴 듯하다. 성적도 꽤 좋았다. 으레 공부 잘하는 아이들이 간다는 의대에 지원해야겠다고 생각했다. 의대에 진학하려면 지방대에 가야 했다. 의사가 되고 싶은 마음은 없었나 보다. 결국 서울 소재 대학교를 선택했다. 별다른 꿈이나 목표가 없다 보니 학생으로서 주어진 전공 공부도 취직 준비도 열심히 하기만 했다. 취업해야겠다는 생각뿐, 어떤 분야에서 무슨 일을 하고 싶은지는 깊이 고민하지 않았다. 다들 좋다고 하는 회사에 지원서를 냈고 합격했다. 그저 점수 맞춰 선택한 전공, 그저 남들 기준에 맞춘 직장. 그렇게 사회가 세워 놓은 기준에 따라 내 삶의 계단을 밟아 나간 것이다.

회사 생활은 쉽지 않았다. 전공과 다른 부서에 배치받았기 때문이다. 회사가 추진 중이던 신사업에 투입되었다. 5년 정도 사업을 진행했지만 결국 중단됐고, 나는 새로운 업무를 맡게 되었다. 팀이 중간에 해체되는 바람에 연차가 자연스레 높아졌을 뿐, 연차에 비해 실무 경험이 없어서 일처리에 미숙했다. 후배들보다 모르는 것이 많아 도움을 받아야 할 일이 잦았다. 불행인지 다행인지 그쯤 임신한 사실을 알았고, 출산과 함께 퇴사를 결심했다.

전업주부가 되었다. 도망친 셈이다. 아이와 둘이 종일 집에 있으면서 먹이고, 씻기고, 재우는, 반복되는 하루하루 역시 쉽지 않았다. 첫째 아이는 신생아 때부터 모유 수유를 거부했다. 젖을 물리려고 하면 고개를 돌려버렸다. 모유를 주고 싶은 엄마와 분유를 먹고 싶은 아이. 인터넷을 검색해 다양한 방법으로 노력했지만 결국 내가 졌다. 생후 50일 된 무렵 밤늦게 퇴근한 남편을 붙잡고 펑펑 울었다. 형편없는 엄마가 된 것 같다는 생각이 들었다. 나는 열심히 하려고 하는데 뜻대로 되지 않아 속상했다.

전업주부를 선택했지만, 이렇게 시간을 보내도 되나 싶어 마음이 불편했다. 자격증을 검색하고 아기 키우며 할 만한 일은 없을지 찾아보기도 했다. 나의 조바심이 느껴졌던 걸까. 남편이 1년 정도는 걱정하지 말고 마음 편히 지내라 이야기해 주었다. 동네 친구들을 사귀고 매일같이 문화센터와 카페를 들락거렸다. 첫째가 돌이 지날 무렵, 둘째를 임신한 사실을 알게 되었다. 아무것도 할 수 없는 제자리로 돌아왔다. 나의 시선은 다시 아이들에게로 향했다.

남편 출퇴근은 왕복 세 시간이 넘게 걸렸다. 야근도 잦았다. 아이들 키우는 것은 오롯이 내 몫이었다. 미운 네 살이라고 하던가. 첫째 아이가 네 살이 되자 집에 폭탄을 안고 사는 듯했다. 갑자기 어린이집 등원을 거부했고, 매일 몇 시간씩 울기 시작했다. 놀이방으로 꾸며 놓은 공간에 발 디딜 틈 없이 물건을 한가득 늘어놓았다. 어떻게 기억하는 건지, 위치를 조금만 바꾸어도 금방 알아차리고 화를 냈다. 이사를 하면서 환경이 바뀌었고, 새로운 어린이집에 적응하려니 힘들었으리라. 게다가 동생이 기어다니기 시작하면서 자신의 행동 반경을 침범해 많이 예민해진 건 아닐까 싶었다. 며칠 그러다 말 줄 알았는데, 한 달 넘게 지속되니 불안했다. 무슨 문제라도 있는 건지 걱정됐다. 가정 심리 상담센터를 찾아갔다. 당연히 아이에게 문제가 있다고 할 줄 알았다. 아이 손을 꼭 잡고 상담실로 들어갔다.

"엄마가 너무 죄책감에 눌려 사시는 것 같아요."

뜻밖의 말이었다. 나에 대해 잘 알지도 못하는 상담사의 말 한마디였건만, 애써 무장했던 긴장의 벽이 와르르 무너졌다. 낯선 상담사 앞에서 한참을 울었다. 전업주부로 포지션을 옮기고도 여전히 나는 어린 시절의 나처럼 아무런 꿈도 목표도 없이 열심히만 살고 있었다. 그 '열심'이 나를 죄인으로 몰아가고 있었다. 나 자신에게 미안했다. 전업주부로 살면서 경제 활동을 하지 않으니, 아내로 엄마로 최선을 다해야 한다는 강박이 있었다. 남편에게는 육아와 살림을 신경 쓰지 않게 하고 싶었고, 아이들에게는 좋은 엄마이고만 싶었다. 그마저도 하지 않으면 엄마로 도망쳐 온 내 삶에 명분이 사라진다고 생각했던 것이다.

코로나19로 가정 보육 기간이 길어지면서 그런 열심은 온데간데없어지고 점차 지쳐 갔다. 지친 삶에 또 다른 도피처가 필요했고, 적게나마 나에게 위로가 되어 준 것이 영화와 드라마였다. 아이들이 잠든 후에 밤늦게까지 스마트폰을 붙잡고 있었다. 코로나19로 지쳐서 그랬겠거니, 가정 보육이 끝나면 다시 열심히 살면 된다고 생각했다. 한번 자리 잡은 습관은 코로나19 이후에도 계속됐다. 아이들을 유치원에 보내고 집안일을 마치면 드라마 보기 바빴다. 이러면 안 될 것 같다는 생각에 자려고 누울 때마다 내일부터는 생산적인 하루를 보내야겠다고 다짐했다. 다짐은 그저 다짐으로만 끝나고 말았다. 전쟁 같은 아침을 보내고 나면 다시 스마트폰을 붙잡았다. 처음에는 영화나 드라마를 보다가 이내 SNS까지 하게 됐다. 멀리서 바라본 SNS 세상. 그 속에서 고등학교 동창이 박사 과정을 졸업했고, 대학 후배는 사업을 시작했으며, 회사 동기는 승진했다는 소식을 접했다. 마음이 무거웠다. 다들 가정을 꾸리고 아이를 키우고 있는 친구들이었다. 자존심이 상했다. 나는 도와줄 사람이 없으니까 무언가 시작한다고 해도 아이들이 더 커야 가능하다는 핑계를 대며 애써 외면했다.

가을 무렵, 첫째 아이 담임 선생님의 전화를 받았다. 아이가 갑자기 배가 아프다고 한다. 장염에 걸린 줄 알고 병원에 갔는데 이상이 없다고 했다. 다음날 괜찮아진 것 같아 학교에 보냈다. 또다시 배가 아프다며 울면서 조퇴했다. 교문을 나서 함께 집에 가는 길에 언제 아팠냐는 듯 멀쩡해졌다. 아이와 이야기를 나누어 보았다. 친한 친구가 자기 행동을 오해해서 한 말에 속이 상했다고 한다. 엄마가 동생을 더 사랑하는 것 같다고, 집에서 하는 공부가 어려워 힘들다고 했다. 스트레스로 인한 복통이었다. 엄마로 열심히 최선을 다하던 나의 세상이 다시 한번 무너지는 순간이었다. 모든 것이 멈추었다.

퇴사한다고 하니 주위 사람들이 안타까워했다. 그동안 공부하고 노력한 시간을 내려놓는 것에 대해 당사자인 나보다 더 아쉬워했다. 그저 회사와 가정에 에너지를 분산시키고 싶지 않았다. 내가 쌓아온 시간을 우리 아이들에게 쏟으면 아깝지 않을 것 같았다. 아이들 공부만큼은 내가 직접 가르치리라 다짐했다. 죄책감으로 똘똘 뭉친 엄마로 사는 것보다 아이들에게 충분한 시간을 쓰며 살아간다면 그 길이 곧 나의 행복이라고 생각했기 때문이다. 아이들을 전적으로 돌보기로 하자 남편도 충분히 그 뜻을 지지해 주었다. 다만 삶에도 균형이 필요할진대 아이들 위주로 살아 내는 내 삶의 시계에 대해서 살짝 걱정된다고 말해 주었다. 자신을 너무 희생하지 않았으면 좋겠다는 말과 함께. 아이들이 기대만큼 따라오지 못하면 좌절감을 느낄 것이고, 희생에 대한 보상이 떠오를 수 있다는 말도 덧붙였다. 이미 아이들 위주로 살기로 결심한 마당에 남편의 말이 귀에 들어올 리 없었다. 사랑하는 아이들을 위해 내가 잠시 멈추는 것쯤은 당연하다 생각했다. 첫째 아이 일을 겪고 나서야 비로소 남편의 말을 이해할 수 있었다. 나의 행복을 다른 사람에게서 찾으려는 생각은 어리석었다. 아이들은 원하지 않았는데 내가 자처해서 아이들 위주의 삶을 산 것이다. 그래 놓고 나는 그것을 '희생'이라 말했다. 일방적인 희생은 서로에게 독, 그 자체였다.

꿈을 이루는 여자들

그제야 나를 돌아본다. 진정 이것이 내가 원하는 삶이었던가. 이렇게 살기 위해 나의 인생을 양보한 것이 아니었다. 나도 누군가에겐 멘토였고, 희망을 심어 주던 사람이었는데. 그저 아이들을 위한다는 명분이 나를 좋은 엄마라 말해 준다고 생각했던 것은 아니었을까. 생각을 바꾸면 길이 보인다. 이제는 어떻게 가야 할지 알게 되었다. 나만 바뀌면 되는 거였다. 아이들 위주로 사는 삶만이 엄마로서 가치 있다고 생각했던 그 방향키를 1도 틀었다. 새로운 도피처가 아닌 내가 가야 할 길을 찾아가기 시작했다.

7.
시댁으로 무너진 나, 꿈을 돌아본다

..

이정표

"아기 엄마, 뭐 하고 안 들어오나! 빨리 들어와라!"

몸이 움직이지 않았다. 소리치는 목청에 놀라서. 회음부가 찢어질 것 같아 도넛 방석에 의지해 앉아 있었다. 옆에 있던 남편에게 어머님과 함께 아이를 씻겨 달라고 부탁했다. 큰애를 출산하고 조리원에서 나온 첫날이었다. 시댁은 평소 어머님을 중심으로 이모 두 분의 가족이 한집처럼 지냈다. 나의 출산은 곧 시가족 전체의 축제였다. 코로나19도 잔치를 막을 순 없었다. 시할머니, 시이모 부부, 시부모님에 아가씨까지. 우리 집은 손님들로 북적였다. 하지만 어머님이 소리를 지르며 나를 불러도 아무도 반응이 없었다. 서로의 대화에 정신이 팔렸다고 하기엔 어머님의 목소리가 온 집안을 울렸다. 모두가 즐거워 보인다. 나만 빼고. 차라리 신생아와 둘만 남는 게 행복하겠다는 생각이 들었다. 3년처럼 느껴졌던 2박 3일의 축제가 막을 내리자 기쁘기만 했다. 그 자유도 잠시, 아버님 전화가 왔다. 오셨던 손님 모두에게 감사 전화를 돌리라고. 모자란 잠시간까지 쪼개서 전화하고 조용히 눈물을 흘렸다. 바보같이.

이른 아침. 보이스톡 알림음이 울린다. 시댁이다. 새벽에 우는 아이를 겨우 재워 놓고 깊은 잠을 잘 때면 어김없이 전화가 온다. 베개로 귀를 막아도 들리는 소리. 결국 침대에서 몸을 일으켜 비몽사몽 세수를 한다. 남편이 회사 일을 할 때, 나는 시어른들께 연락 돌리는 업무를 한다. 통화 끝엔 영상과 사진도 보내라 하신다. 어느 순간엔 내가 꼭두각시 영상 제작자가 된 듯한 착각에 빠졌다. 시댁이라는 제작사의 요구에 맞추어 아무런 감정도 없이 아이를 촬영했다. 그렇게 찍은 사진과 영상은 실시간으로 시이모들이 모인 단체 채팅방에 전송된다. 꼬박꼬박 피드백이 들려오는 건 덤이다. 매일의 숙제는 하면 할수록 눈덩이처럼 불어났다. 눈덩이가 녹는 날이 오기는 하려나⋯.

어두운 방 안, 노란 불빛이 켜져 있다. 시댁의 방 한편, 내 품에 아이가 안겨 있다. 아이가 잠들기 전 마지막 모유 수유 시간이다. 밖은 시댁 식구 이야기 소리로 소란스럽다. 수유하며 바깥소리에 귀 기울인다. 그런데 발걸음이 방을 향하는 소리가 들린다. 남편이다. "이모가 아기 잠깐 보고 가시겠다네?" 남편의 말에 수유 끝나고 나가겠노라 답하고 남편을 내보냈다. 지금까지 아이를 봤는데 뭘 또 보겠다는 건가. 아직 수유 시간이 10분이나 남았다. 일단은 내 새끼 먹이는 게 먼저다. 남편이 나가 무슨 말을 하는가 싶더니 이내 문이 다시 열렸다. 내 옆에 앉아 젖 먹는 아이를 바라보는 이모와 어머님, 그 옆에 선 남편은 어쩔 줄 몰라 했다. 아이를 재우고 벌게진 얼굴로 방 밖을 걸어 나왔다. 이모가 급히 가야 해서 어쩔 수 없었다는 어머님의 말씀에 그저 떨리는 숨만 내쉰 채, 하고 싶은 말을 삼키고 야 말았다.

시댁에 맞추다 보면 언젠가는 관계가 좋아질 거라고 생각했다. 아이의 돌 무렵, 바쁜 남편을 대신해 시댁에 아이와 둘만 가서 하룻밤을 보냈다. 풍선도 준비해 아이와 예쁜 사진을 남겨 드렸다. 그러자 어머님 입에서 '내 가 원래 말을 예쁘게 못 한다.'라는 사과 아닌 사과가 나왔다. 나의 노력에 그동안 어머님 스스로가 했던 말을 돌아보게 된 것일까. 마음이 통하는 순 간이었다. 이렇게 나의 결혼 생활은 다시 상향 선으로 올라갈 것만 같았다.

둘째를 한겨울에 출산했다. 그즈음 큰애는 처음으로 어린이집에 갔다. 급경사의 막다른 골목 끝에 어린이집이 있었다. 막 출산한 산모가 아이 둘을 데리고 다니기엔 무리였다. 이모님을 구했다. 따뜻한 봄이 오는, 둘 째 100일 무렵까지 쓰기로 했다. 나의 욕심이었을까? 별의별 사람들이 다 왔다. 산모가 온열 매트 없이 누워 있다고 소리치는 사람. 대변 처리한 손 수건을 물로 헹궈 다시 신생아 입을 닦아 주는 사람. 괜찮았던 이모님은 본인 딸의 우울증 악화로 급작스럽게 그만두셨다.

문제는 그때부터였다. 마음에 들었던 이모님이 갑자기 그만두신다고 통 보한 금요일. 그다음 날은 원래 시댁 식구 방문이 예정되어 있었다. 하지 만 당장 월요일부터 큰애 등원에 둘째 보살핌이 걱정됐다. 남편을 설득했 다. 어머님은 수요일 날 댁으로 가실 예정이니, 그 안에 한번 초대하자고. 내일은 이모님을 구해야 할 것 같다고. 남편도 동의해 주었고, 토요일 아 침이 되었다.

남편 휴대폰이 울린다. 나는 평소 전화 내용은 사생활이라 생각해서 묻지 않는다. 그런데 그날은 이상하게 수화기 너머로 우는 소리가 들렸다. 전화기를 붙잡은 남편의 표정이 굳어졌다. 저녁이 되어 아이들을 재우고 식탁에 마주 앉았다. 정적이 흘렀다. 전화의 주인공은 예상대로 어머님이었다. 남편은 나를 위로하겠다고 어머님 카톡의 캡처본을 보여 주며 오해를 풀라 했다. 순간적으로 여자의 직감이 발동했다. 끝까지 휴대폰을 사수하려는 남편 손을 뿌리치고, 카톡 원문을 확인했다.

'지구상에서 혼자만 애 낳았냐. 내가 잘해 줬더니 나를 우습게 안다. 너희들 안 봐도 좋으니, 너희끼리 잘 먹고 잘살아라…'

내 눈을 의심했다. 그런데 출산 호르몬 때문이었을까? 나는 마치 모든 상황이 내 잘못인 듯 나를 탓하기 시작했다.

방이 쩌렁쩌렁한 아이 울음소리로 가득 찼다. 좁쌀 이불을 덮은 채 나를 보고 우는 아이. 그런데 아무런 생각과 감정이 들지 않는다. 덩달아 큰애까지 울자, 정신이 들었다. 수유 시간이다. 수유하면서도 머리는 멍했다. 놀아 달라는 첫째를 보면서도 해 줄 수 있는 게 없었다. 그동안 시댁에 대한 나의 노력이 물거품으로 돌아간 것 같았다. 수유가 끝나 아이는 내 품에서 잠들었다. 어디서부터 잘못된 것일까? 내가 뭘 해야 하는 걸까? 그렇게 나는 무기력감에 빠졌다. 최소한으로 내가 할 수 있는 일만 했다. 기어서라도 아이 밥은 챙겼다. 하지만 그 외에 아이들의 요구 사항에 조금씩 무감각해졌다. 무거운 모래주머니를 떼어 내듯. 나도 살고 싶어서.

큰애 어린이집에서 연락이 왔다. 아이가 퇴행 증상을 보인다고. 둘째가

5개월이 넘어가면서 분리 수면 계획을 세울 때였다. 곧 다가올 저녁 시간의 자유를 생각하며 행복을 꿈꿨다. 전화를 끊고 나니 설움이 복받쳤다. 그날 밤, 잠든 아이의 얼굴을 봤다. 그 속에서 무너진 나를 보았다. 그동안 쌓여 오던 감정이 휘몰아치면서, 자는 아이를 곁에 두고 숨죽여 울었다.

조명이 켜진다. 화려한 분장을 한 사람들 속에 꼬마 소녀는 힘차게 노래한다. 오페라 카르멘. 내 인생 첫 오페라다. 내 나이 11살. 2천 명 관객 앞에서 누구보다 열정적으로 연기했다. 나의 역할은 동네 거지였지만, 주어진 역할에 최선을 다했다. 무대를 마치고 나오자, 관객 한 분이 열심히 하는 모습이 인상적이라고 말해 주었다. 얼마나 열심히 했는지, 지금도 프랑스어로 된 노래 가사가 기억날 정도다.

무대에 서다 보니 자주 웃는 연습을 했다. 그래서인지 내 얼굴엔 늘 웃음이 가득했다. 긍정적인 에너지와 적극성 때문인지 모임에 가면 사람들은 내 주변으로 모이곤 했다. 학창 시절의 나는 소위 말하는 '핵인싸'였다. 초등학교 전교 회장으로 조회대 연설을 자주 했다. 대학교 때까지도 리더 자리에 꾸준히 섰다. 그런 내가 리더십에서 추구한 것은 단 하나. 다른 사람을 돕고 변화시키는 것이었다.

점심시간에 밥을 같이 먹을 사람이 없어 굶는 친구를 보게 됐다. 다른 친구들을 설득해서 우리 반 전체가 긴 테이블에 앉아 식사했다. 끼니를 거르던 친구가 웃음을 되찾았다. 대학생 때는 기숙사에서 새로 입학한 방글라데시 친구를 만났다. 우연히 그 친구가 자살 기도를 한다는 걸 알게 되었다. 방학 때 그 친구가 나쁜 길로 들어설까 봐 우리 집에 데려와 함께 지냈다. 결국 그 친구는 무사히 대학 졸업을 했다. 나로 인해 타인이 긍정적으로 변화하는 것. 그것이 내가 가장 보람을 느끼는 순간이었다. 그리고 내가 이루고 싶은 꿈이기도 했다.

결혼 후에 나는 한없이 작아졌다. 오히려 내가 이끌어 주던 친구들은 나보다 나은 삶을 살고 있는 듯했다. 남편은 나에게 친구도 만나고, 과거에 빠져 살지 말라고 했다. 하지만 나는 시댁으로 무기력해진 나를 다른 사람에게 들키고 싶지 않았다. 그저 누워서 휴대폰만 봤다. 의미 없는 영상으로라도 부정적인 생각을 덮으려 애썼다. 하지만 내가 중심을 잃고 나니 아이가 함께 넘어진 것을 깨닫지 않았는가. 더 무너질 수는 없었다. 상담센터를 찾아가기로 했다. 아이의 문제 해결과 함께 나의 삶도 돌아보기 위함이었다. 잊혀 가는 나의 꿈을 다시 세워야만 했기에.

8.
다시 꿈꿀 수 있을까?

..

전혜진

'나는 꿈을 이루었다.'라고 말할 수 있는 사람이 세상에 얼마나 될까. 어릴 적에는 '꿈'이라는 단어를 자주 입에 올렸는데. 어른이 되면서 '꿈'이라는 단어보다 밥벌이로 이 세상을 살아 낼 직업에 초점을 두었다. 그렇다고 내 직업이 어디에 내놓아도 화려한 그런 것도 아니다. 그저 남들 사는 만큼만 사는 삶에 수준을 맞추었더니 지금까지의 살아온 시간 그리고 현재의 내 모습이 정말 특별하지 않게 그저 그런 정도로 머무르게 된 것 같다. '꿈'이란 단어를 참 오랜만에 마주한다. 마흔이 넘은 아줌마도 꿈을 꿀 수 있다는 것은 생각해 보지 않았다.

어릴 적, 오랜 시간을 꿈꾸어 온 직업은 선생님이 되는 것이었다. 내가 살던 곳은 다양한 직업군을 만나기가 쉽지 않은 곳이어서 내가 본 최상위의 직업은 선생님이었던 것 같다. 중학생이 되던 날, 앳된 얼굴에 서글서글한 미소를 가진 담임 선생님을 만났다. 우리의 입학을 축하하면서 교사

꿈을 이루는 여자들

가 된 소감을 말씀하셨다. '나는 오늘 참 행복하다. 교사가 되는 것이 꿈이었는데, 오늘 그것을 이루었다.' 꿈을 이루었다고 말하는 사람을 처음 보았다. 꿈을 이룬 순간이 얼마나 행복한가의 느낌이 고스란히 전달되었다. '더불어 사는 삶을 위하여'라는 급훈이 걸렸다. 그때까지 들어 본 말 중 가장 멋진 말이었다. 살면서 그날은 내가 그동안 살던 범위 내에서 가장 파격적인 경험을 한 날이었다. 중학교 1학년인 내게 선생님은 이상형이 되었다. 더불어 사는 삶, 급훈처럼 나도 더불어 사는 삶을 만드는 선생님이 되는 꿈을 꾸기로 했다.

세 딸 중 맏이인 나는 어려서부터 말 잘 듣는 큰딸이라는 타이틀이 붙었다. 어른들이 부잣집 맏며느릿감이라는 말씀을 하셨다. 그 말들이 나의 사고에 작용해서 내 성격이나 행동에 큰 영향을 주었음을 지금에서야 되돌아본다. 부모님께는 착한 딸, 어른들한테는 모범이 되는 여자아이가 되는 것이 내가 만들어야 할 내 모습이었을 것이다. 그리고 거기에서 어긋나는 행동을 하지 않기 위해서 나는 내 감정을 누르고 기분을 다스렸으리라. 관광으로 먹고사는 지방의 작은 지역에서 나고 자라며, 그 지역에서 유일한 인문계고등학교를 다녔다. 나는 스스로를 우물 안 개구리라고 생각했다. 대신 우물 안에서 하늘만 올려다보며 신세 한탄을 하는 개구리는 아니었다. 우물 밖의 넓은 세상으로 튀어 오를 날을 기다리며 학급 반장을 하고 모범 학생 표창도 받으면서 학생이라는 나의 역할에 맞추어 착실하게 학교생활을 했다.

대학 입시를 준비하면서 진지하게 진로를 고민하게 되었다. 그때까지 내가 선생님이 되고자 했던 것은 그 직업을 통해 누군가의 삶에 좋은 영향을 주고자 하는 사명감 같은 것이었다. 그러나 한편으로 그렇게 되기 위해서는 얼마나 많은 성장이 필요한지, 누군가를 변화시킨다는 것이 부담감으로 다가왔다. 그전까지 선생님이 되어 원하는 모습의 삶을 살아가는 동전의 앞면만을 보았다면 그 뒷면의 부정적인 상황을 떠올리게 된 것이다. 결국 나는 10년 후면 전망이 좋을 것이라는 사회복지학과 96학번 신입생이 되었다. 당시의 나에게는 더불어 살기에 가장 좋은 전공이 아니었을까 싶다.

시간이 흘러서 연애를 했다. 20대 후반의 나이일 때라 주변에서 '결혼할 사람은 따로 있다. 그냥 이 사람이다 싶은 사람이 있다.'라는 말을 많이 들었다. 미국 이민을 준비하고 있던 남편을 만났다. 먼 훗날의 일이려니 하고 크게 신경 쓰지 않았다. 세 번째 만나던 날, 저만치서 걸어오는 그의 모습이 소설 속 등장하는 주인공과 겹쳤다. '그가 내 맘속으로 걸어 들어왔다.' 그것으로 끝이었다. 그대로 콩깍지가 쓰인 것이다. 살면서 그런 경험은 처음이었으니 나는 당연히 내 남편감이라고 생각했다. 사람들이 어떻게 결혼했냐고 물으면 내가 무용담처럼 꺼내는 에피소드가 되었다. 또 사는 동안 남편이 진짜 미울 때면 나에게 그런 사람이었음을 떠올리면서 버티고는 했다.

남편의 인생 설계도에 있는 '미국 이민'을 위해 큰아이가 막달일 때, 미국 간호사가 되는 것을 목표로 간호대학에 입학했다. 나와 우리 아이들의 삶이 남편과 시댁의 기준에 맞추어져 살아가던 중이었다. 진행이 더디던 이민 상황은 시간이 지날수록 가망이 없는 것처럼 보였다. 영어도 못하는 내가 외국에서 살 자신이 없었기에 속으로 쾌재를 불렀다. 남편과 시부모 님은 그 일에 10년 세월 공을 들인 터라 내 기분을 겉으로 드러낼 수 없었 다. 그래서 나는 내가 해 오던 것을 계속했다. 학교에 다니면서 아이 둘을 낳고, 첫차를 타면서 실습 학점을 땄다. 동기들보다 10살 더 많은 나이였 기에 더 지체할 수 없었다. 이제는 미국 이민을 기약할 것이 아니라 일단 이 나라에서 어떻게 살아가야 하는 것이 초점이었다.

나는 지금 16년 차 간호사이다. 간호사가 되어도 나는 쉴 수 없었다. 만학도로 직장 생활을 시작했기에 직업에 대한 열정을 보여야 기본이라도 할 수 있는 것이 현실이었다. 내 나이 서른부터는 내 꿈 대신 남편의 꿈을 실현하기 위한 프로젝트에 열중했다. 결혼하고 15년 정도 싫든 좋든 거기 에 매달리면서 현실을 맞추어 갔다. 언젠가는 떠날지 모른다는 생각에 아 이들과 우리 가족은 현실 대신 뜬구름을 잡는 것에 시간과 에너지를 들 였다. 인생에서 많은 시간을 할애한 것이다 보니 실현되지 않은 것에 대한 아쉬움도 있다.

지금껏 꿈을 하나도 이루지 못하며 살아왔다고 생각했다. 하지만 글을 써 내려 갈수록 사실은 무수히 많은 것을 이루면서 살았다는 것을 알게 된다. 친구를 사귀고, 연애하고, 가고 싶던 곳에 가 보고, 준비하던 자격 증을 따고, 취업하는 일상의 순간, 또 크게는 결혼해서 한 가정을 이루는 일까지. 내가 겪은 많은 것들이 사실은 내가 원했기에 실현된 것이다. 오랜 시간을 내가 아닌 가족을 위하며 살았다고 생각했다. 그래서 나만 손해인 삶이라고. 하지만 그 일부에는 나의 꿈도 섞여 있었다. 가족과 갈등하지 않고 화목한 것 역시 나의 꿈이기도 했으니까. 아무것도 하지 않은 것 같았는데, 나 역시 꿈을 실현하면서 살고 있었다. 같은 꿈을 꾸면서 그것의 실현을 위해 함께한 것이고, 아무도 내 꿈을 희생하라고 말한 적이 없다. 가족이라는 테두리 안에서 내 꿈을 꾸는 것에 소극적이었던 삶 역시 나의 선택이었다. 이제 40대 후반이 된 우물 안 개구리는, 더 큰 세상으로 나갈 날을 기다리던 어릴 적의 우물 안 개구리처럼 다시 설레는 꿈을 꾼다.

9.
꿈을 찾게 한 한 사람, 엄마

..

조은주

    선생님 말씀이 곧 법이었던 초등학교 시절, 엄마가 학교에 올 때면 괜스레 어깨가 으쓱했다. 80년대 사진 속 엄마는 촌스러운 머리 스타일을 하고 있다. 그래도 내게 엄마는 예뻤다. 늦둥이라 친구들의 엄마보다 나이가 많았으나 그녀는 키마저 큰 그저 멋진 여성이었다. 엄마가 초코파이와 요구르트를 돌리는 날엔 친구들 앞에서 나도 멋진 사람이 된 양 어깨에 뿅이 보태어졌다. 지금은 안다. 그 초코파이가 어려운 살림살이에 하나뿐인 딸을 위한 엄마의 촌지였다는 것을. 2남 4녀 중 막내였던 엄마는 밭일이 싫고 소 먹이는 게 싫어 차라리 애를 보겠다며 조카를 둘러업었다 했다. 쌀도 한번 안쳐 본 적 없던 그녀가 6남매 장남에게 시집와 도련님들의 새벽 도시락을 싸며 솥뚜껑을 잡았다. 그때 다져진 실력 때문이었을까 엄마가 해 준 음식은 맛있다. 운동회마다 엄마는 선생님의 도시락을 도맡았다. 어머니회 활동을 열심히 할 수 없으니 도시락이라도 준비하는 건 엄마의 몫이라 생각하셨던 것 같다. 운동회를 상징하는 삶은 밤과 땅콩, 둥근

5단 찬합은 김밥, 치킨, 튀김과 평소에 먹을 수 없는 과일들로 가득했다. 찬합을 싼 보자기는 미용실에 다녀온 엄마가 감고 있던 보자기와 색깔이 비슷했다. 허리가 휜 냉동 새우도 처음 보았다. 엄마의 고단함 같던 새우. 나는 부엌으로 난 문고리에 매달려 꼬리 달린 새우튀김 하나만 달라고 떼를 썼다. 소쿠리에 둥글게 담아야 해서 안 된다 한다. 군침 도는 새우는 내게 허락되지 않았지만, 단호한 엄마의 거절이 도시락에 대한 정성 같아 내심 고마웠던 것 같다.

대학교 1학년 여름, 아버지가 쓰러졌다. 휴학했고, 약국에서 아르바이트를 하게 되었다. 의약분업이 시작된 해, 처방전 정보를 입력하는 학생들이 필요하던 때다. 하루 종일 중환자실을 지키던 엄마와 주말만이라도 교대해야 했다. 그즈음 다니던 교회도 그만두었다. 피곤한 엄마를 두고 주일 성수를 하러 교회에 갈 만큼 내 믿음이 신실하지는 않았나 보다. 아니면 하느님께 시위라도 하고 싶었던 건지도 모르겠다. 집 앞 현관에 쓰러진 아버지를 발견하고 병원으로 향하던 시간은 십 분이 한 시간 같았다. 구급차 안의 공기는 몹시도 차가웠다. 여름이라 강하게 틀어 놓은 에어컨 때문이었으리라. 많은 선으로 줄줄이 이어진 의료 장비들이 내보내는 소리에 맞춰 심장이 뛰었다. 클랙슨을 울리며 속도를 내어 달리고 있는데도 잠시라도 멈출 때면 속은 타들어 갔다. 아버지는 오른쪽 뇌출혈이었고, 미운 6살이 되었다. 그런 아버지를 향한 엄마의 연민은 무겁게 봐 온 장바구니와 매 끼니 당뇨 식단으로 챙긴 따뜻한 밥으로 전해졌다. 아버지는 불편한 거동으로나마 그렇게 20년을 우리 곁을 지키다 떠나셨다. 마지막엔 호스피스 병동에서 이별을 맞이했지만, 엄마의 섬김으로 우리는 아버지와 꽤 오랜 시간 투덕거리며 지낼 수 있었다.

하루는 약국에 놀러 오시던 국장님의 선배 약사님이 나더러 얼굴은 참 예쁜데 손이 왜 그렇게 거치냐고 물으신다. 눈치를 보기보다 일을 나서서 하는 게 마음이 편한데 장갑을 끼는 건 싫어했다. 손마디가 굵어지면 엄마처럼 고생한다며 장갑 끼라던 엄마의 잔소리가 스쳐 갔다. 고생해서 손마디가 생기는 게 아니라 굵어지면 고생한다는 뜻이 이제야 어렴풋이 이해가 되지만, 그때 처음 알았다. 어른들에겐 사람의 손마디가 살아온 세월로 보인다는 걸. 엄마 손은 더욱 씩씩해져 갔고, 그 큰 손에 가득한 굵은 마디 하나하나가 우리 집을 지켜 주는 기둥처럼 느껴졌다.

"주야, 어디고. 병원에 좀 와야겠다."

엄마가 다쳤다던 사촌 오빠의 전화. 전화를 받고 응급실에 도착했다. 엄마는 이마에 손을 얹고 있다. 잠을 자고 있지는 않은 것 같았다. 받아들이고 싶지 않은 현실을 받아들이려 애쓰는 자세로 보였다. 덮인 이불 아래의 일을 감히 상상할 수 없었고, 몹시도 차분한 엄마를 보며 의사들이 전하는 최악의 상황이 아니길 바랐다. 시계의 분침 소리가 귀에 거슬리리만치 크게 들렸다. 아버지가 병원에 계시고부터 교회를 가지 않으며 시위했던 내게 하나님이 벌을 주시는 건가. 쉬지 않고 일을 하던 엄마는 지인의 일을 도우러 간 길에 프레스에 눌려 사고를 당하셨고, 우리 집을 지키던 기둥 반을 잃었다. 정형외과의사인 오빠는 큰엄마 손을 수술할 자신이 없어 잘하는 선배에게 부탁했다. 그리고 염려 말라 했다. 그 순간에도 약한 모습을 보이지 않던 엄마를 보며 아버지를 원망했다. 엄마가 집에 오지 않으니, 아버지가 찾는다. 어떻게 설명해야 할까. 아무것도 모르는 나의 아버지에게 오빠랑 같은 말을 했다. 엄마가 좀 다쳤다고만. 긴 치료 후 엄마와 집으로 오던 날 아버지는 애어른 같았다. 뭉툭해진 팔목을 보고 울먹이며 "많이 아팠제." 한다. 아버지가 예전의 아버지로 돌아온 착각이 들었다.

하나의 기둥으로도 아버지를 많이도 챙기며 산 엄마. 하나뿐인 딸을 보며 살아가는 엄마. 지아비와 딸은 엄마에게 다 갚지 못할 마음의 빚을 지고 오늘을 산다. 오른손 없이 하루를 보내려면 마음먹은 대로 되지 않는 일이 많다. 치약을 짜는 일에도, 화장품 뚜껑을 여는 일에도 당연하게 잡아 주는 반대편 손이 없다는 걸 매 순간 알게 된다. 떨어뜨릴 일이 많고, 잡았던 것을 놓칠 때마다 외려 괜찮다며 아무렇지 않은 척 너스레를 떨었다. 엄마의 불편한 홀로서기가 시작되었으나, 현실에서 한 발짝 나아가기는 쉽지 않았다. 외출할 때마다 껴야 하는 의수는 작은 우유 한 팩 반을 손에 매달고 다니는 셈이다. 의수 때문에 어깨도 아프고 어느 곳 하나 편하지 않다. 그럼에도 한쪽 팔로도 수영을 배웠고, 요가를 한다. 운동을 하지 못하는 날엔 어디라도 걷기 위해 집을 나섰다. 성당에서 '베로니카'라는 이름으로 아프게 새로 태어났다.

냉동실이 가득한 음식으로 빛을 잃은 지 오래다. 뭘 먹나 냉동실 문을 열어 본다. 지난주 엄마에게서 받아 온 새알심이 보인다. 들깨를 싫어하는 사위라 가져가도 혼자는 안 해 먹게 된다고 해도 기어이 싸 주셨다. 쑥도 같이 갈아 넣어서인가 몸에 좋아 보이는 초록색이다. 신랑도 출장 갔고, 얼려 놓은 양지 국거리도 보인다. 오늘 아침은 들깻가루 듬뿍 넣은 참쌀 미역 수제비다. 물을 부어 한소끔 끓이고는 새알심도 넉넉히 넣고 간을 한 번 본다. 인심 좋게 들깨 한 숟가락 크게 넣는다.

'엄마는 왜 이렇게 크게 빚었담.'

해동을 길게 하지 못해선지 새알심이 익는 동안 미역국이 졸아들까 걱정이 되었다. 새알이 떠오르기를 기다려 꽤 오래 끓였다. 소파에 앉아 티브이를 보며 여유 있게 아침을 먹는다. 쫄깃한 이 식감을 신랑과 나눌 수 없음이 안타까울 뿐이다. 반쯤 먹었을 땐가, 갑자기 목이 뜨겁다. 새알심을 빚은 엄마가 떠올랐다. 한 손으로 이걸 어떻게 빚었단 말인가. 난 참 귀한 아침을 먹고 있었다. 남은 반은 제대로 못 먹고 결국 남겼다. 당연하지 않았던 새알심. 엄마의 정성이었다. 아무것도 하고 싶지 않을 때, 할 수 없다는 어떤 핑계도 댈 수 없다. 한 기둥으로도 나보다 수영도 열 바퀴나 더 도는 엄마, 익힌 토마토 주스를 매일 아침 갈아 내던 내 엄마. 새알심 빚어 딸에게 나눠 줄 수 있는 엄마를 기억해야 한다. 엄마가 지켜보고 있다.

10.
꿈을 잊지 않으면 잃지 않는다

..

최소연

늦은 저녁인데도 물에 비친 불빛으로 밖은 환하다. 한강 물에 창문들이 일렁이며 떠 있다. 저 집에는 어떤 사람들이 살고 있지? 책에서 본 것처럼 아이가 바뀐 일이 나에게 일어나진 않았을까? 혹시 진짜 내 가족들이 저기서 사는 거 아니야? 외출하고 집으로 돌아가는 아빠의 차 안은 어린 내가 혼자만의 소설을 쓰는 공간이다. 지난 주말에 여행도 다녀오고 지금은 외식하고 돌아오는 길이다. 이렇듯 평범한 가족이지만 딸 중 나만 엄마 아빠를 닮지 않았다. 합리적인 의심이라 생각하며 진짜 가족을 만났을 때 상황을 상상하는 나. 그 와중에도 이걸 소설로 쓰고 싶단 생각으로 노트에 열심히 메모하고 있다.

주변에 책 대여점이라는 곳이 생겼다. 장르를 가리지 않고 책을 좋아했던 나에게 그곳은 신세계다. 생일 선물로 책 대여점의 가입비와 대여비를 미리 달라고 한다.

"어이구, 책이 그렇게 좋니? 대신 생일 때 선물 또 달라고 하면 안 돼?!"

꿈을 이루는 여자들

엄마는 나를 한번 흘겨보시곤 지갑에서 빨간 천 원짜리 지폐를 주신다. 난 한껏 신이 나 달려간다. 책을 읽으면 늘 주인공에 나를 대입해 본다. 상상의 나래를 펼치는 동안 내 입가에는 미소가 한가득이다. 그 안에서 나는 화려한 공주가 되기도 하고, 불행한 시녀가 되기도 한다. 나도 언젠가는 나의 이야기를 써야지 다짐한다. 내 글을 읽고 슬픔과 행복, 위로와 즐거움을 느끼는 사람들이 있다면 얼마나 뿌듯하고 행복할지 생각만해도 설레었다. 어린 시절, 난 꿈 많은 문학소녀였다.

적성 검사를 하면 늘 비슷한 결과가 나왔다. 간호사, 사회복지사, 유치원 교사. 아마도 무난한 길을 가고 싶은 무의식이 이런 결과를 낳지 않았을까 싶다. 자연스럽게 취업도 잘되고 인기도 있었던 간호사란 직업에 관심이 갔다. 적성 검사 결과에서 나는 남을 돕길 좋아하는 성향이란다. 그래, 적성에 맞는다는 간호사가 되자. 당시 배고픈 직업이라는 작가의 꿈은 잠시 내려놓는다.

의학 드라마처럼 "메스." 하면 칼만 전달하는 일이면 얼마나 좋을까? 신규 시절, "실 주세요." 하고 손만 내미는 어시스트와 교수님을 보면 등에선 식은땀이 났다. 간 수술을 하기 위해서는 간이 몇 개로 분류가 되는지? 거기에 연결된 각 혈관과 인대의 위치와 개수는? 연결할 때 어떤 봉합사를 사용하는지 등을 미리 숙지한다. 혈관에는 녹지 않는 실을 사용해야 하는데, 녹는 실이라도 줬다면 대형 사고다. 늘 긴장의 연속이다. 대학병원 수술실 간호사가 되었다. 적성 검사 결과와 달리 환자들을 돌보는 업무는 아니다. 어딘가에서 들었는데, 직업상에 적성은 적응의 다른 말이라더라.

16년 동안 수술실 간호사로 적응하며 일했다. 지금은 8시간 3교대로 바뀌었지만, 전에는 통상 근무였다. 그땐 한 달 중 3~4일만 당직 근무를 섰다. 그 당직은 하루 16시간 근무다. 운 좋게 수술이 없으면 당직실에서 쉬기도 했다. 하지만 늘 응급 수술은 예고 없이 찾아온다. 간 이식, 심장 수술 두 방이 열렸다. 수술은 12시간 이상 서서 진행된다. 밥은 고사하고 화장실 생각이 간절하다. 다음 근무자가 출근해서야 겨우 손을 바꾼다. 드디어 퇴근 시간이다. 화장실로 달려간다. 퇴근길 내 옆에는 군대 동기보다 끈끈해진 전우애, 16시간 동안 한숨도 못 자고 일한 당직 근무자 4명이 함께다. 뻑뻑해진 눈을 게슴츠레 뜨면서도 기어이 지난 근무를 안주 삼아 아침을 먹고 헤어지는 전우들이다.

"잠시 묵념하겠습니다."

수술에 필요한 살얼음을 만들기 위해 망치로 얼음 생리식염수를 내리치던 인턴, 각각의 필요한 장기를 받기 위해 온 타 병원 의사들과 이식 코디네이터들, 가운을 입혀 주던 순환 간호사와 분주하게 기구를 세팅하던 내 손이 모두 멈췄다. 뇌사 판정을 받은 환자분을 위한 절개 직전 묵념이다. 그분의 아름다운 마음으로 여러 명의 꺼져 가는 생명이 다시 태어난다. 묵념의 시간은 짧지만, 난 마음을 다해 수혜자들을 대신하여 감사 인사를 전한다. 수술실 간호사의 업무 중 하나인 개수 일치 절차가 있다. 두 명이 함께 수술 시작 전, 수술 중, 수술이 끝난 시점에 행한다. 사용한 기구, 거즈와 봉합사 바늘 등을 더블 카운트한다. 환자 몸에 작은 바늘 하나라도 남기면 안 되기에 반드시 해야 하는 절차다. 이미 사망하셨어도 공여자의 몸에 작은 바늘 하나 허용할 수 없다. 안 그래도 철저한 절차에 더

꿈을 이루는 여자들

욱 날을 세워서 한다. 여느 수술과는 다르게 사뭇 더 진지하다. 숭고한 희생 앞이라 그랬으리라.

프랭클린 플래너도 쓰고 스티븐 코비 책도 읽으며 자기 계발을 했었던 20대. 그런 나의 20대 끝에 남편을 만났다. 남편은 같은 직장 수술실 간호사로, 2년 후배다. 우린 긴 시간 동안 긴장감 있는 비밀 연애를 했다. 물론 우리만 비밀 연애지 암암리에 아는 사람들은 알았다는 건 나중에 알게 된 이야기지만. 우리가 근무하는 병원은 지점이 세 군데가 있다. 사내 결혼 시 한 명을 다른 지역으로 보낸다. 다 수도권 내에 있긴 했지만 사회적인 위치도, 공간도 변한다 하니 결혼이 망설여졌다. 시간이 흘러 그런 방침이 사라졌다. 내가 11년 차가 되었을 때 7년여란 긴 연애의 마침표를 찍고 결혼했다. 1년 후, 소중한 아이가 나에게 와 줬다. 결혼을 늦게 했기에 후배들이 육아 휴직을 가는 모습을 부럽게 보기만 했었다. 그랬던 내가 드디어 육아 휴직을 받게 되는 거다.

"결혼식을 초췌한 모습으로 들어가겠다. 어쩌니, 소연아?"

중앙공급실 수간호사 선생님의 걱정스러운 말을 들으며 결혼 전날까지 병원 인증평가를 치렀다. 병원급 의료 기관은 의료의 질과 환자 안전의 수준을 높이기 위하여 주기적으로 각종 평가를 진행한다. 내가 그 평가 준비를 총괄했다. 9년 차쯤 되었을 때 수간호사 선생님의 추천으로 맡게 된 준비실 담당 간호사의 업무 중 하나였다. 공교롭게도 출산 일주일 전에도 JCI라는 인증평가를 치렀다. 그래서 그런가? 쉼 없이 달려왔던 직장 생활에서 15개월의 휴직이라니, 기대가 컸다. 출산하고 얼마 뒤 육아 휴직이 휴식을 위한 시간이 아니라는 걸 깨닫게 되는 건 금방이었지만.

완전 모유 수유를 고집했던 나. 편하다는 이유로 직접 수유만 했더니 어느새 젖병을 물지 않는 아이가 되었다. 누굴 탓하겠는가. 젖병으로 대신 먹여 줄 수도 없다. 난 약간 비약한다면 마치 젖소의 모습으로 24시간 대기 상태였다. 밤새 당직 근무를 해도 거뜬했다. 술을 마셔도 다음날 멀쩡하게 출근해서 근무했던 나였다. 체력이라면 자신 있다고 했지만 자만이었다. 100일이 넘는 시간 동안 매일 4시간 이상 잠을 자 본 적이 없다. 난생처음 얼굴에 단순 포진까지 생겼다. 이젠 피곤하기만 하면 단순한 상처에도 물집이 잡힌다. 쉽게 아물지 않는 자가면역성 질환까지 얻게 된 거다. 엄마라는 이름의 책임감은 무거웠다. 그냥 크는 게 아니라 잘 키우기 위해 끊임없이 나를 갈아 넣어야 했다. 수유 텀을 지키고 뱃고래를 늘리려 애를 썼다. 젖양이 부족한가 해서 주기적으로 유축해 젖양도 많았지만, 아이는 늘 깼다. 나중에는 아이가 안 깨도 늘어난 젖양으로 가슴이 딱딱하게 굳어 통증으로 잠을 잘 수가 없었다. 어느 날은 의자에 앉아 수유 쿠션에서 수유 중이었다. 화들짝 놀라 눈을 떴다. 아, 내가 깜박 졸았구나! 수유 쿠션에 얌전히 누워 있는 아이를 보고 가슴을 쓸어내린다. 아이를 눕히고 나도 잠깐이라도 눈을 붙여야 하는데, 너무 놀라 피곤한데도 잠을 잘 수가 없다. 내 핸드폰 화면에는 아이 낙상 사고, 수유하다 낙상, 3개월 아이 낙상 응급실 등이 검색되고 있었다.

시간이 모든 걸 해결한다고 했던가. 아무리 힘든 일도 결국 다 지나간다. 모유도 150일쯤 되니 아이와 내가 맞춰지고, 6개월쯤 지나니 제법 통잠이라는 걸 잤다. 어느새 반복되는 삶에 무료함이라는 사치까지 느끼게 된다. 나 자신을 돌아봤다. 간호사로 살면서 보람되고 자부심도 느꼈지만, 내가 꿈꾸는 삶은 아니었다. 출근길이 즐겁진 않았다. 난 책임감이 강한 편이다. 맡은 일은 내가 끝내고 싶었다. 그래서 늘 무리하게 일을 했다. 내 결혼 준비나 내 아이 태교보다 병원 인증평가 준비를 우선시했다. 인생의 한 번뿐인 결혼식 준비를 남편에게 맡기다시피 했다. 쌍둥이냐는 소리를 들을 정도로 컸던 배를 움켜쥐고도 만삭의 몸으로 늦은 시간까지 평가 준비를 했다. 일주일 뒤 출산했다. 내 가정이 등한시되었던 거다. 이제는 우리 아이를 위해, 우리 가정을 위해 나로 살고 싶다. 내가 하고 싶은 일을 하는 삶을 꿈꾼다. 아직 이렇다 할 성과는 없어도 이 길을 가면서 다짐하고 있는 말이 있다. 포기하고 내려오지만 않는다면 언젠가 성과는 날 수밖에 없다. 꿈도 마찬가지다. 잠시 잊고 산 적은 있지만, 완전히 잊은 적은 없다. 꿈이든 목표든 잊지 않으면 잃지 않는다는 걸 나와 같은 엄마들에게 보여 주고 싶다.

제2장

나?
꿈꾸는 여자야

1.
다시 꿈을 찾다

..

오은수

"선생님은 어떻게 꿈을 다시 찾으셨어요?"

캘리그라피 강사님과 나 그리고 이용자 9명이 옹기종기 공방 테이블에 앉아 있다. 서로 소감을 나누는 자리에서 한 수강생이 나에게 꿈에 대해 질문을 한다. 내 직업은 사서다. 〈필사와 함께 캘리를〉이라는 프로그램을 계획해서 13회차 필사 수업을 진행했다. 오늘은 이 프로그램 마지막 날이다. 질문을 받는 순간 내 기억은 꿈에 대해 고민했던 과거로 돌아갔다. 20대 때 나에게는 두 가지 꿈이 있었다. 취업과 결혼. 안정된 직장을 가지면 아르바이트로 하루하루를 버티며 살아가는 생활이 끝날 거라고 생각했다. 그리고 결혼해서 가정을 꾸리는, 누구나 가질 수 있는 평범한 꿈을 꾸고 있었다. 매일 땀방울을 흘리며 몰두했던 끝에, 30대 중반이 되어 내가 원했던 두 가지 꿈을 모두 이룰 수 있었다. 행복했다. 하지만 행복함을 느낀 것도 잠시, 그 이후 내 인생의 내비게이션은 작동을 멈춰 버렸다. 일, 육아, 집안일을 반복하며 목적지 없이 다람쥐 쳇바퀴 도는 듯한 일상을 살았다. 그러던 어느 날, 직장에 정년퇴직한 어떤 분이 찾아왔다. 대화의 요점은 본인은 아직 한창나이라며 도서관 관리인으로 채용해 달라는 것이었다. 그 모습을 보고 충격을 받았다. 내 미래의 모습이 그려졌기 때문이다. 그때부터 내 꿈과 삶에 대해 진지하게 고민하기 시작했다.

어떤 꿈을 가져야 할까? 어떤 꿈을 가져야만 인생을 더 풍요롭게 살 수 있을까? 꿈에 대해 고민할 때 우연히 박진영 프로듀서의 꿈 강연을 보게 됐다. 20대 초반의 박진영 프로듀서는 20억을 버는 게 꿈이었다. 그리고 25살이라는 젊은 나이에 그 꿈을 이루게 됐다. 꿈을 이루고 난 후, 이대로 그냥 즐기며 살면 되는지 고민했다. 그럴 수 없다는 결론을 내리고, 더 큰 꿈을 가졌다. 그것은 미국에 K-POP을 최초로 진출시키겠다는 것이었다. 하지만 두 번째의 꿈은 본인의 능력과는 관계없이 주변의 환경 때문에 시도조차 하지 못하고 끝났다. 5년이라는 시간을 바쳤지만 결국 꿈을 이루지 못한 것이다. 이런 일이 또다시 반복되지 않기 위해서 본질적인 원인을 알아내야만 했다. 그래서 스스로에게 질문을 던지며 1년이라는 시간을 보냈고, 결국 자신만의 해답을 찾아냈다. 그는 처음에 설정한 꿈이 잘못되었다고 말했다. 20억 원을 벌겠다는 것은 단순한 수단에 불과했으며, 그 수단을 통해 이루고자 하는 삶이 진정한 꿈이라고 설명했다. 즉, '~가 되고 싶다'라고 말하는 것은 꿈을 위한 수단이며, '~을 위해 살고 싶다'는 것이 진정한 꿈이라는 것이다.

내가 꾸었던 꿈을 되돌아봤다. 정말 그의 말처럼 지금까지 내가 생각해 온 꿈은 수단에 불과했다. 선생님, 영화제작사, 취업, 결혼 등 수단만 있었을 뿐, 어떤 삶을 살겠다는 본질적인 생각은 빠져 있었다.

그렇다면 인생을 어떻게 살아가야 하는 걸까? 주변에도 물어보고, 유튜브 검색도 하면서 인생 선배들은 어떤 삶을 알았는지 알아보기 시작했다. 수많은 옷 속에서 나한테 어울리는 옷을 찾아내야 하듯이 셀 수 없는 영상들 속에서 나에게 맞는 영상을 찾아야 했다. 드디어 찾았다. 김영하 작가님의 영상이었다.

'사람은 자신의 능력의 100%를 사용해선 안 된다.'

인생에는 어떤 일이 일어날지 모르기 때문에 힘을 비축해 두어야 한다고 말했다. 항상 최선을 다하는 내 모습이 떠올랐다. 가지고 있는 에너지는 웬만해선 거의 다 쓰고, 할 수 있으면 다음 날의 에너지까지 끌어다 쓰기도 했던 내 모습. 그래서였을까, 예상하지 못한 일이 일어나면 쉽게 무너졌다. 아프게 태어난 둘째를 만났을 때도 그랬다. 빨리 정신을 차려야 했음에도 불구하고 회복하는 데 시간이 오래 걸렸다. 그래서 최선을 다하면 큰일 난다며 능력의 60~70%만 써야 한다는 김영하 작가님의 말을 필요할 때 바로 꺼내기 위해 마음속 장바구니에 담았다.

아픈 후에 더 큰다는 말이 있다. 다시 회복하는 데 시간이 걸리긴 했지만 그만큼 더 성장한 것 같았다. 신기했다. 아프고 나면 왜 성장하는 것일까? 그 대답은 뇌과학자 장동선 박사의 영상에서 찾을 수 있었다. 사람은 척추동물로, 겉은 말랑말랑하고 안에 뼈가 있다. 하지만 갑각류는 안은 말랑한데 겉은 딱딱하다. 그렇다면 어떻게 성장을 하는 것일까? 정답은 탈피라고 한다. 탈피를 통해 허물을 벗고 성장하는 것이다. 그런데 갑각류가 탈피했던가? 갑자기 궁금해졌다. 탈피하는 모습을 찾아봤다. 로브스터 한 마리가 조용히 돌 틈에 숨어 있다가 갑자기 몸을 비틀기 시작한다. 뒤집어진 로브스터가 다리를 바들바들 떤다. 한참 뒤에 열린 등갑 틈으로 얼굴이 보인다. 천천히 머리가 빠져나오고 앞다리가 나오면서 순식간에 몸통을 빼낸다. 탈피에 성공한 로브스터의 몸은 장동선 박사의 말처럼 축 처져서 흐느적거린다. 바닥에 남겨진 껍데기는 흡사 과거의 흔적 같았다. 이제 로브스터는 새로운 성장의 길을 걷는다. 장동선 박사는 사람이 성장할 때는 가장 약해져 있는 그 순간이라고 말하면서 인간의 마음도 갑각류와 비슷하다고 말했다.

나도 고통스럽고 불안정한 순간들을 겪었다. 그 당시에는 그 상황이 싫었지만, 그 과정을 통해 더욱 단단해진 나를 보았을 때 그것은 잊지 못할 추억이 되었다. 아마도 그 순간들이 탈피의 과정이었나 보다. 정리하자면 아픈 후 성장한다고 말하는 이유는 어려운 시기가 지나면 자신을 변화시키고, 새로운 가능성을 받아들이기 때문이다.

이제 컴퓨터를 끄고 내 삶에 집중하기 시작했다. 어떤 가치를 가지고 삶을 살아갈 것인가? 내가 가진 가치를 사람들에게 전달하려면 나는 어떤 노력을 해야 할까? 이 생각은 지금까지 이어져 오고 있다. 다만, 윤곽이 뚜렷하지 않았던 과거에 비해 지금은 어렴풋이 보이기 시작한다. 직장인들에게 나다움이 있는 삶을 알려 주는 것이다. 퇴직 후에도 나를 잃어 버리지 않기 위해서다. 나다움에 관해서 공부해 보니 친구들, 가정, 친목 모임 등 사적인 공간에서는 나라는 사람으로 설 수 있었다. 그런데 직장에 서는 쉽지 않았다. 내 삶 대부분을 직장에서 보내고 있지만 직장은 나를 감춰야 하는 곳이었고, 타인을 위해서 일해야 하는 곳이었다. 슬펐다. 몇 십 년을 그렇게 살다 보면 나라는 존재는 자연스럽게 사라지고 만다.

그래서 직장에서도 나를 잃지 않고 살아가는 방법을 알려 주고 싶은 꿈이 생겼다. 이기적인 생각들로 타인에게 피해를 주는 게 아니다. 직장과 내가 함께 성장하는 방법을 찾는 것이다. 지금은 정리가 되지 않은 서툰 꿈들로 비칠 수 있다. 당연하다. 이제 막 찾기 시작한 꿈이기 때문이다. 여 러 수단을 이용하여 서툰 내 꿈을 성장시키려 한다. 매일 책을 읽으면서 다른 사람들의 생각을 들여다보고, 글쓰기와 말하기를 통해 내 생각을 정 리한다. 또한 다양한 강연을 들으면서 타인의 경험에 귀를 기울이고, 나다 움에 관한 공부도 한다. 꿈을 이루기 위한 이런 수단들로 내 꿈은 금을 세 공하듯 정교해지고, 예뻐질 것이다. 꿈을 가지게 된 계기부터 시작해 미래 의 내 모습을 상상하다가 다시 정신을 차린다. 이제 내게 꿈을 어떻게 다 시 찾았냐는 수강생의 질문에 대답해야 할 차례이다.

2.
제2의 꿈을 찾아 나서다

..

김선미

아이들도 어느 정도 컸고, 정신없이 일하던 시기도 지났다. 조금 여유가 생겨 주변을 돌아보니 퇴직이 코앞이었다. '아차!' 하는 생각이 그제야들었다. '난 퇴직하면 어떻게 살아야 하나? 어떤 일을 하며 살아야 하나?'

바로 직전 근무했던 학교는 다문화 가정 학생이 많았다. 어릴 때 입국하여 초등학교를 우리나라에서 보낸 학생들 중에는 의사소통이 우리와다르지 않고 공부도 꽤 하는 학생들이 있었다. 초등학교 고학년이나 중학교로 중도 입국한 학생들은 처음엔 아예 의사소통이 안 되는 경우가 많았다. 학교에서 친구들과 잘 어울리는 경우, 우리말에 대한 노출 시간이 많아지면 아이들은 빠르게 한국어를 익혔다. 한 학기만 지나도 몇몇 학생들은 의사소통할 수 있었고, 1년이 지나면 대부분 소통이 가능해졌다. 하지만 학습 언어는 되지 않았다. 시험을 볼 때면 문제를 이해하지 못해 제대로 풀지 못했다. 이중 언어 강사나 외국어가 가능한 강사를 배치하고 특별 관리를 했지만 쉽지 않았다. 그런 상황을 보면서 '한국어 강사' 자격을 취득해야겠다고 생각했다. 자격증이 있으면 퇴직 후 학습 코칭이나 기초 학력 지도 강사 역할을 할 수 있을 것 같았기 때문이다.

그러나 한국어 강사를 채용하는 기관의 면접관으로 참여해 보니 생각처럼 그리 쉬운 문제가 아니었다. 한국어 강사는 계약 기간이 길어야 1년밖에 되지 않았다. 구직 활동을 계속해야 하는 상황 속에 나이 많은 사람을 누가 뽑아 주겠는가? 이미 자격증을 갖고 있으나 구직 활동을 하지 않는 선배들이 이해되었다. 나의 섣부른 판단이었다.

퇴직 후의 삶에 대한 고민은 머리에 담고 있다고 해결되지 않았다. 구름 속에서 헤매는 느낌이었다. 무엇이든 해 봐야겠다는 생각이 들었다. 평소에 관심이 있었던 '모닝 페이지'를 쓰는 모임에 들어갔다. 모닝 페이지는 매일 아침에 일어나자마자 노트를 펴고 생각이 떠오르는 대로 쓰는 것이다. 처음엔 무얼 써야 할지 몰라 기도문을 적기도 했다. 조금씩 익숙해지면서 내면의 소리에 귀를 기울이게 되었다. '내 삶의 목표는 무엇인가?', '내가 하고 싶은 것은 무엇인가?' 생계형 직업으로서의 꿈이 아니라 '정말 하고 싶은, 내 인생에서 남기고 싶은 것은 무엇인가?'라는 소리가 반복해서 들려왔다. 바쁜 일상에서 늘 후 순위로 밀려 있던 독서를 해야겠다고 결정했다. 책을 읽으니 독서 모임을 찾게 되었고, 모임에서 나의 고민을 얘기했다. 앞으로 남은 삶 동안 할 수 있는 게 어떤 것이 있을지, 무엇을 하며 살아야 할지 등 제2의 인생에 대한 꿈을 찾는다고 얘기했다. 돌아온 대답은 글쓰기였다. 교사로서 지내 온 시간과 경험을 스토리텔링으로 써 보라는 권유였다. '내가 글쓰기를 할 수 있을까?' 하는 의문부터 들었다. 처음엔 '할 수 없다'라는 생각이 지배적이었다. 모닝 페이지에 적었다. '할 수 없다'라고 반복하여 적다 보니 어느 순간 '한번 해 보지, 뭐!'라고 적고 있는 나를 발견했다.

글을 쓰려면 어떻게 해야 하나? 신춘문예 같은 곳에 응모해야 하나? 몇 해 전 동료였던 친구가 블로그를 해 보라고 권했던 게 생각났다. 블로그는 있었다. 이름만 넣어 만들기만 해 둔 채 방치하고 있는 블로그!

그래, 이것부터 해 보자! 블로그를 하려고 하니 이건 또 어디서 배워야 하나 싶었다. 유튜브도 뒤적여 보고, 초록색 창에도 '블로그 배우기'를 검색했다. 마침 블로그를 배울 수 있는 곳을 발견하고 신청서를 제출했다. 그러나 그곳은 존중받지 못한다는 느낌과 정해진 시간 내에 포스팅 해야 하는 것 등 정해진 룰이 나의 상황과 맞지 않아 중도 포기했다. 꿈을 찾아야 하는데 시작도 제대로 하지 못하고 포기라니! 포기했다는 사실이 나를 힘들게 했다. 그냥 멈출 수는 없었다. 다시 시도하기로 하고 글쓰기를 배울 수 있는 곳을 기웃거리기 시작했다. 그렇게 제2의 꿈을 찾아 나서다 보니 어느덧 내 나이는 예순에 접어들고 있었다.

코로나19로 모든 대면 활동이 중지되고 온라인 활동으로 바뀌었다. 전자책이 유행하더니 오디오북이 어느새 등장했다. 우연히 듣게 된 오디오북. 처음엔 듣기만 하는 게 머리에 남을까 하는 의문이 들었다. 직접 내 목소리로 책을 읽어 보니 집중력도 좋아지고 책의 내용도 더 잘 기억되었다. '나도 낭독을 한번 해 볼까?' 학교에서 마이크를 잡는 일이 종종 있었다. 방송하고 나면 선생님들이나 학생들이 목소리가 좋다는 칭찬을 해 주었던 기억이 났다.

두드리면 열린다고 하던가. 낭독 카페가 있었다. 이미 책도 여러 권 나와 있었다. 카페 가입을 하니 온라인으로 배울 수 있는 강좌들이 있다는 것을 알게 되었다. 용기 내어 수강 신청을 했다. 처음엔 어색했지만 내 목소리로 책을 읽는다는 사실만으로도 재미있었다. 문득 시각 장애인을 위한 도움을 줄 수 있겠다는 생각이 들었다. 나도 한때 시각 장애인이 될까 봐 두려워했던 터라 시각 장애인을 위한 봉사를 하고 싶었다. 배워 보자. 연습해 보자. 용기 내어 시작했다.

낭독 수업 중 박완서의 『한 말씀만 하소서』를 낭독했다. 첫 문장을 보는 순간, 읽을 수가 없었다. 갑자기 울음이 터져 버렸다.

'88년 여름 아들을 잃었습니다.'

이 한 구절이 가슴을 후벼팠다. 나도 88년 겨울, 아들을 잃었다. 그 아이를 위해 한 번도 제대로 울어 보지 못했음을 그 순간 느꼈다. 이미 잊힌 일이라 생각했으나 잊힌 게 아니었다. 내게도 상처가 되어 남아 있음을 30년이 지난 지금에야 알게 되었다. 울음을 멈추고 다시 책을 읽었다. 마음이 차분하게 가라앉는 것을 느꼈다. '아, 낭독이 누군가에게 위로가 되겠구나!' 하는 생각을 하게 되었다.

내면에서 나는 소리에 귀를 기울이고 나에게 투자해야 삶에 대한 명확한 목표와 방향을 정할 수 있다. 바른 목표와 방향을 갖게 되면 나를 희생하던 삶에서 지속 가능한 삶으로 바꿀 수 있다. 나 자신을 가꾸면 텅 비어 버린 듯한 마음도 채우고 이타심도 키워진다. 그리고 지금보다 더 나은 친구나 멘토가 될 수도 있지 않을까? 그렇게 내게 남은 삶을 가꾸어 가고 싶다.

독서와 글쓰기, 낭독으로 가득한 삶을 꿈꾼다. 책은 언제나 나에게 위안이 되고 영감의 원천이다. 조용한 새벽이 선사하는 시간, 따뜻한 차 한 잔과 좋은 책으로 하루를 시작한다. 내 생각과 이야기를 쓰는 오후, 그리고 하루를 반성하고 피드백하는 저녁 시간을 만들어 가고 있다. 시간이 가면 갈수록 책 읽고 글 쓰는 삶에 대한 욕구가 솟아나고, 그렇게 살아갈 것이라는 확신이 생긴다. 이 길이 내 삶의 기쁨이 되고 더 깊은 자기 이해로 가는 길이 된다.

은퇴는 끝이 아니라 새로운 시작이며, 그동안 미뤄 두었던 열정을 쏟을 기회이다. 세계를 여행하든, 새로운 기술을 배우든, 지역 사회에 환원하든, 이 새로운 삶의 과정에는 무한한 가능성이 있다. 마음을 열고 호기심을 갖고 이 시간을 즐기려 한다. 제2의 꿈을 찾는 것은 단순히 새로운 목적을 찾는 것이 아니라 기쁨과 성취로 삶을 풍요롭게 하는 것이기 때문이다.

3.
방전된 배터리를 충전하다

..

김희선

"마누라, 나 담배 좀 피워도 되나?"

남편이 결혼하면서 끊었던 담배를 다시 찾는다. 나와의 약속이 떠올랐는지 시작 전에 허락을 구한다. 회사 일로 밥도 제대로 못 먹고 잠도 못 잔 지 며칠째다. 담배는 무엇보다 싫었지만, 남편을 살리기 위해 허락할 수밖에 없었다. 아이러니하다. 담배가 남편을 살리기 위한 방법이 되다니.

젊은 날, 남편은 누구보다 열정적인 사람이었다. 나에게 꿈을 물었다. 대학 입학 이후 '꿈'이라는 단어를 잊고 있던 내게 남편의 말은 뜬구름 같았다. 이미 꿈을 이뤘는데 무슨 꿈을 또 꾼단 말인가. 나와 남편을 닮은 아이를 낳아 행복하게 사는 것, 그게 전부였다.

남편은 10년 후 목표를 미리 세워 놓았다. 그 열정이 부러웠다. 꿈을 이야기할 때 빛나던 남편의 두 눈이 기억난다. 그랬던 남편이 결혼하고 10년이 지난 지금, 꿈을 잊은 채 살아가고 있다. 빛이 사라진 지 오래다.

생기를 잃어 가는 남편에게 젊은 날 그 꿈을 이제 이루었으면 좋겠다고 말했다. 남편은 작은 한숨과 함께 힘없이 웃는다. 당장 하루하루 살아가기도 힘든데 다시 꿈을 꾸고 행동하라니. 이번엔 꿈 이야기를 하는 내가 황당해 보였나 보다. 젊은 날의 내가 남편을 보고 그랬던 것처럼 말이다. 남편의 씁쓸한 웃음을 보고 더 이상 꿈이란 단어를 꺼낼 수 없었다.

아이는 어렸을 때부터 고집이 셌다. 자기 마음대로 되지 않을 때면 몇 시간이고 울었다. 원하는 대로 다 하며 살 수는 없는 노릇이다. 아이의 고집을 꺾기 위해 아이가 튀어 오르면 오를수록 더 강하게 눌렀다. 아이를 향한 목소리가 점점 커져만 갔다. 크면 괜찮겠지, 생각했다. 남자아이는 원래 그런 거라고 말이다.

코로나19로 제대로 된 학교생활을 2학년 때부터 할 수 있었다. 역시 학교에 가면서 문제가 생겼다. 담임 선생님에게 전화가 오기 시작했다. 엄마가 선생님인데 아이가 학교에 잘 적응하지 못한다고 하니 자존심이 상했다. 친구와의 갈등 상황으로 엄마들에게도 연락이 왔다. 아이가 학교생활과 친구 관계에 힘들어하는 것보다 죄송하다고 말하는 이 상황에 화가 났다. 모든 게 아이 탓 같았다.

뭐 하나 내 마음대로 되는 게 없었다. 점점 깊은 동굴 속으로 빠져들었다. 이대로 주저앉을 수는 없다. 책상을 박차고 달려 나갔던 어린 날의 나처럼 변화가 필요했다. 누군가 하지 않으면 나라도 시작해야 한다. 누가 나를 위해 변해 주길 바라겠는가. 나 자신도 바꾸지 못하면서 말이다. 삶이 변하길 원한다면 내가 그렇게 만들어야 한다. 젊은 날 남편이 말했던 그 꿈을 이제 내가 찾아야겠다.

도서관에서 자기 계발에 관한 책을 읽고 무작정 따라 했다. 그 시작이 새벽 기상이다. 일찍 일어나 여유롭게 하루를 맞이하는 건 나에게 불가능한 일이라 여겼다. 아침잠이 많아 학교 다닐 때 지각을 많이 했다. 학생 주임이 교문 앞에 서 있는 모습만 봐도 눈물 찔끔 흘리던 시절이다. 무서운 학생 주임도 아침잠을 이길 수는 없었다. 그랬던 내가 알람을 5개씩 맞춰 놓고 일어났다. 그만큼 절실했으리라.

남편에게 보내는 무언의 메시지였다. 보란 듯이 거실에 앉아 책을 읽었다. 잠을 깨우기 위해 허벅지를 찌르고 반쯤 감긴 눈으로 거실을 좀비처럼 걸어 다녔다. 안방에서 남편이 나올 때마다 자세를 고쳐 앉았다. 남편은 일어났냐며 무심히 한마디 던지고 출근 준비를 했다. 나의 새벽 기상에는 관심이 없어 보였다.

이대로 멈출 수는 없다. 혼자 하기 힘들어 새벽 기상을 하는 모임을 찾았다. 새벽 시간 온라인에서 다양한 사람들을 만났다. 졸려서 어쩔 줄 모르는 나와 다르게 계획된 루틴대로 주어진 시간을 알차게 보내고 있었다. 부러우면 따라 하면 된다. 추천하는 책을 읽기 시작했고, 모임과 책에서 하라는 대로 루틴을 만들어 실행했다. 결혼하고 처음으로 나를 위해 하고 싶은 일들이 생겼다. 할 일들이 많아지니 기상 시간을 점점 앞으로 당겼다. 더 이상 남편에게 보여 주기 위한 시간이 아니었다. 나의 가치에 집중하기 시작했다.

어느 날, 남편이 퇴근하는 나를 데리러 왔다. 뜸을 들이다 조심스레 말을 꺼낸다. 이제 꿈을 준비하고 싶다고. 혼자 새벽 기상을 시작한 지 백일이 다 되어 갈 즈음이었다. 남편과 마주 잡은 두 손에 힘이 들어간다.

결심해 준 남편이 고맙다. 지금은 4시에 함께 일어나는 동지다. 게을러질 때마다 남편을 바라본다. 미래의 성공을 확신하고 앞으로 달려 나가는 남편을 통해 이제는 내가 선한 자극을 받는다.

아이를 이해하기 위해 종합 심리 검사(풀 배터리 검사)를 받았다. 검사 결과를 보고 아이에게 한없이 미안했다. 아이는 불안이 높았다. 자신의 불안을 낮추기 위해 고집을 부리며 주변을 통제하려 들었다. 내 새끼이니 내가 잘 안다고 생각했는데, 아니었다. 돌아보니 아이는 지금껏 말과 행동으로 힘든 마음을 엄마에게 표현하고 있었다. 자기 마음을 몰라주는 엄마에게 짜증을 내면서도 유치원에 다녀오면 죄송하다는 글자를 꾹꾹 눌러 써 왔다. 왜 화가 났는지 물으면 아이도 자신의 마음을 모르겠다고 말했다. 불안이라는 감정을 배운 적 없어 말로 표현하기 힘들었던 모양이다.

검사 결과를 듣고 아이를 향한 내 말부터 바꾸었다. 아이의 불안한 마음을 먼저 알아주었다. 마음을 다스리는 방법도 함께 연습해 나갔다. 아이가 편히 소통할 수 있도록 가족 문화를 다시 만들기로 했다. 아이들의 생각을 듣기 위해 가족회의를 시작했고 의사 결정에 반영했다. 회의를 통해 가족 버킷리스트, 용서의 날, 자유의 날 등 우리 가족만의 문화를 아이들과 함께 만들어 갔다.

점차 아이의 학교생활이 편안해지기 시작했다. 더 이상 전화가 오지 않으니 살 것 같았다. 4학년 1학기 학급 부회장이 되었다는 말을 듣고 거실을 방방 뛰어다녔다. 아이는 쑥스러운 듯 엄마를 바라본다. 누가 보면 전교 회장이나 된 줄 알았겠다. 나에게는 전교 회장이나 마찬가지인 것을.

엄마, 아빠가 일찍 하루를 시작하면서 아이들 기상 시간도 당겨졌다. 아이들도 자신의 목표를 하나씩 이루어 가고 있다. 아침에 일어나 한자 외우기를 목표로 정했던 아들은 얼마 전 한자 인증 시험에서 원했던 결과를 얻었다. 아이들과 아침 달리기를 하며 마라톤 대회 입상을 목표로 세우기도 했다.

마음의 힘이 생기니 문제의 원인과 해결 방법을 나에게서 찾기 시작했다. 해결할 힘도 결국 내 안에 있었다. 변화는 마음가짐에서 비롯되었다.

새벽 시간마다 방전되었던 배터리를 충전한다. 더 이상 이유 없이 눈물 흘리지 않는다. 아침밥 먹을 시간이 없어 허둥대지도 않는다. 새벽 4시에 일어나 나에게 집중하고 6시에 남편과 아침밥을 먹는다. 매일 아침 집 앞을 달리며 건강도 챙긴다. 충전된 에너지만큼 주변 사람들에게 그 에너지를 나눠 주고 있다.

얼마 전, 친구가 이유 없이 눈물이 난다고 했다. 예전 내 모습을 보는 것 같다. 딱 한 달만 달리기를 하자고 손을 내밀었다. 내 손을 잡은 친구와 아침마다 달리며 서로를 응원하는 메시지를 주고받는다. 한 달이 지난 후, 친구는 더 이상 이유 없이 울지 않는다. 새벽 기상을 시작했으며 이루고 싶은 목표를 찾고 싶다고 말했다. 몇 권의 책을 권해 준다. 새벽마다 책 읽고 필사를 하더니 이제는 10km 마라톤에 도전하겠다는 목표를 세웠다. 꿈을 찾기 시작했다.

누군가를 도와주는 기쁨이 이렇게 클 줄 몰랐다. 남편, 아이, 친구의 변화가 감사하다. 다시 꿈꾸는 주변 사람들을 보며 나도 새로운 꿈을 꾼다.

꿈을 이루는 여자들

나의 경험을 말과 글로 나누고 눈물 흘리는 누군가의 손을 잡아 주고 싶다고 말이다. 어딘가에 깊이 처박혀 지금껏 돌보지 않았던 나만의 씨앗, 보석을 이제야 찾았다. 그 꿈이 이제 막 싹을 틔우며 수줍게 땅 위로 고개를 내밀고 있었다. 딱딱한 땅을 뚫고 힘겹게 모습을 드러낸 만큼 환하게 꽃 피울 때까지 잘 지켜 가야겠다. 그 꽃으로 더 많은 사람에게 꿈이라는 향기를 선물해 줄 수 있기를.

4.
새로운 세계에서 꾸는 꿈

..

이경민

암이 재발했다는 말을 듣고부터는 정신이 번쩍 들었다. 혼자 버는 돈으로 10개월 살아 봤고, 그러던 남편이 내 뒷바라지하느라 직장까지 그만둔 상태다. 수입은 없는데 생활비는 하루아침에 확 줄어드는 게 아니더라. 보험 적용 안 되는 약값은 얼마나 나올지 모른다. 처음 치료하면서 사용한 10개월의 병가는 물거품이 된 거다. 다시 시작해서 회복까지 계산해 보니 회사로 못 돌아갈 것 같았다. 조혈모세포이식 후 이식받은 골수가 나의 골수에 정착해서 새로운 적혈구나 백혈구, 혈소판을 생산하기 시작하는 과정을 생착이라고 하는데, 이 시간이 오래 걸린다. 회사로 복직을 못 하면 앞으로 뭐 해 먹고 살지 막막했다. 이번에는 병에 대한 두려움도 컸다. 공여자를 찾을 수는 있을지, 많은 항암제를 사용했는데 또 맞는 약은 있을지, 체력은 버텨 낼지. 나의 의지로 해결할 수 있는 게 별로 없어서 무서웠다. 기적적으로 병은 어떻게 치료했다 쳐도 그다음이 그려지지 않았다. 처음 암이라는 이야기를 들었을 때보다 공포감은 더했다.

발병 당시 입원했을 때는 OTT 채널로 그동안 못 봤던 드라마나 예능 프로그램을 보면서 시간을 보냈다. 재미있는 것들이 많았는데 여태껏 뭐하며 살았나 싶었다. 유튜브에서 명상 영상을 찾아 수시로 따라 하며 마음을 편안하게 했다. 건강하게 새로 태어나고 싶어서 신생아를 검색해 보는 습관도 생겼다. 치료를 다시 시작해야 한다고 생각하니 기존에 보던 영상을 볼 마음이 사라졌다. 돈이 많은 사람이 되려면 어떻게 해야 하는지 찾기 시작했다. 회사에서 제공하는 전자 도서관에서 '부', '부자', '돈'을 검색어에 입력했다. 많은 책 중 눈에 들어오는 제목이 있었다. 서미숙 작가가 쓴 『50대에 도전해서 부자 되는 법』이다. '뭐, 50대에도 부자가 될 수 있다고?' 작가는 자녀 교육비로 많은 돈을 쓰고 노후 준비를 하나도 못 했는데, 50대 초반에 도전해서 3년 만에 경제적으로 자유로워지고 다른 삶을 살고 있었다. 책 읽는 속도가 느린데, 이건 하루 만에 다 읽고 다음 날 한 번 더 봤다. 공감되는 부분이 많아 펑펑 울면서 읽었다. 항암 치료를 받아도 힘들어서는 운 적이 없는데, 이 책을 읽으면서 흐르는 눈물은 주체할 수가 없었다. 영상도 찾아서 보고 강의도 들었다. '제가 부러우면 따라 해 보세요.'라는 말이 귀에 꽂혀서 할 수 있는 것을 찾았다. 병원에서 새벽 기상부터 해 보자 마음먹었다. 책에 소개된 모임에 가입했다. 매일 인증하고 함께하는 동기들과 소통하고 온라인 세상의 매력에 빠져들었다. 주말에도 예외는 없었다. 단순히 기상 인증만 하는 게 아니었다. 매달 원씽을 정하고 매일의 감사할 것, 기분 좋게 만드는 것, 오늘의 다짐, 목표 행동을 적었다. 매주 시간, 돈, 마인드 관리에 대한 주제로 강의도 열심히 들었다. 할 수 있는 건 바로 적용했다. 한 달을 해 보니 용기가 생겨 다양한 커뮤니티에 가입하고 수업 신청도 했다.

독서의 중요성을 알았기에 시간 날 때마다 eBook을 읽었다. 입원실이 무균실이라 종이책 반입이 어려웠다. 단순히 읽는 걸로 끝나는 게 아니라 내 것으로 만드는 독서법을 배우고 나니 종이책을 읽고 싶어졌다. 새 책이면 가지고 들어갈 수 있다고 했다. 입원 준비물 넣는 캐리어에 한 달 동안 읽을 책을 여러 권 담았다. 4~5주 동안 입원했다가 2주 정도 퇴원하는데 사흘이 멀다고 집으로 책이 배송되었다. 읽어야 할 책이 넘쳐났다. 입원과 퇴원을 몇 번 반복하고는 통원 진료로 바뀌어서 집에 있으니 자유롭게 읽을 수 있어서 좋았다.

운동도 할 수 있었다. 처음 입원했을 때는 코로나19가 심해서 병실 밖으로 못 나가게 했다. 침대 옆에서 할 수 있는 제자리걸음과 스트레칭이 운동의 전부였다. 암이 재발해서 다시 입원했을 때는 코로나19가 조금 완화되어 복도를 걷게 해 줬다. 항암 치료를 잘 견디려면 구토하면서도 뭐든 먹어야 했고, 운동을 해서 체력을 길러야 한다는 생각뿐이었다. 한 끼 먹을 때마다 바로 걸었다. 30~40분씩 세 번 걸으면 만 보가 채워졌다. 이식 전 마지막 항암 치료를 할 때 심장이 붓고 폐에 물이 차 호흡곤란이 왔다. 혈압까지 낮아져 낙상의 위험이 있다고 침대에서 못 내려가게 했다. 움직이지 않으니 며칠 만에 다리 근육이 소실되고 걷는 게 힘들어졌다. 호흡 곤란을 처음 겪어 보니 이러다 정말 죽을 수도 있겠구나 싶었다. 이식받을 수 있을 정도로 심장을 치료하느라 이식 날짜가 미뤄졌다. 무사히 이식을 받고 퇴원했지만, 혼자 거동하는 건 무리였다. 계속 숨은 차고, 다리에 힘은 없고, 백일까지는 안방에서 식탁까지 겨우 걸을 수 있었다. 이대로 있으면 언제 걷게 될지 알 수 없는 상황. 매주 통원 치료를 가는데, 한 달쯤 되었을 때 남편에게 워킹 패드를 사서 거실에 놓고 걷는 연습을 해야겠다고 했다. 아주 비싼지를 물었다. 바로 알아보더니 새것은 30만 원, 중고는 8~9만 원에 살 수 있겠다고 했다. 병원 근처에 중고로 나온 게 있어 진료 있는 날에 맞춰 예약했다. 소비를 줄여야 했지만 이건 꼭 사고 싶었다. 병원에서 나와 파는 분 사무실 앞으로 갔다. 남편이 나의 상태를 이야기하며 물건을 차에 싣는데, 이걸로 운동 열심히 해서 빨리 회복하라고 만 원을 되돌려 줘서 7만 원에 샀다. 새것이나 다름없는 워킹 패드 위에 올라가 첫날 10걸음을 걸었다. 일주일 후에는 3분, 차츰 시간과 걸음 수를 늘려 6개월이 되었을 때는 5천 보, 10개월째는 만 보를 걸었다. 몸이 힘들다고 아무것도 하지 않았다면 아직도 걷는 게 힘들었을 거다. 가랑비에 옷 젖듯이 매일 걸음 수를 늘리며 체력을 길렀더니 올해 1월부터는 임장을 다닐 수 있게 되었다. 많이 걸을 때는 이천 보도 걷는 걸 보고 놀라웠다.

병실에서 다양한 강의를 들었다. 지금 생각하면 그런 힘이 어디서 나왔나 싶을 정도다. 수많은 부작용과 사투를 벌이면서도 온라인 수업에 집중했다. 심장과 폐 때문에 숨쉬기가 어려워 누울 수도 없었다. 딱딱한 의자에 앉아서 뜬눈으로 이틀 밤을 새울 때도 있었다. 이식을 받는 날도 새벽 루틴을 유지했고, 다음 날 하는 강의에도 참석했다. 하혈이 심해서 앉지도, 눕지도 못할 때도 예외는 없었다. 이때 진행하는 분이 어제 이식받은 거 아니냐고 물은 게 기억난다. 예전과는 다른 삶을 살고 싶은 마음이 간절했기 때문에 가능했다.

이식 후 재발률이 높은 1년을 무사히 보내고 돌을 맞이했다. 죽는다는 말을 들었지만 투병하면서 자기 계발을 멈추지 않았다는 내용을 참여하고 있는 커뮤니티에 풀었다. 처음에 이야기를 나눠 달라고 했을 때, 아팠던 이야기가 무슨 도움이 될까 싶어서 망설였다. 여러 사람 앞에서 이야기하는 것도 처음이고, 강연이 끝나고 나니 책 읽듯이 말한 게 부끄러웠다. 새로운 일에 도전해 본 걸로 매우 만족스러웠다. 꿈보다 해몽이 좋다는 말이 이럴 때 쓰는 말일까. 많은 사람들에게 선한 자극이 되었다. '힘들 때마다 생각하며 열심히 살겠다, 아픈 가족에게 큰 힘이 되었다' 등의 후기를 정성껏 남겨 주었다. 가슴이 뜨거워지고, 감동이었다. 나의 경험도 누군가에게는 도움이 되는구나 싶어 더 용기를 내며 루틴을 실천하고 있다.

자기 계발을 시작하니 글을 써야 하는 일이 많다. 평소에 글쓰기를 하지 않았으니 자신 없는 부분이다. 이것도 극복해 보고 싶어 1년 전 수업을 신청했다. 수업을 들어도 매일 쓴다는 건 쉽지 않았다. 작은 성취를 맛보기 위해 올 1월부터 매일 블로그 쓰기 챌린지에 참여하고 있다. 역시 시스템 안에 있으니 쓰게 된다. 잘 써 보자는 것이 아니라 그냥 쓰자고 마음도 바꿔 먹었다.

암 환자가 투병하면서 여러 가지 도전을 하며 새로운 꿈을 꾸고 있다. 안정적인 걸 추구하고 변화를 싫어하는 나인데, 절박하니 바뀐다. 만 2년 정도 자기 계발 세계에서 다양한 영역의 책을 읽고 강의를 들으며 공부하고 있다. 모든 게 처음이라 서툴고 속도는 느리지만, 목표를 향해 달리고 있다. 꾸준히 루틴을 유지하며 이 세계를 떠나지 않고 있을 수 있는 것은 절실해서이다.

나는 반드시 해낸다는 마음으로 시작했고, 방향이 맞으면 끝까지 가겠다고 다짐했다. 아리스토텔레스는 교육이 최상의 노후 대비책이라고 말했다. 수입이 없는 퇴직 후의 삶을 미리 경험해 보았기에 지금부터 준비할 수 있어서 다행이고 감사하다. 끊임없는 깨달음과 배움만이 나를 온전히 살아 있게 하고, 가장 자신답게 살아갈 힘을 길러 준다는 말에 동의한다. 꿈꾸며 홀로서기를 제대로 해 보자.

5.
끊임없이 도전하는 여자이고 싶다

..

이명진

"저는 지원자 중 가장 성장 가능성이 있는 학생입니다. 교환 학생 6개월 기간을 마친 후 저의 중국어 실력은 압도적으로 향상돼 있을 것입니다."

대학 4학년 마지막 학기, 중국 교환 학생 선발 면접에서 내가 했던 말이다. 보통 4학년은 선발하지 않는다는 통설이 있었기에 지원자 중 나만 유일한 4학년이었다. 어학연수 한번 다녀오지 않았어도 중국인과 대화가 가능하다는 사실을 어필했다. 교환 학생으로 뽑혀 현지 경험이 쌓인다면 더욱 발전할 가능성이 있는 학생임을 강조했더랬다. 그 자신감이 기특했는지 나는 교환학생으로 선발된 처음이자 마지막 4학년 학생이 되었다. 당시 우리 집은 교환 학생으로 선발돼도 금전적으로 지원해 줄 형편이 아니었다. 부모님이 하시던 사업이 힘들어져 하루아침에 지하 방으로 이사했고, 전기세와 가스비도 제때 내지 못하던 시절이었기 때문이다. 그럼에도 불구하고 내가 이루고 싶은 꿈이 있으면 우선 도전하고 봤다. 비용은 어떻게든 해결될 거라는 믿음이 있었다. 다행히 교환 학생으로 선발되고 난 후 엄마가 다니던 교회에 장학금 후원 제도가 생겨 항공료와 체류비가 해결되었다. 실현 가능성이 없어 보인다고 도전조차 하지 않았다면 교환 학생이라는 신분으로 중국 현지 체험은 해 보지도 못했을 것이다.

현실과 타협하지 않는 나의 도전은 대학 졸업 이후에도 계속됐다. 졸업 후 취업 대신 대학원에 원서를 냈다. 어찌 보면 철없는 막내딸이었을까. 원하는 국제대학원에 합격했다. 석사 과정 중 한 번의 휴학은 있었지만, 조교와 인턴을 하면서 부모님의 도움 없이 졸업했다. 나는 도전 없이는 성취도 없다는 말을 믿는다. 반면 언니는 미국 유학을 꿈꿔 왔지만, 대학을 졸업하자마자 취업 전선에 뛰어들어 장녀의 책임을 다했다. 언니는 종종 말한다. 나의 무모한 도전이 부러웠다고. 자신은 절대 현실을 외면하는 도전은 할 수 없었다고.

전업주부도 내게는 일종의 새로운 도전이었다. 연애 시절 남편은 결혼 후 아내가 아이들이 어느 정도 클 때까지 집에서 남편과 아이들을 직접 챙겨 주면 좋겠다고 했다. 가정적인 남자라고 생각했다. 이 때문이었을까. 첫아이를 임신하고 한 달 정도 됐을 무렵, 병원에서 자궁에 피 고임이 생겨 조심해야 한다는 이야기를 들었다. 당시 서울에서 천안까지 출퇴근했는데 산부인과 의사의 말을 기다렸단 듯이 미련 없이 퇴사했다. 충분히 휴식을 취하니 피 고임은 빠르게 회복되었다. 첫째 아이도 건강하게 출산했다. 전업주부가 된 후 살림과 육아를 잘 해내고 싶었다. 직장에서도 맡은 업무를 완벽히 해내기 위해 열과 성을 다하는데 전업주부도 직장인처럼 프로페셔널해야 한다고 생각했다. 남편이 일찍 퇴근하는 날에는 메인

메뉴와 다양한 반찬들을 준비했다. 첫째를 낳은 후 몸이 힘들어도 따뜻한 새 밥과 맛있는 찌개를 준비했다. 육아서도 열심히 읽고 실천하려고 부단히 노력했다. 큰 칠판을 붙여 두고 아이 개월 수에 따른 발달 내용을 적어 두었다. 수시로 첫째 아이를 관찰하며 기록하는 등 나름대로 괜찮은 전업주부라 자부하며 살았다.

둘째를 출산하면서부터 전업주부로서의 위기가 찾아왔다. 아이가 하나인 것과 둘인 것은 천지 차이였다. 둘째에게 우유를 주거나 기저귀를 갈아 줘야 할 때면 어김없이 첫째는 같이 놀아 달라고 보챘다. 별것 아닌 일들로 첫째와 실랑이하는 일이 하루에 수차례다. 화가 치밀어 올라 버럭버럭 소리 지르는 횟수가 점점 늘어 갔다. 몸도 마음도 지쳐 갔다. 머리로는 아이를 키우는 일이 가장 가치 있는 일이라 생각했지만, 산더미처럼 쌓인 개야 할 빨래들과 집안일들을 보고 있노라면 가치 있는 일은커녕 내가 가사 도우미 같다는 생각마저 들었다. 더 이상 직장에서 일하는 것처럼 집안일을 열심히 하고 싶지 않았다. 집안일을 해야 하는 현실이, 아이를 키우는 일이 귀찮게만 느껴졌다. 새로운 도전을 해야 할 시점이 왔다는 것을 직감했다.

대학 시절부터 자녀 교육책을 읽었다. 아이를 갖자마자 더 많은 육아 관련 책을 읽기 시작했다. 유명한 교육 방법들을 비교하며 내 아이를 어떻게 키울 것인지 고민했다. 아이의 외국어 교육에도 관심이 많아 관련 책을 보기도 하고 커뮤니티에 가입해 선배 엄마 아빠들의 노하우도 배웠다. 커뮤니티에서 활동하다 보니 가정에서 교육해 자녀들을 원어민 수준으로 길러 낸 엄마들이 많다는 것을 알게 됐다. 그 엄마들이 아이들을 키운 방법을 따라 해 보기로 결심하고 그들의 이야기를 자주 찾아보았다. 그런데 점점 어떻게 양육했는지보다 그 엄마들의 성장하고 있는 모습이 내 눈에 들어왔다. 한 엄마는 아이에게 중국어를 가르치면서 본인도 다시 중국어 공부를 시작한 것 같았다. 아이들 중국어 교재가 변변치 않다 보니 그 엄마는 직접 중국어 자료를 만들어 가르쳤다. 그러더니 자신의 아이뿐 아니라 다른 아이들을 모집해 스터디 모임을 운영했다. 어린이 중국어 교재와 자료 퀄리티가 좋았다. 나도 소장하고 싶어 스터디를 신청할 정도였다. 시간이 지나갈수록 그 엄마는 엄마표 중국어 분야에서 눈에 띄게 성장했다. 중국어 교재도 출간하고 스터디 규모도 상당히 커졌다. 누구도 능가하기 어려울 정도로 성장하는 모습을 보여 주었다. 내 마음속에서 뭔가가 꿈틀대기 시작했다. 처음엔 질투인가 했다. 자녀 양육과 자기 계발을 동시에 해내는 그녀가 참 멋졌다. 어떻게 자기 관리를 했을지 같은 엄마로서 짐작이 가고도 남았다.

이런 멋진 엄마들이 인스타그램 세계에 넘쳐 났다. 요즘 유행하는 다양한 육아 용품이나 책 등을 인스타그램에서 저렴하게 살 수 있다는 친구의 이야기를 듣고 바로 가입했다. 인스타그램은 내가 알던 인터넷 세상과는 전혀 다른 신세계였다. 사람들과 소통만을 목적으로 하는 예전의 SNS 모습이 아니었다. 육아 정보, 교육 자료, 요리 레시피, 건강 관리법, 경제, 시사, 정치 등 다양한 분야의 콘텐츠를 공유할 수 있었다. 그뿐만 아니라 육아 용품, 도서, 식품, 주방 용품 등 여러 영역의 브랜드와의 협업을 통해 수익을 창출할 수 있는 플랫폼 역할도 하고 있었다. 요즘 세대와 소통하기 위해서는 절대 몰라서는 안 될 채널이라는 생각이 들었다. 이런 세계가 있다는 것을 몰랐던 내가 한참 뒤처졌다는 것을 인정할 수밖에 없었다. 나는 단지 상품을 구매하고 콘텐츠를 소비하려는 이유로 인스타그램에 가입했는데, 이미 많은 엄마들은 자신만의 네트워킹과 시스템을 구축해 경제적 자립을 할 수 있는 창구로 활용하고 있었다. 몸이 힘들다고 매일 무기력하고 우울하게만 늘어져 있던 내가 부끄러웠다.

엄마로서의 삶을 살고 있으면서 동시에 사회적으로도 성공한 모습이 나에게 큰 자극이 되었다. 쇼펜하우어는 '사람은 다른 모든 것을 용서해도 나를 능가하는 것은 용서할 수 없다'라고 했었는데, 그 말이 너무나 이해되는 심정이었다. 인스타그램에서 활발히 활동하고 있는 그녀들은 어떤 성장 스토리를 갖고 있을까? 나와 그녀들의 차이점은 뭘까? 나는 나만의 무엇인가를 해낼 수 있는 잠재력이 있나? 꼬리에 꼬리를 물고 질문들을 쏟아 내다가 나도 달라지고 싶다, 무엇인가 이루고 싶다는 간절함이 생겼다. 나라고 못 할 게 뭔가. 도전하기를 멈추지 않았던 나를 기억하자. 대학교 4학년 교환 학생 면접에서의 근거 없는 자신감을 소환할 때다. 오직 도전을 통해 자신이 무엇을 할 수 있는지 알 수 있다고 하지 않았던가. 새로운 시도를 해야만 했다. 어떤 삶을 살고 싶은지 나에게 묻는다. 아내와 엄마의 역할에 다른 역할을 더 추가해 보자. 전업주부라는 안전지대를 벗어나 움직이기 시작하면 가고 싶은 길이 보이리라. 끊임없이 도전했던 나로 돌아가자!

꿈을 이루는 여자들

6.
최고의 엄마, 현명한 아내가 되는 방법

..

이미지

첫째 아이의 등교 거부가 한 달 넘게 계속됐다. 입학 이후 학교 적응도 잘했고 친구들을 좋아했기 때문에 예상치 못한 상황에 혼란스러웠다. 밤에는 다음날 학교 가기 싫다고 울면서 잠이 들었다. 아침부터 울상인 아이를 겨우 달래 교문까지 데리고 갔다. 아이는 교문 차단기가 내려갈 때까지 발걸음을 떼지 못했다. 나는 아이가 건물에 들어가 보이지 않고 나서야 집으로 돌아올 수 있었다. 눈물을 닦으며 터벅터벅 올라가는 뒷모습을 볼 때마다 마음이 아프다 못해 화가 나기도 했다. 아침마다 등교 전쟁을 치르면서 언제까지 이렇게 살아야 하나 싶어 답답했다.

문득 전업맘의 '전업'이라는 단어를 생각해 보게 되었다. 전업이란, 전문으로 하는 직업이나 사업을 뜻한다. 한 분야에 상당한 지식과 경험을 가진 사람을 전문가라고 한다. 전업맘은 '엄마'라는 일에 전념하여 일하고 있는 전문가이구나. 변호사와 의사가 떠올랐다. 드라마에서 본 그들은 맡은 일을 위해 밤낮으로 뛰어다니고 평생 공부한다. 냉장고 소음으로 A/S를 신청한 적이 있었다. 소음이 사라졌다가 다시 발생하는 현상이 반복됐다. 담당 기사는 문제가 해결될 때까지 방문하여 결국 소음 문제를 해결해 주었다. 전문가는 그런 사람이구나. 자신의 분야에 상당한 지식과 경험을 가지는 것, 문제에 당면했을 때 포기하지 않고 해결 방안을 끝까지 고민하는 사람. 아이의 문제 앞에서 속상해하며 애만 태우고 있을 것이 아니었다. 전문가다운 엄마가 되어야 했다.

다시 육아서를 펼쳤다. '많은 부모가 아이를 위한다며 내면의 해결되지 않은 문제를 꺼내 아이에게 입히고 있다'라는 서천석 박사의 글을 보았다. 나의 삶을 포기하고 아이들에게 관심과 열정을 쏟은 만큼 눈에 띄는 결과물을 얻고 싶었다. 아이들이 항상 밝고 긍정적인 모습만 보여 주길 원했다. 학교에서 받아 오는 좋은 성적과 남들보다 앞선 진도로 나의 희생에 대한 보상을 받으려던 것이었다. 초등학교 1학년 아이에게 3학년 수학을 들이밀고 있었다. 내면의 해결되지 않은 문제였다. 나를 변화시키는 게 먼저였다. 엄마의 욕심이었노라 아이에게 솔직하게 이야기하고 공부를 잠시 멈추었다. 억지로 다니던 피아노 학원도 그만 다니기로 했다. 홀가분해 보였다. 책상에 붙여 두었던 일과표를 떼어 내고 그 자리에 '사랑한다, 네가 자랑스럽다, 매일매일 행복하자'라는 메모를 붙여 놓았다. 육아서를 읽으며 필사했다. 아이와 함께하는 시간을 늘려 갔다. 같이 보드게임을 하고 그림도 그렸다. 친구와의 관계는 어땠는지, 마음은 어떠한지 자주 이야기를 나눴다. 아이는 점차 회복되었고, 교문에서 머뭇거리던 시간도 줄어들었다.

가끔 아이들이 엄마는 커서 뭐가 될 거냐고 물어본다. 대답할 틈도 주지 않고 본인들의 꿈을 나열한다. 첫 번째 꿈인 경찰부터 시작해서 마술사, 소방관, 심지어 농부까지, 손가락이 부족하다. 나는 더 이상 클 수 없어서 그런 건가, 꿈을 이야기하는 것은 여전히 어려웠다. 꿈은 어떤 분야에서 성공하거나 남들보다 훌륭하게 무언가 성취하는 것으로 생각했다. 이제는 가질 수도, 이룰 수도 없다고 여겼기에 꿈에 관해 물어볼 때마다 쉽게 대답할 수 없었다.

김미경 강사의 책을 읽고 강의를 들으면서 꿈에 대해 평생 오해하며 살아왔음을 알게 되었다. 꿈은 성공이나 남과 비교하는 것이 아니라고 한다. 5년 후에 지금보다 나은 사람이 되고 행복해지는 것 역시 꿈이라 할 수 있다고 강조했다. 5년 전의 나와 지금의 나를 비교해 보았다. 시간과 마음의 여유는 생겼지만, 더 나은 사람은 분명 아니었다. 여전히 나는 가정에 매여 있었고, 앞으로 어떻게 살아야 할지 몰랐다. 문득 지금과는 전혀 다른 40대를 준비하고 시작해야겠다는 생각이 들었다.

남편은 일찍부터 자기 계발에 관심이 많았다. 아이들 책만큼이나 남편의 책도 책장에 가득했다. 나는 독서를 좋아하지 않았다. 읽으면 다 옳은 말인데, 실천하기가 어려웠다. 책을 읽어도 달라지지 않으니 재미를 느끼지 못했다. 육아서를 읽으며 아이들 대하는 모습이 바뀌었던 것이 생각났다. 나의 변화를 위해 독서부터 시작해야겠구나. 막상 책을 읽으려고 하니 무엇부터 읽어야 할지 막막했다. 남편에게 추천받은 자기 계발서부터 읽기 시작했다. 달라지겠다고 마음먹으니, 책이 다르게 보였다. 밑줄을 긋고 인덱스를 붙였다. 책에 나온 내용을 하나하나 적어 보았다. 두 시간 독서와 글쓰기', '좋은 습관 가지기', '감사하기', '목표 세우기', '새로운 일에 도전하기'. 해야 할 일이, 하고 싶은 일이 많아졌다.

전문가다운 엄마로 달라지고자 했더니 나다운 엄마가 되어 갔다. 내가 할 일에 최선을 다하는 삶을 다시 살기 시작했다. 주부와 엄마의 역할 위에 나의 성장이 더해졌다. 경제 공부와 글쓰기 공부를 시작했다. 관심이 많았던 캘리그라피 수업도 신청했다. 더 이상 영화나 드라마를 찾지 않게 되었다. 볼 시간이 없었다는 것이 정확한 표현인 듯하다. 매일 해야 할 루틴이 추가되니 오히려 시간이 부족해졌다. 아이들을 재우고 밤이 늦도록 컴퓨터를 붙들고 있었다. 누우면 쉽게 잠이 오지 않았다. 뒤척이다 두세 시쯤 잠들기 일쑤였다. 수면 시간이 줄어드니 쉽게 피곤해졌다. 아이들과 함께 있는 시간에도 아이들에게 온전히 집중하지 못하고 있는 것을 느꼈다. 이렇게는 안 되겠다. 방법은 새벽 기상밖에 없었다. 저녁 열 시에 아이들과 함께 잠들고 새벽 네 시에 일어나기 시작했다. 효과가 있었다. 나만의 시간을 확보했고, 잠도 충분히 잘 수 있게 되었다. 나에게 있어 낮과 밤은 그저 주어지는 시간이었다면 새벽은 만들어 낸 시간이었다. 애써서 만들어 낸 새벽 시간은 소중했다. 허투루 쓸 수 없었다. 독서부터 시작해서 글쓰기, 새벽 예배와 운동으로 채웠다. 이제는 몸과 마음이 지칠 때면 편하게 앉아 책을 펼친다. 달라진 나의 모습에 내가 더 신기하다. 조바심이 사라지고 여유가 생겼다.

아이들이 떡국이 먹고 싶다 해서 끓여 주었다. 평소에 먹던 떡이 아닌

꿈을 이루는 여자들

선물로 들어온 다른 브랜드의 떡을 사용했다. 맛이 달랐나 보다. 기가 막히게 알아차리고 원래 먹던 맛과 다르다며 짜증을 부리기 시작했다. 아이들의 반응이 나의 행복을 결정했던 예전이라면 기분이 좋지 않을 상황이었다. 다른 떡을 사용해서 맛이 달라진 거라 이야기하며, 못 먹겠으면 주먹밥을 만들어 주겠다고 했다. 예상치 못한 엄마의 반응에 아이들도 놀란 눈치였다. 좋은 엄마가 되려고 공부 중이라는 말에 아이들이 웃는다. 나를 채우니 아이들에게 여유를 나누어 줄 수 있었다.

새 학기를 앞두고 첫째 아이가 다시 공부를 시작하겠다고 했다. 심심할 때면 소파에 앉아 책을 읽는다. 아이를 믿고 기다리며 나부터 챙기려고 하니 아이는 스스로 달라졌다. 노트북을 켜서 글을 쓰고 있자면 관심을 보이며 다가온다. 좋아요와 구독을 얼마나 받고 있냐고 물어본다. 아이들끼리 흰 종이를 가지고 동화책을 만들기도 하고, 노트에 글과 시를 쓰기도 한다.

남편은 그동안 나의 무기력한 모습이 안타까웠는데, 활기가 생긴 것 같다며 좋아한다. 출산 이후로 가장 즐거워 보인단다. 함께 같은 곳을 보며 성장해 가고 있어서 행복하다고 한다. 누구보다 적극적으로 지지해 준다. 나 없이 아이들과 있는 시간을 두려워하던 사람이다. 요즘은 내가 강의를 듣거나 모임이 있을 때면 혼자서 아이들을 돌보고 있다. 덕분에 남편과 아이들이 예전보다 가까워졌다. 그동안 육아하느라 피곤하다는 핑계로 남편에게 무관심했다. 항상 남편이 출근한 후에 일어났었다. 새벽 기상을 하고부터는 출근 배웅도 하고 있다.

겨울이 되어 갈 무렵, 축하 파티를 할 일이 있었다. 남편의 대학원 준비 과정을 격려하고, 첫째가 시험에서 목표했던 점수 받은 것을 축하하기로 했다. 둘째의 치과 수술을 마치고 돌아오는 길이었다. 수술을 씩씩하게 잘 받은 것까지 함께 축하해 주기로 했다. 장난삼아 아이들에게 엄마는 뭘 축하받으면 좋을까 물어보았다.

"엄마는 착한 엄마 된 거 축하받으면 되겠네!"

아이들을 위해 나를 포기한 엄마가 좋은 엄마가 아니었다. 나의 인생을 건강하게 살며 성장하는 엄마가 최고의 엄마였다. 가족을 위해 나를 희생하는 아내가 좋은 아내가 아니었다. 나의 행복을 찾고 함께 발맞춰 걸어나가는 아내가 현명한 아내였다.

7.
꿈을 찾아가는 여정, 활력 있는 나를 만나다

..

이정표

"90% 이상의 사람들은 이런 가족 구조 속에서 이혼을 택합니다."

상담실에 앉은 나는 멍하니 허공만 바라봤다. 눈물도 나지 않았다. 상담사는 종이 위에 '연합 가족'이라 적었다. 시댁 이야기였다. 심리학에서는 한 가족만 연합이 되어 있어도, 커다란 바위에 짓눌려 겨우 숨만 쉬는 상태라고 표현한다. 나는 시댁 한집에 시이모 두 분. 시댁이 세 집이었다. 내가 살아 있음에 감사해야 하나…. 상담사는 내 위치에 천사를 데려다 놔도 힘들어할 자리라고 했다. 나의 마음을 누군가가 처음으로 대변해 주었다. 그걸 듣는 것만으로도 위로가 되었다.

상담사는 남편을 우물 안 개구리와 같다고 했다. 바깥세상에서 살았던 나는 우물 속의 답답함이 힘들다. 하지만 남편은 우물 속이 편안하기에 나를 초대하고 싶어 한다. 밖에서의 자유를 모르기 때문이다. 그런데 그 우물 속엔 규칙이 하나 있다. 어머님을 지렛대 삼아 지렛대가 지시하는 대로 따르는 규칙. 결혼을 하는 순간 독립이 필요한데, 지렛대가 새로운 가족도 줄에 묶어 함께 움직이려 한다.

그렇다면 내가 어떤 노력을 할 수 있냐는 질문에 상담사가 답한다. 연합 가족 문화 안에서는 건강한 가정을 꾸리기 어렵다고. 각 가정의 경계가 무너져 있는 상황이니, 우리 가족부터 경계선을 만들어 보라고 조언했다.

지금까지 현명하게 대처하며 잘 버텨 왔다는 이야기를 들으니, 용기가 생겼다. 거기에 가정을 지키느라 고생 많았다는 마지막 한마디까지 더해지니 감사함에 눈물이 났다. 내 진심을 알아준 것 같아서. 시댁 이슈로 다툼이 있을 때, 나는 내가 예민한 것이라고 자책을 해 오지 않았던가. 상담을 받고 집에 오는 길에 내가 예민한 게 아니었다고, 나는 최선을 다했다고 내게 말해 줬다. 내 마음에 처음으로 공감해 주었다. 신기하게도 그날 이후, 감정의 공황 상태에서 빠져나올 마음의 준비가 되었다.

결혼 후 나의 인생이 무기력하다고 느꼈다. 하지만 상담을 받으며 내가 그동안에도 가정을 유지하기 위해 노력하고 있었다는 것을 깨달았다. 건설적으로 앞으로 나아가지 못했을 뿐. 돌이켜보니 둘째 임신 중에 부부 상담을 받기도 했었다. 태교를 눈물로 해도 되나 싶었지만, 그렇게라도 하지 않으면 살길이 보이지 않았다. 나는 힘든 상황에서도 노력하는 사람이었다. 나의 사소한 노력도 인정해 주기 시작했다. 그러자 미래를 계획해 볼 힘도 조금 생겨났다.

습관은 한순간에 변하지 않았다. 나아져야겠다고 생각하고도 몸뚱이가 주인님의 허락 없이 침대로 향한다. 누워서 휴대폰을 봤다. 시간 낭비

꿈을 이루는 여자들

라는 생각이 머릿속을 스칠 때쯤, 인스타에서 마음에 꽂히는 문구 하나를 발견했다. '생각만 하고 실천하지 않으면 아무것도 이뤄지지 않는다'. 지금 누워 있는 나에게 하는 얘기처럼 들려서 소름이 돋았다. 그런데 실천할 게 없었다. 그동안 생각해 둔 게 없어서. 단지 나는 예전부터 아이가 어릴 때 해외에서 살고 싶은 로망이 있었다. 남편에게 주재원을 나가자고 설득했었다. 뭘 실천해야 할지 고민하는데, 해외 자녀 교육 강의가 눈에 들어왔다. 이거다 싶었다. 삶을 바꿀 전략이 필요했기에. 설레는 마음으로 신청 버튼을 눌렀지만, 이미 신청 기간은 끝났다. 그것도 하루 전에. 그런데 희한하게 이 강의만큼은 꼭 듣고 싶었다. 여기서 포기하면 크게 후회할 것 같다는 느낌이 들었다. 무슨 생각이었는지 강의 신청 페이지에 간절하게 댓글을 남겼다. 혹시 자리가 비게 되면 꼭 연락 달라고. 그리고 며칠 뒤 바로 연락이 왔다. 취소 자리가 났다고. 부랴부랴 신청 링크를 열어 봤다. 신청서를 작성하는데, 나의 꿈에 대해서 적는 칸이 있었다. 곰곰이 생각에 잠겼다.

"인생이 힘들다고 느껴지면 그걸 기록해 두세요. 나중에 책을 내면 됩니다."

직장 내에서 강원국 작가의 강연을 들은 적이 있다. 신입 시절, 과도한 업무량으로 일주일에 4kg이 감량될 때였다. 교육 시간을 채워야 해서 강연에 참석했기에 강의 내용이 귀에 들어올 리 없었다. 업무 생각으로 가득 찬 나의 머릿속을 한마디 말이 관통했다. 힘든 시기를 기록하고 책을 내라. 아마도 먼 미래에, 퇴직 후에는 도전해 볼 수 있겠다고 어렴풋이 생각했다. 지금 당장은 아니고. 그렇게 나는 글쓰기를 내 인생 버킷리스트 한구석에 집어넣었다.

신청서를 작성하다 문득 그 시절을 회상하게 됐다. 결혼 후에 무너진 나의 삶을 글쓰기를 하며 다시 세우고 싶은 마음도 있었다. 신청서에 적었다. 아이들과 해외에 나가서 살아 보고 싶고, 책을 써 보고 싶다고. 현실에서 탈출하고 싶은 욕구로 채워진 나의 꿈을 적었다. 신청서 쓰는 게 이렇게 설렐 일인가. 결혼 전의 나의 꿈을 떠올려보니 마음이 괜스레 부풀었다. 예전의 나에 대한 기억을 꺼내 보는 것만으로도 뭔지 모를 의지가 생겼다.

강의 당일이 되었다. 내가 듣고 싶었던 해외 자녀 교육에 관해 공부했다. 시간 가는 줄도 모르고 푹 빠져들었다. 그렇게 마지막 순서가 되었다. 친근한 인상의 한 사람이 무대 위로 올라왔다. 시간 관리법, 책 쓰기 등 여러 분야에서 본인이 하는 일을 얘기한다. 내가 듣고 싶은 강의는 앞서 모두 끝났는데, 마지막 강의에서 내 심장이 뛴다. 강연자도 결혼 후에 힘든 시간을 견뎠다고 했다. 지금은 자신의 경험을 토대로 사람들을 도우며 꿈을 이뤄 가는 중이라고 한다. 강연자의 얼굴을 바라봤다. 자부심이 느껴지는 표정이었다. 결혼 후에도 꿈꿀 수 있다니. 나에겐 신선한 충격이었다. 다른 사람들의 변화를 끌어내는 삶. 내가 꿈꾸던 삶이었다. 저거다 싶은 순간에 한마디 말이 나를 사로잡았다. 작가를 키워 주는 작가로 살고 있다고. 어쩌면 나 혼자만이 품었던 작가라는 꿈을 이룰 수 있겠다는 생각이 들었다.

집에 돌아와서 남편에게 오늘 내 인생을 변화시킬 혁명과도 같은 강의를 들었다고 자랑했다. 무슨 자신감이었는지 모르겠다. 그런데 그동안 남편은 무기력한 내 모습만 봐 오지 않았는가. 그런 내가 강의 한번 듣고 와서는 약장수처럼 적극적으로 삶에 관해 이야기를 하니 의심의 눈빛으로 나를 쳐다봤다. 너무 급작스레 무언가에 빠지는 것은 위험하다며 남편이 한 소리 하고 일어났다. 그럼 그렇지. 너무 익숙한 남편의 반응에 놀라움은 없었다. 오히려 남편의 말을 반증하고 싶어졌다.

그날 이후, 며칠은 관성의 법칙에 의해 침대와 한 몸처럼 지냈다. 그러다 문득 그날의 심장 떨림이 생각났다. 인터넷을 뒤져 강연자의 블로그를 찾았다. 거기서 가계부 강의를 보게 된다. 우리 부부는 결혼 후에 통장을 합할 새도 없이 아이가 생겼고, 연년생 애 둘 육아에 매몰되어 있었다. 통장 합하기는 나의 마음속에서 정리해야 할 리스트 첫 번째였다. 어쩌면 가계부는 내 생활 전반을 들여다볼 수 있기 때문에 무너진 삶을 바로 세우려면 꼭 필요했다. 뾰로통한 표정의 남편은 잘 생각해 보고 결정하라 했다. 말 떨어지기가 무섭게 신청 버튼을 눌렀다. 가계부 강의를 들으며, 첫 한 달은 나의 생활을 변화시키기보다는 그동안 무너졌던 나의 의지를 끌어올렸다. 매일 사람들과 소통하며 다른 사람들이 열심히 사는 모습을 보고, 나도 열심히 살고 싶다고 생각했다. 이전의 나를 더욱 간절하게 찾고 싶어졌다.

뒤이어 숨겨 왔던 나의 꿈, 작가가 되는 꿈을 이루기 위해 글쓰기 강의도 신청했다. 무기력하게 보낸 시간이 길어서 내가 이런 강의를 들을 수 있을까 의심도 했다. 하지만 가계부 강의를 들으며 생긴 의지력으로 도전해 보기로 했다. 나의 몸은 기억하고 있었다. 계획적으로, 내 꿈을 위해 노력하던 과거의 나를 잊지 않았다. 내 삶에 목표가 생기고 꿈이 생기니 활력이 차오르기 시작했다. 오랜만이라 조금은 어색하고 낯설기도 했다. 하지만 매일 밤 퇴근한 남편에게 나의 꿈에 관해서 이야기할 정도로 의욕이 생겼다. 그러자 남편도 의심의 마음을 조금씩 누그러트렸다. 나의 모습을 지켜보던 남편이 처음으로 보기 좋다고 긍정의 말을 내뱉었다. 사실 남편의 인정보다 중요한 게 있었다. 바로 내 삶에 대한 나의 만족. 나 스스로는 알고 있었다. 내 꿈을 이야기하며 나는 예전 나의 모습을 찾아가고 있다는 것을. 그 꿈을 읊는 현재, 나는 행복하다는 것을.

8.
다시 꿈을 꾸기 위한 여정

··

전혜진

2021년 12월이다. 한해를 잘 살아 내지 못한 아쉬움을 새해 소망이라는 기대에 실어 보내며 아쉬움과 설렘이 함께 존재하는 시간이다. 오랜 시간 매년 성취할 것을 정하고 멈추고 다시 정하기를 반복했다. 그것을 왜하려고 하는지를 나에게 묻는 과정도 없이 다른 사람들을 따라서 나도 덩달아 했다. 40대 중반이 되는 내 삶을 돌아보았다. 30대에 바라본 40대의 나는 안정적인 재정 상태에 있고, 아이들의 교육이 최고 관심사인 엄마의 모습을 그렸었다. 다른 걱정은 없고, 아이들 잘 크는 것에만 몰두해도될 정도로 다른 것은 다 이루어져 있을 것으로 생각했다. 그런데 달라진것은 주름이 늘어난 부부와 아기에서 어른이 되어 가는 아이들이고, 다른걱정은 그대로이다. 한 해 한 해 최선을 다하여 살아왔다고 생각했는데아무것도 하지 않은 것처럼 제자리였다. 이런 내가 또 거창한 새해 계획을짜면 1년 후에 나는 달라져 있을까.

지금 같은 상태로 새해를 맞는다면 나는 1년 후, 10년 후에 또 같은 고민을 하게 될 것이다. 이제 그 고리를 끊어야겠다고 생각했다. 달라져야 한다. 그런데 무엇을 먼저 해야 하는지 알지 못했다. 나를 그 자리에 그대로 머물게 한 이유. 하다가 멈추기를 반복했던 습관 만들기를 꾸준하게 해내야겠다는 생각이 들었다. 좋은 습관들이 형성되기도 전에 멈추었으니. 그 습관들을 장착하면 어떤 변화가 있는지를 내가 겪어 보지 않았기에 일단 해마다 하던 좋은 습관 목록은 그대로 유지를 해야 했다. 여기까지는 다른 때와 똑같다. 자~ 그다음은 어떻게 해야 할까. 그 습관들이 멈추지 않도록 해야 했다. 지금까지 해 오면서 성공한 적이 없듯이, 지금 내 마음 하나로 유지하기에는 불안하다. 내가 그것들을 할 수 있도록 돕는 다른 무언가가 필요하다. 가족과 지인을 떠올려 보았다. 내가 조언을 구할 만한 사람이 없다.

40대 중반의 나는 온라인 자기 계발 커뮤니티의 문을 두드렸다. 언젠가 책에서 본 저자가 운영한다는 곳이다. 우리나라에도 이런 것이 있다는 정도로만 알고 크게 관심을 두지 않은 곳이다. 몇 달 전의 기억을 떠올리며 나는 지푸라기라도 잡는 심정으로 검색을 했다. 대문에 광고가 크게 올라 있다. 새해부터 시작하는 자기 계발 프로젝트에 대한 광고이다. 일단 잘 찾아왔구나. 내 상황에 딱 맞추어 나타난 선물 같았다. 이 기회를 놓치면 다시 올 수 없는 나를 위한 동아줄이라는 생각이 들었다. 하루 커피 한 잔 값을 아끼면 되는 비용으로 자기 계발을 시작할 수 있다는 문구도 나를 자극했다. 그때까지 나를 위해 그렇게 큰돈은 써 본 적이 없다. 12월을 보내는 마지막 며칠을 나는 달라진 내 모습을 상상하는 것으로 즐거웠다.

그렇게 소위 말하는 '자기 계발'을 시작했다. 이제는 나를 위한 꿈을 꾸기 위해서였다. 내가 자기 계발의 유일한 방법으로 평생 해 온 독서는 커뮤니티 안에서는 가장 기본적인 것이었다. 자기 계발 영역이 다양하고 전천후 수준인 것에 놀랐다. 독서, 운동, 달리기, 낭독, 블로그, 필사… 거기에 재테크까지. 처음에는 충격이었다. 내가 사는 세상 한쪽에 이렇게 열심히 사는 사람들이 있다니. 그동안 내가 산 세상을 부정하고 싶었다. 내가 가진 것이 왜 없는지 그 답도 알 수 있었다. 이런 삶을 살고 있는 사람과 그것을 지금 막 본 사람. 과거가 달랐기에 현재도 다른 것이다. 내가 그들처럼 살지 않았기에 내 수준이 딱 이만큼인 것은 세상 진리이다. 그렇지 않다면 세상은 불공평한 것이니까. 열심히 한다면 그 가치가 빛나는 날을 만날 수 있다는 것에 눈을 뜬 순간이다. 앞으로 내가 할 일이 참 많을 것 같았다.

내가 글을 쓰는 것 그리고 다른 사람의 글에서 내가 겪지 못한 것을 보는 것이 좋았다. 댓글로 칭찬을 받으니 칭찬은 고래도 춤추게 한다는 말처럼 더 잘하고 싶었다. 타인과의 소통이 그렇게 즐거운 일인지 알지 못했다. 혼자 있을 때도 저절로 미소가 지어지는 날이 늘었다. 내가 원하는 일들이 진짜 현실이 될 것 같아서 신이 났다. 무엇보다 처음으로 내 안을 들여다보고, 다독일 수 있는 것이 좋았다. 세상이 참 재미난 곳이라는 것을 40대 중반이 되어서야 알았다. 나이가 들어도 꿈은 밥벌이를 위해서만 꾸는 것이 아님을, 그리고 하나를 이루었다고 그칠 것이 아니라 또 다른 꿈을 계속 꾸면 된다는 것도 알게 되었다.

아직 입문자 수준으로 따라가고 있어서 나의 꿈 실현기는 여전히 진행 중이다. 환경이 중요하지만 결국 해내는 사람은 나이기에, 나의 부단한 노력은 필수이다. 대신 하다가 지치면 노선을 바꾸는 것이 아니라 속도를 조절하면서 천천히 나아가고 있다. 크게 이루어 낸 성과는 없어도 그사이 나는 조금씩 변하고 있었으리라. 나는 못 할 거라고 진작에 손을 떼었다면 지금 이 글을 쓸 기회도 없었을 것이다. 함께 하는 공간에 머무르니 생각해 보지 않은 기회를 잡을 수도 있다. 조금 느리더라도 계속 이 길을 따라간다면 어느 순간에 내가 동경하는 사람들의 모습을 나도 하고 있으리라 믿어 본다. 이제는 그것에 확신이 있기에 나는 가던 길을 계속 가려고 한다.

스스로를 귀하게 여기지 않는데 어느 누가 나를 귀하게 여길 수 있을까. 충분히 세상에 어울려 살 수 있는데 나를 틀 안에 가두고 혼자서 높은 벽을 쌓고 있었다. 그것도 모르고 세상 사람들이 나에게 다가오지 않는다고 슬퍼했다. 내가 쌓은 벽 때문에 더 자신이 없고 주눅이 들어서 나를 있는 그대로 드러내지 못한 것. 이제는 거기에서 벗어나려 한다. 용기 내어 나를 마주한 순간, 사랑해 주지 않고 방치해서 너무나 미안했던 그때를 떠올린다. 다시 꿈을 꾸기 위해 나는 너무나도 당연한 일인 나를 사랑하는 것을 먼저 하고 있다. 나를 소중하게 여기는 마음이 자신감으로 이어져 사람들 사이에 숨지 않고 당당하게 무대 위로 오르는 날. 무대의 주인공이 내가 되는 그날이 오기를 고대한다. 그러니 느리더라도 절대 포기하지 말고 꿈을 꾸기 위한 여정을 계속하라고 말하고 싶다.

9.
나와 사이좋게 지내기

··

조은주

객혈을 처음 보았다. 혈액이 몸 바깥으로 나오면 낯빛이 창백해진다는 사실도 그때 알았다. 병원에서 4기 위암이라고 한다. 아버지 연세가 있어 진행 속도는 더딜 거라는 말이 위로되지 않는다. 체격이 좋으셨기에 이겨내실 수 있으니, 수술을 해 보자 했다. 전신 CT 사진 판독 결과는 좋지 않았으나 희망을 놓고 싶지 않았다. 생각 밖으로 전이는 심했고, 열었던 수술 부위를 닫고 나올 수밖에 없었다. 그렇게 시간은 흘렀다. 간 수치가 나빠지니 창백하던 낯빛은 그나마 맑은 얼굴이었더라. 제대로 드시지 못하고 수척해지는 아버지를 지켜보았다. 모르핀을 맞으시고부터 주무시는 시간이 많아졌다. 가끔 깨어나는 아버지에게 해맑게 괜찮을 거라고 말해 본다. 내 거짓말과 달리 당신 몸이 예전 같지 않다는 걸 느끼시는 듯했다. 아버지의 짜증은 늘어 갔다. 누구나 피할 수 없는 이별. 예전엔 인정하지 않으려 회피했지만 나이가 들어 내 부모와의 이별은 단지 조금 늦게 와 주길 바랐다. 정해진 기한이 있다는 건 하루를 길게 살게 했다. 서둘러 퇴근

꿈을 이루는 여자들

해 조금이라도 오래 병실에서 함께하는 게 좋았다. 병실의 아저씨, 아줌마들과 잠시라도 아픔을 잊고 일상의 대화를 나누는 그 순간이 귀했다. 얼마 뒤 신청했던 호스피스 병동에서 연락이 왔다. 그 소식을 받는다는 것은 누군가의 또 다른 슬픔이기도 하지만 그곳에는 시간을 귀하게 보내는 방법을 덤덤하게 알려 주시는 병동 수녀님도 계셨다. 매일 들러 인자한 미소만큼 작은 감사거리를 주고 가는 수녀님이셨다. 그 시간이 기다려지곤 했다.

치댄다는 표현이 맞을까? 언젠가는 떠날 아버지의 몸을 기억하고자 침대 앞에 앉아 난간대 사이로 손을 뻗어 만지고 치대며 약해진 피부를 느끼는 일, 그것이 누워 있는 아버지와 내가 시간을 보내는 방법이었다. 그해 겨울 아버지는 우리 곁을 떠나셨다. 머리맡에서 낮게 움직이던 맥박기가 움직이지 않는 순간, 눈물도 나오지 않았다. 임종을 지켰으나 많이 울지는 못했다. 장례를 마치고 집에 돌아와 신랑을 안고 울었다. 그때마저 다 흘리지 못한 남은 눈물은 아직도 터질 때가 있다. 엄마는 현관을 열고 들어서면 아버지가 기다리실 것 같다 했다. 종일토록 우리를 기다리다 왔나 하고 반기던 아버지였다. 30년 가까이 살던 묵은 곳, 옥상 너머로 아침 수다를 즐기던 옆집 영아 아줌마를 두고 이사를 가고 싶다 한다. 내가 태어난 이후로 이사라고는 한옥에서 3층을 올리던 단 두 달 동안의 움직임이 전부였는데. 그런 엄마가 어디로든 가시겠다고 한다. 누워서 닿을 곳에 항상 놓여 있던 바랜 나무 쟁반 외에도 아버지의 흔적은 어디에든 있었다. 나무 쟁반엔 리모컨으로 화를 받아 내던 찌그러진 갑티슈와 면도기, 물, 간식과 음료수가 놓여 있었다. 하나라도 없으면 안 됐다. 고생만 하다 떠난 영감에 대한 엄마의 그리움은 그 흔적만큼 지워지지 않았다. 묵은 세간살이를 버렸다. 아빠가 손에서 내려놓지 못했던 리모컨도 버렸다. 소변 냄새가 가득했던 3층 집에서 추억만 담아 떠날 채비를 했다. 애들처럼 누구나 있는데 엄마만 없다는 돌침대도 샀다. 혼자 주무실 침대 방향은 햇살이 잘 드는 동쪽으로 결정했다. 엄마의 새 보금자리는 그렇게 꾸려졌다.

이제 병원은 지긋지긋했다. 피하고 싶으니 더 벗어나지 못하게 된 걸까? 몇 해 지나 시어머님이 혈액암이란다. 초기에 발견했다지만 가족들이 상황을 받아들이기는 쉽지 않았다. 골수 검사상 불행 중 다행으로 초기라 자가 이식이 가능하다 했다. 이식을 결정했고, 깨끗한 골수를 만들어 채취하기까지 매사에 조심하며 준비했다. 약의 부작용따위는 감당해 내어야 했다. 어머님은 내색하지 않으려 애쓰고 있었다. 딱했다. 코로나19 기간 중이라 보호자는 1인만 허락되던 당시다. 골수 채취를 위해 입원을 하니 익숙한 보호자 침상이다. 잠도 많고 잠귀에 어두운 나지만 보호자 침상은 에너지가 생기는 곳이라 귀가 열렸다. 채취는 무사히 끝났고, 골수의 상태가 좋다는 얘기를 듣고 퇴원을 할 수 있었다. 보호자 침상, 또 안녕.

이식을 위해 어머님은 머리를 밀었다. 이식 수술을 하기 전 강한 항암으로 암세포를 최대한 없애야 한다. 암세포를 없앨 때 정상 세포도 같이 다치기 때문에 이때부터 면역은 급격히 떨어진다. 무균실엔 환자만 입원할 수 있었다. 보호자는 병원 앱을 통해 어떤 처치를 받으셨는지, 무엇을 드셨는지 알 수 있다. 매일 받는 혈액 검사 결과도 확인할 수 있다. 오르내리는 백혈구 수치에 마음도 함께 오르내린다. 걷는 게 면역에 도움이 된다는 말에 좁은 그 공간에서 간호사 선생님들이 성가시리만치 걸어 다니신단다. 며느리가 묻는 식사량에 오늘도 한 그릇 다 먹었다 하신다. 정말 괜찮으신 걸까? 무균실에 들어가 수다라도 떨고 싶었다. 이식은 다행히 잘 되었다. 오지 않을 것 같던 어머니의 퇴원 날짜도 가까워졌다. 이식 환자는 감염에 취약하기에 멸균이 중요하다. 감염 예방을 위해 생과일, 생야채도 먹을 수 없었고, 살아 있는 식물이나 꽃을 두면 안 되었다. 아버님은 친정엄마만큼 식물 기르기에 진심이다. 많은 화초 중 무엇을 남길지 선택하는 것은 어려웠지만, 해야 했다. 거실에 들어와 있던 화분은 대부분 버려졌다. 베란다에 둘 몇 개만을 남겼다. 장롱 속 모든 이불을 꺼냈고, 커튼을 다 뜯어 세탁소에 맡겼다. 세탁기는 신속 방문 한다는 청소 전문 업체에 전화했다. 세탁조 부속품들이 뒤 베란다에 펼쳐져 있는 걸 보니 전문가가 오시길 잘했단 생각이 들었다. 찌든 때는 광고 속 확대된 섬유에서 떨어져 나가듯 사라지고, 새로 조립된 세탁기는 어머니를 맞이하기에 부족함이 없었다. 긴 봉이 달린 먼지떨이를 사서 내 팔길이를 더해 구석구석 닦아 본다. 소독약으로 어떤 빈틈도 허락하지 않는다. 싱크대 속 양념과 88 올림픽 마스코트 호돌이가 그려진 묵은 용기들, 세월의 흔적이 어머니를 되레 힘들게 할까 봐 과감히 버렸다. 다시는 병원으로 돌아가고 싶지 않은 마음이었다. 멸균식은 가족들과 식기도 구분하여야 한다. 식사량은 더디 늘었지만, 누룽지로 시작한 식사가 미음이 되고 죽이 되었다. 식기를 더는 따로 소독하지 않아도 되었다.

자식으로서의 한계를 느낀 게 이때쯤이었다. 한사코 괜찮다고 하시는 일에도 하는 게 마음이 편했다. 찬거리를 챙기고 내가 할 수 있는 최선을 다했다. 후회하고 싶지 않았고, 진심이었다. 일과 가족을 돌보며 고장 난 허리가 무리하지 말라고 신호를 보내는데도 아는 병이라고 무시했다. 버티는 삶은 나중에 기어코 탈이 난다. 이미 고장이 나 허리에 고정술을 한 게 세월호 뉴스가 나던 해였다. 아끼며 써야 하는데, 내 아픔쯤은 버텨내어야 한다고 생각했더니 적신호가 왔다. 몸이 힘드니 같은 세상도 맑고 밝게 보이지 않았다. 가족을 챙기느라 내 건강을 무시하는 것은 옳지 않았다.

중학교 입학 후 첫 짝꿍이었던 은이는 당시 장미반이었다. 특수반에서 2시간씩 수업을 듣고 오는 친구였다. 학업능력은 여느 친구들보다 떨어졌지만 뜨개질을 잘했고, 손재주도 좋으며, 무슨 일이 있어도 찡그리는 법 없는 웃는 얼굴, 그게 내가 기억하는 은이의 이미지다. 학년은 바뀌었지만 은이와 또 짝꿍이 되었다. 선생님의 배려가 나에겐 부담이었다. 교복 아래 체육복을 겹쳐 입고 짧은 쉬는 시간 10분을 쪼개 소 타기, 말 타기나 오자미를 하고 돌아와야 하는 나다. 은이는 그런 나를 기다렸다. 쉬는 시간에 혼자 남겨 두고 친구들과 놀고 싶은 감정이 들 때마다 이래도 될까? 하는 죄책감. 그런 내 선택과 1년을 싸웠는데, 또 짝꿍이다. 불평도 없이 웃는 얼굴로 나를 기다린 짝에게 신나게 놀고 온 나는 미안함을 느낀다. 모든 걸 맞춰 줄 수 없어서 때로는 불편한 마음, 놀고 싶은 마음 사이에서 서고 넘어지기를 반복했다. 당시 나의 배려가 은이를 위한 행동이었을지 주위 사람들에게 기대되는 내 모습에 부응하기 위함이었는지 지금은 답할 자신이 없다.

얼마 전, 작은엄마에게 책 선물을 받았다. 설에 찾아뵌 길에 나에게 주신 책은『미움받을 용기』였다. 애쓰며 살지 않아도 된다는 말을 전하고 싶으셨던 것 같다. 암 선고 앞에서 무력해졌던 어머니를 보며 남은 생은 어떻게 살아야 하나 고민이 됐었다. 막상 아프고 나니 내가 애쓰고 있던 삶에서 의미를 찾을 수 없었다. 좋아하는 것이 무엇인지 모르고, 막상 시간이 생겨도 좋아하는 것이 없어 고민하는 어머니를 보면서 먼 미래의 내 모습이 겹쳐 보인다. 좋은 사람, 따뜻한 가족으로 상대의 눈높이를 맞추는 일상은 기쁘다. 주는 기쁨은 벅차다. 하지만 누구보다 나에게 좋은 사람이어야 했다. 무엇을 좋아하고 싫어하는지 알기 위해 나와 사이좋게 지내기. 지금 꾸는 꿈은 그것이다. 하루 10분만이라도 나를 위한 시간을 가지고 좋아하는 것을 한다. 그 시간을 위해 오늘도 나는 시간을 비운다.

10.
읽고 쓰는 삶, 목표는 너로 정했다

..

최소연

아이와 돌아오지 않는 메아리처럼 혼자서만 말한다. 집 안에만 박혀 있는 생활의 반복이다. 육아 휴직이 끝나고 직장으로 돌아갈 날이 얼마 남지 않았다. 세상 밖은 여전히 코로나19로 시끄럽다. 나가기 꺼려지지만 답답해서 처음으로 아이와 밖으로 나왔다. 바깥 공기를 마시니 살 것 같다. 지나다니는 사람들만 봐도 재미있다. 전에는 보이지 않았던 아이들이 눈에 자주 띈다. 이래서 관심사에 따라 보이는 게 달라지는구나 싶다. 마침, 책을 읽고 싶었는데 서점 행사를 하고 있네? 아기 띠에서 칭얼거리는 아이를 토닥이며 책을 고른다. 『한번 해보는 거지 뭐!』라는 제목의 책을 집어 들었다. 그렇게 내 인생에 전환점을 맞이하는 책을 만났다. 책에는 결혼 후 아들 셋을 육아하며 12시간 이상 일을 하던 엄마의 이야기가 있다. 그랬던 엄마가 지금은 하고 싶은 일을 하면서 돈도 벌고 꿈을 이루기 위해 끊임없이 도전하고 있다. 엄마라는 이름은 이제 내 인생보다는 아이들과 가정을 위해 살아내라고 말하는 듯한데, 꿈을 이루는 엄마라니! 지금 삶이 재미있다는 그 엄마처럼 내 가슴도 두근거렸다. 지금 나이에도 가능한 걸까? 아이도 있는데 내가 할 수 있을까? 가슴속에 묻어 두었던 작가라는 꿈이 다시금 생각났다.

이제야 육아 휴직을 즐기나 했는데, 벌써 복직이다. 수술실은 통상 근무에서 3교대로 바뀌어 있다. 내가 근무했던 준비실만 예전처럼 통상 근무다. 전과 달리 위 연차 선배들도 대개 아이가 있는 엄마이기 때문에 업무는 힘들지만, 준비실을 원했다. 사실 내 연차에 비해 무거운 자리였다. 수간호사 선생님은 의료인증평가 준비를 해 본 사람이 없기에 나를 남기셨다. 추가로 다른 한 명을 도입하고 반발을 없애고자 오전/오후 근무로 바꾸는 선택을 한다. 한 달에 2주나 저녁 근무를 해야 한다니. 물론 밤샘 근무는 없지만, 아이가 자면 퇴근하는 생활이 남편과 나에게는 힘겹게 느껴졌다. 15개월 동안 어린이집도 안 가고 엄마와만 있었던 아이다. 특히 잠을 잘 때 엄마의 부재로 아이가 분리 불안을 느낀단다. 남편의 이야기를 듣고 퇴근 후 눈시울이 붉어졌다.

"엄마, 일 가지 마!"

등원 준비 중 뜬금없는 아이의 말이다. 아빠만 가라며. 아이가 이런 말을 할 때면 내 대답은 늘 똑같다.

"응, 주말에 많이 놀자."

다정한 말투와 달리 내 손은 분주하다. 아이의 옷을 서둘러 입히고 양말을 신긴다. 뒤돌아 시계를 한번 보고 작게 한숨을 쉰다. 질끈 묶었던 나의 머리를 푼다. 이른 아침이지만 아이를 어린이집에 밀어 넣는다. 가장 일찍 등원한 우리 아이의 울음이 처연하다. 그래 오늘은 쉬자, 우리 아들과 놀자 하고 싶다. 현실은 출근, 등원 시간 맞추기조차 힘겹지만.

옆에서 자는 아이를 힐끗 본다. 잘 때 가장 사랑스러운 우리 아들. 괜스레 보드라운 뺨에 뽀뽀 한번 해 본다. 이렇게까지 나만 바라보고 나를 사랑해 주는 사람이 또 있을까? "엄마." 하며 안겨 오는 아이를 볼 때면 솔직히 가끔 귀찮을 때도 있다. 하지만 이내 온전히 나만 의지하는 저 작은 존재를 부서져라 꼬옥 안아 준다. 소중한 이 시기에 함께하는 시간이 많았으면 좋겠다. 출근 전 잠깐 보는 모습과 퇴근 후 짧은 그 시간이 아쉽기만 하다. 선택이 필요한 시점이다.

준비실에서 근무하게 된 선배와 기존 직원들과 문제가 생겼다. 준비실은 업무원, 간호조무사들과 함께 수술에서 쓰이는 기구에 대한 세척, 멸균을 하는 곳이다. 업무 중 몸이 가장 고된 일이 있다. 거의 30킬로그램에 육박하는 수술 기구들이 중앙공급실에서 멸균되어 나온다. 그걸 각 자리에 치우는 일이다. 하루에 몇 번이고 그 육중한 세트들을 제자리에 치워야 한다. 24개 수술방이 운영되고 하루에 100건 이상의 수술을 하는데, 기구와 인력은 한정되어 있다. 그 과정에서 서로의 관점이 달랐고, 불화가 생겨난 거다. 물론 간호사와 간호조무사, 업무원 간에 업무 차이는 당연히 있다. 준비실 간호사는 관리 업무와 수술에 공급되는 기구 멸균을 책임져야 하는 책임자 자리다. 하지만 인력 부족으로 책상에 앉아 있을 수만은 없는 상황이다. 각자의 처지에서는 그럴 수 있겠다 싶었다. 난 서로 맞춰 가는 시간이니 잘해 보자며 따로 자리를 만들었다. 그날의 분위기는 좋았다. 이렇게 잘 마무리되는구나 싶었다. 하지만 시간이 지나도 서로의 불만은 계속됐다. 결국, 수간호사 선생님 면담까지 하면서 일이 커졌다. 내 손을 떠났으니 원만하게 잘 해결되기를 바라며 수 선생님과 간호부의 판단을 기다렸다. 그런데 일이 이상하게 흘러간다. '직장인 괴롭힘' 신고한다는 소리가 들린다. 나의 주도하에 업무원들이 나를 믿고 자신을 따돌리고 괴롭혔다고 수 선생님께 말했단다. 간호사는 위계질서가 엄격한 편이다. 나는 후배다. 말도 안 되는 상황이다. 그리고 어차피 윗사람은 아랫사람을 신고하지도 못한다. 지금 상황을 내가 모른다고 생각했을까? 최근 커피, 치킨 쿠폰도 보냈던 친절한 선배의 모습이 떠오른다. 수술실은 폐쇄적인 공간이다. 소문이 내 귀에 안 들어올 리 없는데. 선배에게 내가 서운하게 한 게 있었는지, 혹 서운하게 한 일이 있었다면 고칠 테니 나한테 직접 말을 해 줬으면 좋겠다 했다. 선배는 내 앞에서는 아니라고 펄쩍 뛰었지만, 뒤에서는 내가 불만 있으면 말로 하라고 했다며 동기들을 앞세워 소문을 냈다. 사람에 대한 회의가 들었다. 나에게도 모두와 함께한 10여 년간의 세월이 있다. 다들 소문보단 나란 사람을 더 잘 알 거라고 생각했기에 겉으로는 개의치 않아 했지만 속은 상했다. 수간호사 선생님도 나를 믿는다고 하셨다. 결국, 나중에는 그 선배도 간호조무사와 업무원들이 나랑 일하고 싶어 하니 다 와해시키고 싶어 그랬노라 했다. 일도 상황도 일상으로 돌아갔지만, 마음의 상처는 그대로였다. 몸도 안 좋아졌다. 갑작스러운 하혈로 헤모글로빈 수치가 13에서 8.2까지 떨어져 입원했다. 산부인과 의사가 고개를 갸웃거린다. 검사 결과 기능적인 이상이 아닌데, 최근 극도의 스트레스를 받은 적이 있었냐며. 지금 생각해 보면 그 선배는 준비실이라는 공간에서 나보다 중요한 존재가 되고 싶었나 보다. 연차는 나보다 높지만 내가 담당으로 있었던 기간이 길었다. 그 공백을 채우고 모두에게 빨리 인정받고 싶었겠지. 내가 먼저 그 마음을 헤아려 주었으면 좋았겠다는 생각이 지금은 든다.

"남편 아침은 먹었어? 저녁은 뭐 먹었어?"

결혼 후 한동안 난 스무 명의 시어머니가 생겼다고 우스갯소리로 말하고 다녔다. 바로 수술실 선배들이다. 우리 시어머니도 나 맛있는 거 해 주라고 남편에게 말하는데, 여기 시어머니들은 대체 왜들 이러시냐며 웃으며 넘겼다. 하지만 가정과 직장을 분리하고 싶었다. 원 내 로테이션을 신청했다. 감사하게도 다들 가고 싶어 하는 외래로 왔다. 희로애락이 가득했던 그곳에서 좋은 기억만 가지고 나왔다.

"어머님, 어린이집이에요. 아이가 열이 나서 연락드려요."

세상이 열에 예민한 코로나19 시절. 일단 열이 나면 무조건 다른 아이들을 위해 하원을 해야 한다는 건 안다. 직장에 메어 있는 나는 당장 갈 수 없는 상황에 한숨부터 나온다. 눈치가 보인다. 무리해서 다른 사람에게 아쉬운 소리를 하며 양해를 구한다. 아이를 데리고 병원에 가는 상황이 몇 번 반복되니 어린이집에서 전화만 와도 덜컥 겁이 난다. 아이가 아픈데, 아픈 아이 걱정보다 또 어떻게 말해야 하나 전전긍긍하는 내 모습이 보인다. 경제적인 자유를 이루어 내 아이를 여유롭게 키우고 싶다. 또 일하면서 사람으로 인한 상처를 더는 받고 싶지 않다. 경제적 독립을 하자. 내가 하고 싶은 시간에 일하는, 읽고 쓰는 삶을 더 갈망하게 된다.

책 속에서 한 줌의 지혜와 한 줌의 깨달음을 얻고자 했다. 그런 내가 그들처럼 작가가 되고 싶다고 생각하는 건 자연스러운 현상이었다. 어린 시절, 난 책을 읽고 주인공 자리에 나를 대입시켜 상상해 보는 걸 좋아했다. 내 인생의 전환점이 된 책의 작가님을 검색해 본다. 그리고 난 지금 그 책 속에 들어와서 그분의 길을 따라가고 있다. 20대 때도 자기 계발을 했었다. 그땐 무언가 되겠다는 목표가 있었던 건 아니었다. 막연히 계획적인 삶을 살며 부자가 되고 싶었지, 방법을 몰랐다. 현재 가진 걸 포기할 결심과 험난한 과정을 겪어야만 하고 싶은 일을 하며 사는 거라고 생각했다. 주어진 일에나 만족하자 했다. 하지만 이제 그 방법을 조금은 알 것 같다. 거창한 소재가 필요한 게 아니다. 지금까지 나의 경험들이 모두 글감인 거다. 이제부터 나의 경험과 삶이 모두 내 콘텐츠가 되어 글로 표현될 것이다. 이 글을 쓰는 순간에도 나는 읽고 쓰는 작가의 삶으로 한 발짝 더 나아가고 있다.

제3장

내 인생은
내가 만든다

1.
펠리컨적 사고를 아시나요?

..

오은수

'대학병원 신장내과 사무실'이라는 작은 팻말이 문에 붙어 있다. 문을 열고 들어오면 교수 이름이 적힌 방 두 개가 보인다. 고개를 오른쪽으로 돌려보면 두 평도 채 되지 않은 공간에 책상과 의자가 놓여 있다. 이곳은 나의 첫 직장이다. 사무원으로 취업하기 전에 내 꿈은 검도장을 운영하는 것이었다. 검도는 화려한 기교가 필요 없다. 상대방의 눈을 보며 집중하다 가 상대의 허점을 발견하는 순간, 기합 소리와 함께 깔끔하게 치고 나가면 된다. 상대를 타격했을 때의 경쾌한 소리는 쾌감과 함께 그동안 받은 스트 레스를 한 방에 날려 줬다. 경기가 끝나고 나면 명상을 통해 스스로 돌아 보는 시간도 가졌다. 검도는 몸과 마음을 수련할 수 있는 운동이었다. 호 기심으로 시작한 검도를 4년 넘게 배우면서 검도장을 차려 직접 운영하고 싶다는 꿈이 생겼다. 그러기 위해서는 최소 검도 4단을 따야 했고, 대회에 서 수상한 경력도 많아야 했다. 그러나 대회에 나갈 때마다 패하고 돌아 왔고, 2단을 따는 데 두 번 만에 겨우 붙었다. 4단을 따기 위해서 심사에서 한 번도 떨어지지 않는다고 가정해도 7년이 걸린다. 자신감은 점점 떨어졌다. 엎친 데 덮친 격으로 모아 놓은 돈까지 바닥 나서 당장 돈을 벌어야 했다. 고민 끝에 검도장 운영의 꿈을 접고 대학병원 신장내과 사무원으로 취업한 것이었다. 처음에는 같은 일만 반복하는 단순 업무가 좋았다. 그러나 시끌벅적한 진료실과 연구하는 전공의들, 유명 학술지에 논문을 게재하는 교수들과 비교하면 내 성장은 늘 제자리걸음이었다. 그들처럼 성장하고 싶었다. 어떻게 하면 좋을지 생각하고 고민하다가 대학을 다시 가기로 결심했다. 환경에 맞춰 가는 대학이 아니라 내가 진정으로 원하는 전공을 배우기 위해서였다. 결심과 함께 바로 편입 학원에 등록했다. 대학과 전공을 정하기 위해 원장님과 상담했고, 어렸을 때 하고 싶었던 선생님의 꿈을 펼쳐 보기로 했다. 본격적으로 공부를 시작하면서 일을 그만뒀다. 병행이 힘들었고, 시간을 오래 끌기 싫었기 때문이다. 운 좋게 한번에 편입 시험에 합격했고, 그렇게 대학 생활을 다시 시작했다.

유아특수교육과. 그곳엔 정말 치열한 삶이 펼쳐지고 있었다. 내가 생각했던 그 이상이었다. 시험 시기만 되면 많은 학생이 과에서 1등을 하기 위해 밤을 지새웠다. 전 과목 A+를 받는 아이들이 많아서 장학금을 타는 건 하늘의 별 따기였다. 한두 명 정도만 선발하는 임용 준비는 더 치열했다. 그러던 어느 날, 아는 선배에게서 문헌정보학과에 대해 듣게 됐다. 책을 좋아하던 나는 문헌정보학과가 궁금해서 바로 복수 전공 신청을 했다. 복수 전공을 하면서 '사서'라는 직업을 알게 됐다. 도서관에서 일하는 사서는 겉으로는 정적으로 보였지만, 그 안으로 들여다보니 그렇지 않았다. 책 한 권마다 규칙이 있는 정보를 입력해야 했다. 프로그램을 기획하면서 변화하는 정보를 미리 파악하고 사람들에게 제공하는, 앞서 나가는 사람이 사서였다. 내 꿈은 선생님에서 사서직 공무원으로 천천히 바뀌고 있었다. 대학 졸업 후, 바로 사서직 공무원 시험에 도전했다. 3년을 치열하게 공부했고, 그 결과 도서관에서 일할 수 있게 되었다. 안정된 직장이 생기고 1년 뒤 결혼했다. 아이도 둘을 낳았다. 순리대로 열심히 산다고 생각했는데, 어느 날 마음 한구석이 허전하게 느껴졌다. 그 이유를 찾기 위해 내 하루에 집중해 본 적이 있다. 출근하면 일을 했고, 퇴근하면 육아를 했다. 나를 위한 시간이 단 1분도 없었다. 이래서는 안 된다고 생각했다. 방법을 찾아보다가 자기 계발 학교를 알게 됐고, 고민도 하지 않고 바로 등록했다.

새벽 5시. 모두가 잠을 자는 시간에 나는 벌떡 일어나 모니터 앞에 앉았다. 수백 명의 사람이 ZOOM에 모인다. 다양한 연령대가 모여 이야기를 나누고 하루 계획을 세운다. 내 시간을 확보하고 나를 알기 위해서 가장 먼저 한 것은 미라클 모닝이었다. 새벽에 내 시간을 만들고, 계획을 세우며 하루를 시작했다. 처음에는 작심삼일이었지만, 작심삼일을 반복해서 꾸준히 하다 보니 결국은 새벽 기상 습관을 지닐 수 있었다. 두 번째는 글쓰기였다. 생각했던 것을 글로 쓰다 보면 나를 아는 데 도움이 된다고 자기 계발 학교에서 배웠다. 글을 쓰려고 했더니 무엇을 어떻게 써야 할지 몰랐다. 그때 눈에 띈 것이 블로그였다. 개설만 해 놓고 쓰지 않았던 블로그에 연습 삼아 조금씩 끄적여 보기로 했다. 처음에는 짧게 글을 쓰면서 글쓰기와 친해지는 시간을 가졌다. 그 후에는 100일 글쓰기 챌린지를 시작했다. 잘 쓰려고 하지 말고 그냥 쓰자는 제목을 달고 매일 글을 쓰기 시작했다. 세 번째는 책 읽기였다. 평소에 책을 읽었기 때문에 쉬울 거라고 생각했다. 그런데 내가 모르는 독서법들을 알게 되면서 그동안 읽어 온 방법들은 시간 보내기에 불과했다는 걸 알게 됐다. 다양한 독서법 중에서 처음 배운 것은 눈 운동 독서법이다. 책 읽기 전에 눈알을 좌우, 위아래로 연습한다. 운동을 시작하기 전에 스트레칭 해 주는 것과 같다. 두 번째로 배운 건 10분 독서법이다. 말 그대로 10분 동안 타이머를 맞춰 놓고 책을 읽는 것이다. 이때 10분 동안은 휴대 전화도 하면 안 된다. 오로지 책에만 집중해야 한다. 10분이 익숙해지면 시간을 5분씩 늘리면 된다. 마지막으로 배운 건 메모 독서법이다. 책 읽기와 글쓰기의 합작품으로 책 읽으면서 요약도 해 보고, 궁금한 걸 적어 보는 독서법이다. 메모 독서법을 통해서 책을 깨끗하게 보던 습관에서 벗어날 수 있었다. 메모하면서 책을 읽으니, 마치 책과 대화하는 것 같았다. 매일 새로운 친구가 생겼고, 함께했다. 나를 알아 가는 방법을 꾸준히 한 결과, 100일 동안 하루도 빠짐없이 글을 썼고, 10분 독서법을 1시간 독서법으로 확장할 수 있었다. 태어났으니 그저 살아가는 게 아닌, 꿈을 꾸며 내 인생을 만들어 가고 있었다.

어느 날, 긴 부리를 가진 하얀 새가 입을 벌리고 있는 사진 한 장을 인터넷에서 봤다. 본인보다 몇 배나 큰 동물들을 입으로 물고 있다. 강아지, 수달, 기린. 심지어 사람 머리까지 입을 쩌억 벌려 넣어 본다. 못 먹을 것을 알지만 그래도 시도해 보는 이 새의 이름은 펠리컨이다. 겁이 없다. 동

그렇고 작은 까만 눈엔 그저 혹시나 하는 기대감이 보인다. 이 새는 왜 입부터 벌리는 걸까? 누군가는 무모해 보인다고 할 수도 있지만, 내 눈에는 용기 있어 보였다. 그리고 분명 이런 방법으로 입을 벌렸다가 먹이를 먹어본 적이 있었을 것이다. 일단 입을 벌리고 보는 펠리컨을 만든 건 작은 성공들이 아니었을까. 본인보다 큰 동물도 입에 넣어 보는 펠리컨처럼 불가능한 일도 일단 시도해 보는 것을 '펠리컨적 사고'라고 한다. 네이버 국어사전에 등록된 뜻이다. 이 새의 모습에서 내가 보였다. 나는 해야 하는 일이 생기면 일단 하고 봤다. 포기해야 할 일이 있으면 과감히 포기했다. '못 먹어도 일단 GO'라고 외쳤다. 가정이 생기고 난 후에는 조금 주춤하긴 했지만 자기 계발을 시작한 후로 다시 옛 모습을 찾고 있다. 요즘엔 일, 가정 그리고 그 어떤 곳에서도 나를 중심에 두려고 한다. 내가 단단하게 서 있다면 어떤 바람이 불어와도 잠시 흔들릴 뿐 다시 제자리를 찾을 수 있기 때문이다. 좋은 건 나누라고 배웠다. 내가 배운 것을 다른 사람에게 알려주고 싶다. 아직은 더 배워야 한다. 그래서 펠리컨적 사고로 내가 할 수 있고, 해야만 하는 것들은 덥석 물어 볼 것이다. 그것이 무모할지라도.

2.
60! 내 나이가 어때서, 꿈을 실현해 간다

..

김선미

1박 2일 퇴직 연수를 다녀왔다. 그곳은 인터넷이 안 되는 곳! 대한민국에 그런 곳이 있었다. 인터넷도, 핸드폰도 안 되는 곳이었다. 비상 연락을 해야 하는 상황이 생기면 사무실을 찾아가 유선 전화를 사용해야 했다. TV도 없으니 밤에 할 일이 없었다. 일찍 잠자리에 들었다. 일찍 누우니 다음 날 잠이 일찍 깼다. 평소엔 4시 30분에 일어나는데, 눈을 뜨니 3시 30분이었다. 룸메이트가 깰까 봐 알람부터 껐다. 발코니로 살그머니 나가 보니 서쪽 하늘엔 달이 저물어 가고, 동쪽 하늘에 해가 꿈지락거리고 있었다. 다시 누워 기다렸다. 무얼 해야 할까? 책을 읽고 싶은데 어두워서 책을 읽을 수가 없었다. 화장실로 갔다. 양치와 세수를 하고 세면대 앞에 앉았다. 세면대에 책을 놓기가 딱 좋았다. 오히려 집중이 잘 되어 목표치보다 더 많이 읽었다. 장소나 상황이 목표를 만드는 게 아니라는 생각이 들었다. 서서히 밝아 오는 태양이 더 반갑게 느껴졌다.

태양이 새로운 꿈을 찾아가는 내 모습을 밝게 비춰 주는 것 같았다.

60은 청춘이다. 젊고 건강하다. 다들 한창 일할 나이이지만 퇴직을 해야 한다. 워커홀릭으로 살았던 난 퇴직 후 무기력한 삶을 살게 될까 봐 두려움이 일었다. 교사로서의 삶, 아이들과 함께하며 젊게 사는 게 좋았다. 퇴직하고 나면 그 즐거운 일을 할 수가 없다. 버려진다는 느낌이 들었다. 퇴직하신 어떤 분은 일 년 이상을 방황했다고 한다. 난 어떤 방황을 하게 될까? 얼마나 헤매게 될까?

이젠 직업인으로서의 삶은 끝이 나지만 제2의 꿈을 찾아 실행해야 할 때이다.

내 주변을 둘러보며 내가 할 수 있는 것을 찾아야 했다. 나를 감싸고 있는 것 중 가장 쉽게 받아들일 수 있는 것이 책이었다. 그동안 읽어 온 책은 교과서, 전공 책, 업무와 관련된 것들이 90% 이상이었다. 어쩌다 일 년에 몇 권씩 읽은 책은 주로 에세이 분야였다.

새롭게 책을 펼치니 그다음 무언가를 해야 할 것 같았다. 앞으로 살아갈 인생에서는 책과 벗하며 살고 싶다는 생각이 들었다. '책을 읽고 내용을 기억하기 위한 활동이 필요하다. 글을 쓰며 읽기 활동을 연장해 보고 싶다.' 이런 생각은 항상 내 마음속에 자리해 왔다. 이 꿈을 달성하려면 막연한 소망 이상의 결심이 필요하다. 무얼 해야 할까?

매일 아침 4시 30분에 일어난다. 양치하고 음양탕을 만들며 잠을 깨운다. 물 한 모금 마신 다음 노트를 펼치고 모닝 페이지를 쓴다. 3페이지를 써야 한다고 하지만 상황에 따라 다르다. 1장으로 끝날 때도 있고, 보통은 2장 정도 쓴다. 자녀를 위한 기도와 축복 노트를 작성하며 묵상한다. 그리고 책을 펼친다. 6시 30분이 될 때까지 책을 읽고 생각 꺼내기로 노트 작성을 한다. 최소 한 시간 이상 책을 읽는다.

책을 읽는 동안 생각이 많아질 때도 있고, 생각의 어려움을 겪을 때도 있다. 책을 읽으면 읽을수록 글쓰기를 하고 싶다고 생각한다. 글을 쓰면서 생각을 정리하고 싶었다. 책을 읽을 때마다, 책에서 전하는 메시지를 입력할 때마다 머릿속은 뒤죽박죽이 되기도 하고, 말끔하게 정리가 되기도 한다. 내가 진정 알고 있는 것이 무엇인지, 내가 알고 있다고 믿는 것이 사실인지 아닌지 등 질문으로 만들고 생각을 꺼내 쓰고 싶었다. 거의 매일 새벽에 일어나 보내는 2시간은 나에게 너무 소중한 시간이 되었다. 책을 읽다가 내용에 감동하여 글을 쓰게 되기도 한다. 아직 글쓰기 경험이 많지 않지만 책을 읽고 다양한 자료를 통해 글쓰기 능력을 키워 가고 있다.

매일 또는 매주 달성할 수 있는 작은 실천을 단기 목표로 세운다. 매일 특정 수의 단어 쓰기, 10분 독서하기, 매일 읽을 책의 분량을 정하여 읽기, 그날 읽은 문장 중 황금 문장 찾아 필사하기, 주말까지 완독하기 등의 작은 목표가 있다.

모닝 페이지를 쓰면서 감정 정리가 된다. 모닝 페이지를 통한 작은 성공이 꾸준한 습관을 형성하는 원동력이 된다. 또한 매일 블로그에 글을 쓰고 포스팅도 한다. 블로그 글쓰기가 쉽지 않았으나 이젠 블로그를 작성하는 시간을 정해 두고 습관처럼 쓴다. 글이 잘 안 써질 때도 있지만 가능한 30분 이내에 해결해 보려 한다. 이렇게 매일 집중하는 시간을 정해 놓으면 읽기와 쓰기 능력이 향상되고, 목표에 더 가까워질 것이라 확신한다.

교사로서 흥미롭고 배움이 있는 수업에 대해 고민하면서 알게 된 것이 있다. 혼자 고민하는 것보다 집단 지성의 힘을 빌리는 것이 수십 배, 수백 배의 효과가 있다는 것을 배웠다. 비슷한 생각을 하는 사람들과의 연계를 통해 동기 부여가 되고 더 성장할 수 있음을 알게 되었다. 블로그 100일 글쓰기 챌린지를 하면서 함께하는 사람들의 격려와 댓글이 매일 쓰는 습관을 형성할 수 있게 해 주었다. 블로그 이웃들이 생각을 깊게, 넓게 하는 자극을 주었다. 더 잘 쓰고 싶은 마음을 갖도록 해 주었다.

낭독을 배우고 싶은 생각을 실천하게 해 준 것도 네트워크를 통한 것이었다. 한 모임에서 그림책을 함께 읽었는데, 한 분이 내게 목소리가 좋다는 평을 해 주었다. 그 한마디의 칭찬이 내가 실행할 수 있는 동기를 만들어 주었다. 낭독 역시 매일 연습이 필요하다. 커뮤니티를 통해 낭독 연습 100일 완주도 하게 되었다.

커뮤니티에 참여하며 다른 사람의 경험으로부터 많은 것을 배운다. 블로그에 글을 쓰고 공개하는 것이 처음엔 몹시 부끄러웠다. 댓글을 읽으면 내 글 수준을 가늠할 수 있었다. 가족, 친구, 동료들에게 적극적인 피드백을 구한다. 피드백이 부정적이든 긍정적이든 그대로 받아들이려 한다. 피드백은 내 글을 다듬고 향상하는 데 도움이 되는 귀중한 통찰력을 제공한다. 피드백은 비판이 아니라 개선의 기회라 생각한다. 이런 회복 탄력성은 내게 큰 동기 부여가 되고 지속할 수 있는 힘을 준다.

선배들이나 리더의 힘도 필요하다. 책을 읽고, 읽은 내용을 바탕으로 내 생각을 꺼내는 슬로 리딩 프로그램을 통해 책을 깊이 읽는 방법을 배웠다. 책을 읽고 사라져 버리는 기억이 아니라 뇌리에 남을 수 있는 독서법을 알게 되었다. 오프라인 독서 모임도 좋지만, 온라인 독서 모임을 통해 책 이야기를 함께 나누는 것도 좋았다. 서로의 생각을 나누면서 미처 깨닫지 못한 부분을 다시 읽으며 책 속 내용 이상의 것을 얻게 되었다. 선배나 리더의 지도와 조언 덕분이었다.

꿈이 있는 삶은 단지 꿈을 꾸는 것에서 끝나는 것이 아니다. 그 꿈을 현실로 만들기 위해 적극적으로 노력해야 한다. 규칙적이고 꾸준한 습관과 네트워크를 통한 기회를 만들어야 지속적으로 성장할 수 있다. 그 성장을 통해 나의 열망을 실질적인 성취로 바꿀 수 있다. 이 노력은 단지 작가가 되는 것에만 적용되는 것이 아니다. 진정한 자아를 존중하고, 목적과 열정이 있는 삶을 살기 위해 내게 필요한 것이다.

글을 쓰고, 배우고, 성장하면서 나의 꿈을 추구하도록 영감을 만들어 가고 있다. 이 길은 나에게 시작하기에 너무 늦을 때란 없다는 것을 깨우쳐 주었다. 무엇이든 시작했으면 정성을 다해야 하고, 정성을 다한 작은 경험을 쌓아 가는 것이 중요함을 알게 한다.

퇴직을 앞둔 지금, 내 마음에는 설렘과 두려움이 뒤섞여 있다. 새로운 도전을 하려는 내게 마음속에서 울리는 말이 있다.

"내 나이가 어때서?"

나이는 걸림돌이 아니라 그동안의 경험과 노하우를 표출할 새로운 기회가 되고, 꿈을 향해 가는 디딤돌이 될 수 있다고 속삭인다.

두 번째 인생이 기다리고 있다. 기대와 희망으로 가득 차 있다. 내 꿈을 이루기 위한 완벽한 시간이다.

3.
새벽 시간, 나의 꿈을 조각하다

..

김희선

4시 알람이 울린다. 잠시 고민하지만, 자리를 박차고 일어난다. 블로그 인증을 위해 창문을 열고 새벽 풍경 사진을 찍는다. 커피를 내리고 시원한 물 한 잔 들이켜며 새벽을 맞이한다. 아이들 방에 들어가 이불을 덮어주고 얼굴을 쓰다듬는다. 건강하게 잘 자라주고 있는 아이들이 그저 고맙다. 남편과 아침 인사를 나누고 나는 나대로, 남편은 남편대로 커피와 간식을 챙겨 방으로 들어간다.

책상에 앉자마자 커피 한 모금 마신다. 뜨거운 커피가 목을 타고 내려가면 남은 잠마저 달아난다. 다이어리에 일기를 쓰고, 하루를 계획한다. 고소한 커피 향과 잔잔한 피아노 선율이 시원한 새벽 공기와 더불어 나의 시간을 채워준다. 새벽을 온몸으로 느낀다.

매일 새벽, 책을 읽고, 글을 쓰며, 운동을 한다. 목표가 같은 사람들의 블로그와 카페 글을 읽으며 소통하고, 배우고 싶은 건 따라 한다.

처음에는 보여 주기 위한 새벽 기상이었다. 6시에 일어나는 것도 힘들었다. 책에서 하라는 대로 무작정 책을 읽었다. 졸린데 책을 펼치니 글이 눈에 들어올 리 없다. 하얀 건 종이고, 까만 건 글씨였다. 커피를 진하게 내리고 눈에 힘을 주며 버텼다. 오늘 새벽이 마음에 들지 않아도 다음 날 또 알람을 맞췄다. 일찍 일어나니 일찍 잠들었다. 결혼 초 겪었던 불면증이 웬 말인가. 베개에 머리만 닿으면 잤다. 자는 시간이 확보되니 정신이 또렷해지기 시작했다.

고요하고 차분한 새벽 시간, 나에게 집중할 수 있어 좋았다. 중학교 때 독서실에서 나만의 책상이 처음 생겨 행복했던 순간이 생각났다. 책상에 앉아 눈을 감고 잔잔한 피아노 곡을 듣는 것만으로 가슴이 차올랐다. 누군가의 엄마, 아내가 아니라 온전히 나라는 사람이 되어 내가 하고 싶은 일을 하는 이 시간이 선물 같았다.

새벽 기상을 유지하기 위해서는 루틴이 중요하다. 나만의 루틴이 생기니 이 시간을 더 알차게 사용할 수 있었다. 활동의 우선순위는 목표에 따라 달라진다. 처음 글쓰기 공부를 시작했을 때 1순위는 블로그에 글을 쓰는 거였다. 글쓰기라면 고개를 절레절레 저었던 나다. 글쓰기가 세상에서 제일 어렵다고 말했다. 블로그를 쓰기 시작하면서 내 생각을 글로 표현하고 싶어졌다. 단순한 인증 글이 아니라 일상과 생각을 공유하고 싶었다. 처음이라 시간이 오래 걸리니 일어나면 글부터 썼다.

보디 프로필을 준비할 때는 운동이 우선이었다. 4시에 일어나 6시가 되면 집을 나섰다. 헬스장에 가서 운동으로 몸을 만들었다. 조금이라도 늦게 일어나면 계획된 활동을 제대로 할 수 없었다. 게다가 도시락도 싸야 했으니 허투루 보낼 시간이 없었다. 6시에 글을 마무리하지 못하더라도 운동을 하러 갔다.

시간 배분이 달라지기는 하지만 읽고, 쓰고, 달리는 건 꾸준히 한다. 반복되면 습관이 된다. 나쁜 습관 대신 좋은 습관으로 하루의 시작을 채워나가는 중이다. 루틴대로 했을 뿐인데 하나씩 결과물이 나오기 시작했다.

루틴이 바뀌더라도 놓치지 않았던 건 책 읽기다. 변하고 싶지만 어떻게해야 할지 몰라 그저 울기만 하던 내게 방법을 알려 준 것도 책이었다. 나보다 더 힘든 상황에서도 목표를 이룬 작가들의 이야기를 읽으며 희망이란 게 생겼다. 나조차도 나를 믿지 못할 때 포기만 하지 않으면 할 수 있다고 말해 주었다. 나도 꿈을 향해 앞만 보고 달려갔던 시절이 있지 않았던가. 바쁜 일상에 잠시 나를 잊고 있었을 뿐이다.

"He can do. She can do. Why not me?"

책 속의 한 문장이 나도 할 수 있다는 힘을 불어넣어 주었다. 작가의 블로그를 찾았고, 그들의 성장 과정을 보며 좋은 건 따라 했다.

새벽 기상 한다고 인생 뭐 그리 바뀌겠냐, 고개를 절레절레 젓는 주변 반응에 흔들릴 때도 책을 찾았다. 책에서는 행동하지 않으면 몇 년 뒤 같은 후회를 하고 있을 나를 보여 주었다. 오늘과 같은 내일을 맞이하고 싶지 않았다. 이미 결과를 알고 있으니 이번 기회는 놓치고 싶지 않았다. 책을 읽으며 지금 내가 가고 있는 길이 옳은 방향이라고 확신할 수 있었다.

다시 마음을 고쳐잡고 새벽 루틴을 이어 갔다.

혼자 하다 보니 멈추고 싶은 순간이 생겼다. 호기롭게 시작했다가 힘들면 주저앉아 버렸다. 시작은 많고 끝맺음이 적었다. 이대로 포기할 수는 없었다. 할 수밖에 없는 시스템으로 나를 밀어 넣었다. 새벽 기상 모임을 시작으로 글쓰기 챌린지에 도전하고 자기 계발 모임을 찾아갔다. '함께'의 힘은 컸다. 같은 목표를 가진 사람들과 소통하며 잘하고 있다고 서로를 응원했다. 먼저 시작한 사람들의 길을 따라 걸었다. 한발 앞선 이들이 겪었던 시행착오를 보며 다시 일어서는 법도 배웠다. 오늘 실패하더라도 내일 다시 시작할 힘이 생겼다.

남편도 학원에 다니며 목표가 같은 사람들과 함께 공부하기 시작하면서 새벽 시간 공부만으로는 충분하지 않다는 사실을 깨달았다. 퇴근 후 마시던 맥주를 끊고 저녁 공부를 시작했다. 결혼하고 한 번도 술 끊겠단 소리 한 적 없다. 딸의 구박이 이어져도 그것만큼은 절대 포기하지 않던 사람이다. 간절해지면 방법을 찾게 된다. 하루의 의식과도 같았던 맥주 한 캔을 끊겠다는 결심을 할 정도로 말이다. 작심삼일로 끝날 거라는 아들의 말이 무색하게 잘 지켜 나가고 있다.

새벽에 일어나 단톡방에 아침 인사를 한다. 나보다 먼저 하루를 시작하는 사람들이 보인다. 하트를 눌러 응원의 마음을 전한다. 다시 돌아간다면 예전의 나처럼 무엇부터 해야 할지 몰라 주저하며 시간만 보내지는 않을 것이다. 한발 앞서 나간 사람들의 모임을 찾아가 문을 두드려야지. 그들이 지금의 자리에 오기까지 어떤 길을 걸었는지 보고 따라 걸을 거다. 그 과정에서 나만의 방법과 노하우가 생길 테니.

위기가 기회라고 했던가. 무너지고 나서야 잊고 있던 나를 다시 찾았고, 머무르지 않고 나아갈 방법을 고민했다. 돌아보니 나에게 온 위기가 성장의 기회였다.

생각으로 머무르지 않고 행동하기 시작했더니 예전의 나는 상상하지 못했던 것들을 해내고 있다. 새벽 기상이라는 작은 날갯짓을 시작으로 보디 프로필, 마라톤에 이어서 이렇게 책까지 쓰고 있으니 말이다. 이제는 작가라는 꿈도 생겼다. 1년 전에는 상상도 할 수 없던 일이다. 그 중심에는 새벽 루틴과 독서, 함께하는 사람들이 있다.

매일 새벽, 루틴이라는 조각칼로 내 꿈을 조각한다. 책을 읽으며 가야할 길의 방향을 찾는다. 걷다가 넘어지면 먼저 걸어간 사람들의 경험을 통해 다시 일어날 방법을 고민한다. 모르면 물어본다. 작은 성공들이 쌓일수록 나에 대한 믿음도 쌓여 간다. 상황은 변한 게 없다. 삶의 시선과 무게 중심을 나에게 두기 시작했을 뿐이다.

하루하루가 쌓일수록 그 꿈이 점점 선명해지고 뚜렷해진다. 믿음과 실행이라는 거름을 주었더니 싹이 자라나 잎이 나고 이제 막 꽃을 피우기 시작했다. 어느 순간 잃어버렸던 빛이 다시 빛나고 있었다.

4.
나는 이렇게 살겠노라

··

이경민

2022년 6월 28일, 골수 검사와 진료가 있어서 한 달 만에 병원을 찾았다. 혈액 검사를 하고 결과가 나올 때까지 기다렸다가 교수님을 만났다. 혈액 수치들이 다 바뀌어서 암이 재발한 것 같다고 한다. 이건 또 무슨 소리인가 싶었다. 겉으로 느끼는 컨디션은 좋았기 때문에 또 귀를 의심했다. 오늘 검사한 골수 검사 결과를 봐야 하지만 재발이 맞으니 바로 입원실 등록해 놓고 가라고 한다. 간호사에게 입원 명령을 내리면서 해당 부서에 전화하라고 했다. 하루라도 빨리 치료를 시작해야 하는데, 입원실이 보통 3주를 기다려야 하기 때문이다. 진료실에서 나오려는데 다리에 힘이 풀려 겨우 걸어 나왔다. 남편 얼굴을 보는 순간 털썩 주저앉으며 펑펑 울었다. "여보, 나 재발했대요."라고 말하니 남편의 큰 눈에서도 바로 눈물이 줄줄 흘렀다. 이식만 받으면 회복되고 시간이 지나면 완치되는 줄 알았다. 남편은 이식 전에 보호자 교육을 받을 때 이 병의 재발 위험률에 관해 설명을 들었다고 한다. 우리 집은 해당 사항이 없다고 여겨 따로 말을 안 했단다.

혈액 수치가 더 좋아졌다는 희망적인 이야기를 들을 줄 알았는데, 혹 들어온 소식에 정신이 혼미해졌다. 처음으로 하늘에 대고 원망했다. 왜 나에게 이런 고난을 주는 건지, 뭘 더 테스트하려고 이러는 건지. 시련은 나를 더 단단하게 만들었다. 아무리 넘어뜨려도 오뚝이처럼 일어날 거니 두고 봐라. 누구랑 싸워서 이겨야겠다는 생각을 한 번도 해 본 적이 없는데, 너만큼은 꼭 이겨야겠다. 승리욕이 활활 타올랐다. 교수님이 시키는 대로 치료받고 이겨 낼 자신은 있었다.

머릿속은 온통 돈 걱정뿐이었다. 돈을 모아 부자가 되어야겠다는 절박한 마음으로 아무것도 모른 채 시작한 자기 계발이다. 여기에서 매일 여러 가지 인증을 시켰다. '나는 지루한 것을 매일 해내는 가장 무서운 사람이다.'라는 문구를 강의에서 듣고 정말 되어 보자는 마음으로 하루도 빠지지 않고 하고 있다. 주말에도 쉬지 않고 새벽 기상, 독서, 가계부 쓰기를 한다. 단, 운동은 중간에 호흡 곤란으로 못 걸을 때 빼고는 매일 걷고 있고 병원 다녀온 다음 날만 쉬어 준다.

암 환자라고 절망하거나 의기소침해 있는 게 아니었다. 위기를 기회로 삼아야겠다고 마음먹고 집중했다. 원래 성격도 긍정적이고, 문제가 생기면 해결 방법을 찾다 보니 그 덕분으로 어떻게 하면 잘 이겨 낼지를 고민했다. 병실에서 항암 약이 들어가면 그 순간부터 열이 날 때가 있다. 열이 나면 간호사도 긴장한다. 혹시 감염이 되었을까 봐 큰 주사기를 가져와 팔에 꽂고 피를 빼 가서 검사 의뢰를 한다. 열이 떨어질 때까지 수시로 와서 체온을 잰다. 하루에 수십 번 구토는 기본이고, 구내염이 심해져 물 마시기도 버거울 때가 많다. 화장실 가기가 두려울 정도로 항문이 헐고, 시간 맞춰 하루에 두세 번 좌욕도 해 줘야 했다. 이런 부작용들과 사투를 벌이면서도 포기하지 않았다. 퇴원해서 집에서는 편안하게 늘어져 있을 수도 있지만, 그럴 수 없었다. 긍정적인 생각을 하며 미소도 유지했다. 웃으면 복이 온다는 말을 철석같이 믿는 사람이라 그렇다.

뾰족한 목표를 가지고 달리고 있다. 2009년 2월에 딸을 낳고, 5개월 정도 쉬고 회사로 복직했다. 첫아이를 낳고 10개월 쉬어 보니 업무 공백이 크게 느껴져 둘째 때는 조금 서둘러 나갔다. 그때 후배가 『꿈꾸는 다락방』이라는 책을 선물해 줬다.

'생생하게 꿈꾸면 이루어진다.'

바로 실천에 옮기며 살았다. 안방 화장대에, 회사 컴퓨터에 이루고자 하는 걸 적어서 붙였다. 승진 시험 공부를 할 때여서 힘들고 지칠 때마다 그 문구 보며 마음을 다잡았다. 출산 후 몸 회복이 덜 된 상태에서 도서관 에어컨 바람을 맞으니 뼈마디가 시리고 아팠다. 시험 과목도 많은데, 단기간에 끝내려고 하니 업무 마치고 새벽까지 공부할 수밖에 없었다. 노력의 결실로 1년 반 만에 다섯 과목에 합격하고 이듬해 승진했다. 바라던 걸 이루고 나면 다음 목표를 정하고 또 생생하게 꿈꾸며 달렸다. 두 번째 승진도 똑같이 실천했더니 생각보다 빨리했다. 승진하고 7개월이 지날 때

임종을 준비하라는 이야기를 들었다. 그 상황에서도 꼭 살아야 하니 나에게 맞는 약을 찾아 달라고 기도했다. 동생 골수가 내 것처럼 잘 맞고 회복도 빠르게 되기를 바랐다. 암이 재발하고 자기 계발하면서 시각화하는 방법을 더 자세하게 배웠다. 배운 걸 따라 하고 있다. 타인 기증자가 안 구해지고 있었지만, 반드시 나타난다고. 기증자가 나타났을 때는 마지막 이식하는 날까지 마음 변하지 않게 해 달라고 매일 적고 수천 번 중얼거렸다. 치료받는 병원이 가톨릭 병원이라 수녀님이 자주 병실에 오셨다. 나는 부처님께 기도하지만, 수녀님이 오시면 기도를 부탁드렸다. 모든 신의 도움을 받고 싶었다. 그 마음이 전해져서인지 기적적으로 살아났고, 이렇게 내 이야기를 세상 밖으로 꺼내고 있다. 몸은 아직 회복 중이라 수시로 자야 한다. 시간 가계부 쓰는 법도 배워 적으면서 주어진 시간을 밀도 있게 쓰려고 한다. 바로 눈에 보이는 성과가 없다고 실망하지 않는다.

인풋의 시간이라고 생각하며 묵묵하게 루틴을 유지하고 있다. 함께 시작한 동기들은 아웃풋을 내며 폭풍 성장을 하고 있다. 거기에 흔들리지 않는다. 나의 목표만 바라보고 어제보다 조금 더 성장하려고 한다.

새로 태어나 보니 마음 관리가 중요하다는 걸 알았다. 이제는 이렇게 살겠노라 외치는 세 가지가 있다.

첫째, 조바심 내지 않고 미리 걱정하지 않는다.

머리와 몸이 일치되게 살려고 한다. 아프기 전 나는 내가 없으면 일이 안 되는 줄 알고 혼자서 다 처리하려고 했다. 하루에 처리해야 할 일이 많았기에 잠을 줄여 가며 생활했다. 이 일을 하면서 다른 일을 생각하고,

미리 걱정하고, 조바심을 냈다. 항상 상대방을 먼저 생각하고 배려하며 때로는 손해 보고 살았다. 요즘은 선택과 집중으로 우선순위를 정하고 중요하면서 급한 일부터 처리하려고 한다. 내가 없어도 일은 잘 돌아가더라. 특히 일어나지도 않은 일을 걱정하지 않고 닥쳐서 생각하고 해결하려고 한다.

둘째, 나를 가장 사랑하고 칭찬하며 남과 비교하지 않는다.

부모님은 칭찬에 인색하신 분이었다. 잘한 것이 있어도 그건 당연한 거고, 더 잘해야 한다고 말씀하셨다. 이런 환경 때문인지 '잘한다, 수고했다, 착하다' 소리를 듣기 위해 무식하게 열심히 살았다. 자존감은 바닥이었고, 남의 눈치를 보며 살고 있었다. 아이를 키우면서 칭찬도 많이 해 주고, 남과 비교하지 않고 키우려고 노력했다. 내가 느낀 걸 아이들은 느끼지 않기를 바랐던 거다. 그러면서 정작 나 자신에게는 칭찬해 본 적도 없고, 남보다 뒤처지지 않으려고 옥죄며 살았다. 진격만 하느라 휴일에도 늦잠 한번 자지 않았고, 소파에 앉거나 누워 본 적도 없었다. 새벽 기상 모임에서 매일 칭찬과 감사 세 가지를 적는데, 처음에는 하나도 못 적고 종이만 바라보고 있었다. 어떻게 뭘 적어야 하는지 몰라서 다른 사람이 올린 걸 보고 따라 적기 시작했다. 지금은 작은 일에도 감사할 줄 알고 수시로 칭찬하며 나를 안아 준다. 덕분에 일상이 풍성해지고 있다.

셋째, 평범한 일상이 그냥 주어지는 것이 아니다. 후회하지 말고 현재를 즐긴다.

오늘이 지나고 내일이 오는 것이 당연한 게 아니더라. 공기처럼 없어 본 적이 없었기에 얼마나 소중한 것인지 미처 몰랐던 거다. 평상시 건강 관리를 잘해야 했고, 아무 일 없이 일상을 유지해야만 내일이 오는 거였다. 가족도 언제든지 볼 수 있는 존재들이 아니었다. 평소처럼 출근했다가 죽는다는 이야기를 들으니 '아침에 남편과 아이들 한 번 안아 줄걸', '다 같이 얼굴 보며 아침밥 먹고 나올걸', '상처 주는 말을 했나' 등 후회되는 일이 한둘이 아니었다. 병원에 있으면서 남편, 아이들, 부모님께 사랑한다는 말을 매일 전했다. 언제 못 하게 될지 모르니 마음껏 표현했다. 퇴원해서는 수시로 안아 준다. 매일 밤, 잠들면서 내일 눈떠서 생활할 수 있도록 해 달라고 간절하게 기도한다. 새벽에 눈이 떠지면 제일 먼저 감사하다고 말하고 하루를 선물해 주셔서 고맙다고 한다. 지금도 선물 받은 오늘에 최선을 다하고 즐기면서 살고 있다.

5.
소소한 도전들이 무기력한 나를
변화하게 했다

..

이명진

깊은 잠을 잔 적이 언제인지 생각나지 않는다. 찌뿌둥한 몸을 일으켜 남편이 아침부터 먹고 싶다고 노래를 부르던 냉면을 했다. 남편과 첫째가 집에서 나가자마자 눕고 싶은 마음을 겨우 누르고 설거짓거리가 한가득 쌓인 싱크대에 서서 그릇들을 씻었다. 졸려서 보채는 둘째를 안고 식탁을 정리하고 안방 침대로 갔다. 아이를 재우다가 나도 잠이 들었다. 오늘 하루를 날렸다고 생각하니 스스로가 한심하게 느껴졌다. 어찌 보면 둘째를 출산한 후 몸도 힘든데다 잠까지 부족하니 낮잠 자는 건 당연한 일이기도 했다. 두 아이를 육아해야 하는 내 몸도 적응의 시간이 필요했으리라. 그런데 나는 내가 원하는 모습대로 살지 못한다고 자책하기만 했지 충분히 쉴 수 있는 여유조차 스스로에게 내어 주지 않았다. 삶을 변화시키기 위해 무엇을 해야 할지 고민해 보지도 않았다. 내 일상에서 조금씩 변화하기로 결심했다. 가장 먼저 좋은 습관을 가져 보기로 했다. 무언가를 꾸준히

꿈을 이루는 여자들

함으로써 작은 성공을 경험하기로 했다. 나에게 가장 익숙한 '외국어'를 방법으로 택했다.

　일상의 무기력함을 어떻게 끊어 낼 수 있을까. 변화하기 위해 새로운 도전을 시도했지만 작심삼일로 끝나 버리는 경우가 많았다. 좋은 습관을 만들고 꾸준하게 지속할 수 있는 나만의 장치가 필요했다. 사람은 타인과의 약속을 자신과의 약속보다 더 중요하게 생각하는 사회적 동물이라 하지 않았던가. 나는 누군가와 약속을 하면 내 평판에 흠이 갈까 꼭 지키려 노력했다. 나와 같은 관심사를 가진 커뮤니티에서 할 일을 인증하는 시스템이 있다는 것을 알게 됐다. 내 성향에 딱 맞는 방법이었다. 영어와 중국어 스터디에 참여하기로 했다. 외국어 실력을 향상하는 것보다 습관을 만드는 것이 더 중요했다. 매일 밤 중국어를 낭독하고 영어 대본을 암송했다. 그리고 인증했다. 하고 싶지 않은 날도 있었지만, 매일 체크한 인증 현황표를 보면 하루도 빼먹고 싶지 않았다. 3개월 동안 빠지지 않고 해낸 것을 보니 무엇이든 할 수 있겠단 자신감이 생겼다.

　나에 대한 성공 경험이 생기자 성공한 사람들은 어떤 습관을 가지고 있는지 궁금해지기 시작했다. 자기 계발서를 찾아 읽었다. 책을 읽다 보니 성공한 사람들은 시간과 돈 관리를 중요하게 생각한다는 것을 알게 되었다. 시간과 돈 관리를 어떻게 해야 하는 걸까. 내가 지금 당장 실천할 수 있는 것은 무엇일까. 내 안에서 질문과 의욕이 솟아나기 시작했다.
　문득 내 과거가 보였다. 중학교 때부터 다이어리를 써 왔다. 시험 기간이 되면 다이어리에 시험 스케줄을 계획하고 매일 일기를 썼다. 계획하고 기록하는 습관을 만든 계기가 되었다. 아이를 낳기 전까지 매년 다이어리를 사는 일이 내게는 새해맞이 의식처럼 중요한 일이었다. 한 달여 시간 동안 매주 대형 서점에 가서 출시된 다이어리들을 비교하고 신중하게 골랐다. 지금까지 모아 둔 다이어리만 수십 권이다. 계획하고, 생각하고, 기록하는 것 자체가 즐거웠다. 돌이켜 보면 좋은 습관을 만든 것이라 생각한다. 그런데 첫 아이를 출산하면서부터 아이의 수유 시간, 수유량, 배변 상태, 아이의 발달 상황으로 다이어리 내용이 바뀌기 시작했다. 다이어리를 쓰기는 했지만 나의 꿈과 계획은 없었다. 이전처럼 열정을 가지고 다이어리를 고르지도 않았다. 급기야 돈을 투자하는 게 아깝다는 생각마저 들었다.

변화를 꿈꾸기 시작하자마자 다이어리부터 바꿨다. 다이어리를 쓰면 시간 관리가 다시 시작될 것 같았다. 나에겐 다이어리 쓰기가 곧 시간 관리였다. 다이어리를 잘 쓰고 싶어서 유튜브를 찾아보았다. 뉴욕의 디자이너 라이더 캐롤(Ryder Carroll)이 만든 다이어리 작성 방법인 '불렛저널'을 알게 됐다. 내가 하고 싶은 것, 해야 할 것, 감사할 것, 오늘의 컨디션, 내가 읽은 것, 깨달은 것, 사용한 돈 내용 등 모든 것을 매달 영역별로 양식을 만들어서 기록했다. 매월 만드는 불렛저널 양식은 새로운 달을 잘 살아 보리라 다짐하는 의식과도 같았다. 2023년 한해 불렛저널 방식으로 다이어리를 기록했더니 헛되이 보낸 시간을 알차게 채우는 데 도움이 됐다. 가끔은 아무것도 하고 싶지 않고 게으름을 피울 때도 있지만, 이전처럼 손 놓고 계속 무기력한 시간을 보내지 않았다. 그날은 왜 그랬는지 다이어리

기록의 흐름을 통해 알아내기도 했다. 다이어리 기록은 '시간 죽이기'를 하며 침대에 할 일 없이 누워 핸드폰만 보게 하는 나를 일으켜 세웠다. 부지런한 모습만을 채우고 싶었기 때문이다.

2024년에는 다이어리에 투자했다. 오랜 시간 검색을 해보고 다꾸(다이어리 꾸미기) 덕후들에게 인기가 있는 일본의 호보니치커즌 다이어리로 결정했다. 다이어리 커버까지 고려한다면 십만 원 정도 했다. 일 년짜리 다이어리로는 선뜻 구매하기 부담되는 가격이었다. 이 다이어리를 구매하기 위해 돈을 모았다. 소소하게 몇천 원, 몇만 원씩 모았더니 새해가 되기 전에 목표 금액이 채워졌다. 작년 10월에 다이어리가 출시되자마자 바로 구매했다.

다이어리를 쓰며 시간을 관리함과 동시에 돈 관리도 시작했다. 돈을 낭비하지 않으려고 노력하며 살았다. 부족하지는 않았지만 그렇다고 재테크할 여유는 없었다. 돈 관리하는 방법을 배워야겠다는 생각이 들자마자 엄마들 대상으로 하는 재테크 커뮤니티에 가입했다. 커뮤니티에서는 매일 가계부 기록과 경제신문 읽은 것을 인증하게 했다. 매일 가계부를 쓰고 경제신문을 읽는다고 큰 변화가 있을까 생각했다. 그런데 작은 습관의 변화는 사고의 변화를 불러왔다. 오늘 하루 절약한 적은 돈이 모이니 주식 하나를 살 수 있었다. 어떤 주식을 사야 하는지도 몰랐다. 경제신문을 읽다 보니 지금 세상이 어떤 이슈에 집중하는지를 알게 됐다. 돈의 흐름에 대해 감이 오기 시작했다. 부동산 공부도 시작했다. 지역 분석도 해 보고 첫 부동산 임장도 다녀왔다. 막연하게 투자하는 것이 아닌, 왜 이 지역의 아파트가 가치가 있는지 눈으로 확인할 수 있었다. 남의 이야기만 같았던 돈 버는 방법이 나에게 실제로 다가왔다. 돈 버는 방법이 존재하고, 실제로 성공한 사람들을 보다 보니 나도 내가 원하는 만큼의 부자가 될 수 있다는 기대감이 생겼다.

무기력한 삶에서 벗어나기 위해 이제 나는 첫발을 내디뎠다. 어제보다 더 나은 오늘을 위해서는 현재에 안주하는 나에게서도 벗어나야 한다는 것을 깨달았다. 의도적으로 작은 변화를 선택하기 시작했다. 두 돌까지는 내 품에서 키우고 싶었던 둘째 아이를 어린이집에 보내기로 결정했다. 첫째를 키우면서 몬테소리 교육철학에 깊이 몰두했다. 모든 것을 흡수하는 무한한 잠재력이 있는 시기이기에 몬테소리 교육을 가정 환경으로 제공하고 싶었다. 게다가 당장 일을 하지도 않으니 어린이집에 맡길 필요가 없다고 생각했었다. 아이에 대한 교육철학은 어떤 것과도 바꾸기 힘들었지만, 지금 이 시점에는 절충이 필요했다. 내가 성장하고 발전하기 위해서 나에게는 시간이 가장 필요했다. 시간이 확보되어야 새로운 도전을 할 수 있다고 생각하니 아이를 어린이집에 맡겨야 하는 어려운 결심이 쉬워졌다. 내 교육철학과 바꾼 시간이기에 더 값졌다. 한시도 허투루 보낼 수 없는 시간이 강제로 생긴 셈이었다. 둘째를 어린이집에 맡기는 것만으로도 새로운 시도를 할 마음의 여유가 생겼다. 아이들을 등원시키고, 하고 싶은 일과 해야 할 것들을 하다 보니 나만의 루틴이 생겼다. 반복적으로 하는 일이 자신을 결정한다고 하지 않았던가. 작은 도전들이 나의 루틴이 되었고, 루틴을 지속하다 보니 어느새 무기력함은 사라지고 할 수 있다는 자신감이 생기기 시작했다. 남편과 아이들에게 아량을 베풀 수 있는 마음의 여유도 생겼다. 내가 원하는 삶이 무엇인지 알게 되었다. 그것만으로도 내 인생이 선명해진 것 같다. 오늘과 다른 내일을 꿈꾸기에 끊임없이 나를 성장시킬 수 있는 것들을 찾아 도전할 것이다. 레디, 액션!

6.
꿈을 위해 채우는 시간

··

이미지

나의 삶을 전적으로 바꾸어 준 것은 독서와 글쓰기였다. 육아서라도 붙들고 있었기에 독서에는 금방 재미를 붙였다. 글쓰기는 달랐다. 글 쓰는 데는 소질이 없다고 생각하며 살아왔다. 몇 년째 블로그를 해 오던 남편이 나에게도 시작해 보라고 종종 권했다. 길가의 그루터기만 봐도 한 편의 글을 써내는 사람이었다. 글은 아무나 쓸 수 있는 게 아니라며 웃어넘겼다.

친구가 SNS 체험단으로 미용실에 다녀왔다는 말을 들었다. 십만 원이 넘는 펌을 무료로 받았다니, 나도 후기 정도는 쓸 수 있지 않을까. 블로그 하면서 무료 혜택을 받으면 살림에 도움이 되겠다는 생각이 들었다. 외면해 왔던 블로그를 시작하리라 마음먹었다. 첫 글을 썼다. 몇 줄 적는 데도 쓰고 지우고를 반복하느라 한 시간이 넘게 걸렸다. 엄마표 공부와 아이들과의 일상, 후기 위주의 글을 올렸다. 다른 사람들의 글을 읽다 보니 나도 잘 쓰고 싶다는 욕심이 조금씩 생겼다. 관련된 책을 읽고 좋은 글을 찾아 다녔다. 일기 같던 글에 내 생각을 담아 보기도 했다. 작은 일상에도 의미를 부여하고 글로 표현하는 연습을 했다. 일 년 가까이 블로그를 하면서 정작 무료 체험은 몇 번 못 했다. 우연히 참여했던 글쓰기 무료 특강이 가장 가치 있는 혜택이었다. 글쓰기가 두려웠던 나를 쓰는 삶으로 바꾸어 주었다. 꾸준함이 중요했다. 어느새 나도 그루터기를 보고 글을 쓸 수 있는 사람이 되었다.

직장 생활은 힘들긴 했지만, 항상 피드백이 있었다. 결과물에 스스로 뿌듯하기도 했다. 자아실현과 성취감이 돈을 버는 것 이상의 원동력이었다. 전업주부의 삶은 달랐다. 살림은 아무리 열심히 해도 티가 나지 않았다. 육아로 고생하고 있지만 인정받지 못한다고 느낄 때면 외로웠다. 블로그를 통해 사람들과 소통하기 시작했다. 온라인으로 맺어진 이웃들은 칭찬에 후했다. 아이와 공부한 글을 적으면 부지런한 엄마라 댓글을 달아주었다. 육아로 지쳤다고 하면 엄마부터 챙기라며 응원을 보냈다. 글쓰기가 어렵다고 적으면 공감된다고, 오히려 잘 쓴다는 격려까지 아끼지 않았다. 소통을 시작하니 글쓰기가 즐거워졌다. 내가 존중받고 있다는 생각이 들었다. 비슷한 생각을 하는 사람들을 만나 삶을 공유하고 함께 성장해 가는 것이 일상의 활력소가 되어 주었다.

온라인에서 알게 된 사람들을 오프라인 모임에서 만나는 기회가 생겼다. 글 뒤에 숨어 있던 나를 오픈하기가 부담스러웠다. 변화가 필요했다. 용기를 내서 모임에 나가 사람들을 만났다. 블로그에 올려 둔 글을 보고 좋아서 자주 들어와 읽고 있다는 이야기를 들었다. 꼭 한번 만나 보고 싶었다는 말에 얼굴이 빨개졌다. 나의 경험과 삶을 글로 꺼내 누군가에게 도움이 되어 주고 싶다는 꿈을 꾸기 시작했다.

읽고 싶은 책이 많아졌다. 추천받은 책 목록을 만들고 도서관에서 빌려 읽었다. 재독하고 싶은 책은 구매했다. 책을 다 읽으면 서너 개의 문장을 골라서 내 생각과 함께 블로그에 적었다. 독서한 이야기 목록에 어느새 글이 사십 개가 넘어갔다. 『나는 읽고 쓰고 버린다』에서 손웅정 감독의 독서법에 대해 알게 되었다. 나와 정반대였다. 서점에 가서 책을 직접 골라 읽고, 독서 노트에 적는다. 반복해서 읽으며 노트를 업데이트하고 핵심을 취한 후, 단호하게 버린다고 한다.

독서 노트 업데이트하기를 따라 해 보면 좋겠다는 생각이 들었다. 처음 썼던 글을 찾아보았다. 김나현 작가의 『엄마를 행복하게 하는 자존감 수업』이라는 책을 읽고 적은 글이었다. 아이들에게 미움받지 않기 위해 무엇이든 무리하게 해 주려는 착한 엄마 콤플렉스를 벗어나야겠다 적혀 있었다. 가족이 있어 빛나는 존재가 엄마이니 나 자신을 더 존중하고 사랑해야겠다는 다짐도 쓰여 있다. 그동안 어떤 엄마로 살아왔던가 돌아보았다. 더 적고 싶은 내용이 있었다.

'마음에 여유가 생기고 내가 채워지니 아이에게도 흘러간다. 무리하지 않아도 해 주게 된다. 무리해도 행복하다. 나에게 투자하고 시간을 쏟으니, 자신을 존귀하게 여기게 되더라.'

다른 기록들도 하나씩 열어 보았다. 내가 무슨 생각을 했었는지 떠오

꿈을 이루는 여자들

르기도 했고 적어 둔 대로 살고 있다는 것을 발견하면 기쁘기도 했다.

'나의 독서 노트 리뷰 하기'라는 주제로 글을 쓰기 시작했다. 반년 전에 책을 읽고 썼던 기록을 다시 읽고 쓰는 중이다. 과거의 나를 돌아보고 달라진 나를 느끼는 것이 유익하다. 독서 습관이 바뀌었다. 무작정 많이 읽고 필사하는 것으로 끝내지 않게 되었다. 내 삶에 어떻게 적용하면 좋을지 생각하고 기록한다. 반년 후에 다시 읽을 것을 기억한다. 그때의 내가 부끄럽지 않도록 쓴 대로 살기 위해 노력하게 된다. 문자로만 기록하지 않고 삶으로 적어 나간다. 글로 꺼낸 나의 경험으로 꿈을 만들어 가고 있다.

변화의 출발에는 '시작'이 있었다. 나는 시작하는 것이 힘든 사람이었다. 시간을 들였다면 이렇다 할 성과를 내야 한다는 강박이 있었기 때문이다. 몇 년 전, 바리스타 자격증 공부를 해 보고 싶은 생각이 들었다. 비용 들여 강의를 들어야 했고, 내 시간을 쏟아야 했다. 취미로라도 배울 수 있었건만 투자한 만큼의 결과가 나올까, 이것을 수익으로 연결할 수 있을까 고민했다. 그러다 보면 하지 못할 이유가 생겼다. 시간이 지나니 열정이 줄어들고 결국 시작도 못 하고 포기하게 되었다.

글쓰기가 재미있어지니 브런치스토리 작가가 되고 싶었다. 합격하기 쉽지 않은 모양이었다. 몇 개월 준비해서 신청해 보자는 목표와 계획을 세웠다. 자주 들어가 다른 사람들의 글을 읽어 보았다. 어떤 내용을 쓰면 좋을지 고민했다. 주제와 목차를 정했다. 그래도 불안했다. 합격해도 당장 쓸 수 있을지 자신이 없었다. 목차에 따라 글까지 미리 쓰기 시작했다. 어느 정도 준비된 상태에서 신청하려고 했다. 아무리 시간이 지나도 기대한 만큼 진행되지 않았다. 안 되겠다 싶어 지원서를 써 내려갔다. 며칠 후 합격 메일을 받았다. 그동안의 노력이 무색하게 미리 써 두었던 주제가 아닌 전혀 다른 내용의 글을 쓰고 있다. 괜한 고민으로 시작만 늦추고 있었다. 완벽해질 때까지 준비만 하고 있었다면 준비에서 그쳤을 것이다. 출발선을 넘는 한 걸음의 시작이 필요함을 깨달았다.

블로그가 익숙해진 후, 인스타그램에 관심이 생겼다. 인스타그램에서는 다른 모습을 보여 주고 싶었다. 일명 '퍼스널 브랜딩'이다. 육아서를 읽고 부모에게 필요한 내용을 골라 나의 경험과 함께 글을 쓰는 방향으로 정했다. 프로필을 거창하게 작성했다. 게시물을 다섯 개 올리고 결국 중단하게 되었다. 스스로 만든 부담감 때문이었다. 시간이 한참 지났다. 글 쓰는 사람도 마케팅이 중요하다는 강의를 들었다. 인스타그램을 다시 시작해 보기로 했다. 내 이름으로 돌아와 블로그처럼 일상 글과 사진을 올리기 시작했다. 어설픈 솜씨로 릴스도 만들어 봤다. 시작의 발걸음은 가벼워야 했다. 욕심을 부리지 않았더니 꾸준히 할 수 있었다. 이제는 예전만큼 노력 대비 결과의 정도를 따지지 않는다. 일단 시작부터 하고 있다. 나의 꿈을 이룰 기회들을 계속해서 만들어 내고 있다.

친구를 만나면 뭐 하고 지내냐는 질문이 반갑지 않았다. 가정주부로 아이들 키우는 매일의 생활은 단조로웠다. 영화와 드라마에 빠져 살고 있다는 말은 차마 할 수도 없었다.

요즘은 하루가 금세 지나간다. 새벽에 일어나 독서하고 글을 쓰다 보면 알람이 울린다. 아이들을 한 명씩 번쩍 들어 안아 거실로 옮긴다. 즐겁게 아침을 시작하라는 모닝 루틴이다. 아침을 먹이고 준비시켜 학교와 유치원에 보낸다. 먼저 집안일을 마치고 강의를 듣거나 블로그와 글쓰기, 공부를 이어 간다. 어느새 아이들이 돌아온다. 간식과 저녁 식사를 준비하고 숙제와 공부를 챙기다 보면 벌써 잘 시간이다. 여전히 단순한 매일이지만 이제는 자신 있게 이야기할 수 있다. 꿈을 꾸고, 만들고, 이루기 위해 나의 시간을 채워 가고 있다고. 나에게 빠져 사는 생활이 행복하다고. 꿈을 키우는 하루하루가 새롭다.

7.
변화의 시작,
지금 내가 여기서 할 수 있는 일을 한다

..

이정표

"우리 어제 이사했으니, 언제 한번 집에 놀러 와라."

주말 아침, 남편의 휴대폰이 울린다. 남편이 다소 굳은 얼굴로 나에게 전화를 건넨다. 누구냐는 나의 질문에 대답이 없다. 휴대폰 화면에 적힌 '엄마'. 여전히 내 손은 떨린다. 어머님은 이사를 했으니, 초대하려고 전화하셨다고 했다. 예전 같으면 나의 상황과는 관계없이 가겠다고 했을 것이다. 하지만 이번엔 정중히 거절했다. 요새 바쁜 일이 있어서 어려울 것 같다고. 어머님도 별말씀 없이 알겠다며 마무리하신다. 그리고 남편에게도 이야기한다. 내가 요새 정신이 없으니 혹시라도 마음이 불편하면 아이들만 데리고 다녀오라고. 그리고 내 생각을 덤덤하게 덧붙인다. 나는 아직 어머님을 마주하기에는 감정이 정리되지 않았다고. 남편은 알겠다는 듯 고개를 끄덕인다.

여전히 어른의 이야기에 거절로 답할 때면 마음이 무겁다. 하지만 내

꿈을 이루는 여자들

가 힘이 드는데 그걸 참으면서까지 수용하지는 않기로 했다. 예전에는 내가 거절을 하면 사람들이 나를 손가락질할까 봐 두렵기도 했다. 하지만 상대에게 맞추고 나를 잃어 보니 더 이상 그럴 수는 없다. 더불어 내 마음에 부담으로 여겨지는 부분에 대해서는 차분히 이야기한다. 남편의 반응이 간혹 걱정되기도 한다. 하지만 두려움에 지레 겁먹지 않으려 한다. 그래야만 내가 어떤 마음인지 상대도 알 수 있으니 말이다. 내 표현 이후에 시댁에서 오갈 얘기들 또한 상상하지 않으려 노력한다. 그리고 남편이 내 의견을 들어 줄 때는 고마움을 표현한다. 감사를 표현하니 남편도 조금씩 이전보다 내 입장을 고려해 준다. 부부 대화가 선순환이 되고 있다.

우리 가족의 경계선이 새롭게 세워지고 있다. 그러니 이제는 주변을 돌아볼 여유도 생겼다. 내 삶이 바로 서려면 해야 하는 일, 바로 가계부 쓰기를 시작했다. 남편은 나에게 호언장담했다. 우리는 둘 다 물욕 없는 스타일이라 줄일 게 없을 거라고. 그 결과는 충격적이었다. 가계부를 두 달쯤 써 보니 '식비'에 커다란 구멍이 있었다. 일주일 식비 68만 원. 결산 내용에 적힌 식비가 나를 돼지라고 비웃는 것만 같았다. 물론 나는 아니고 남편이 돼지지만.

식비를 어떻게 줄일 수 있을지 고민을 시작했다. 먹는 걸 좋아하는 건 남편. 그러니 식비는 무조건 남편의 의지로만 줄일 수 있다고 생각했다. 그러다 문득 내가 실천할 수 있는 것은 없을지 질문했다. 식비도 크게는 마트 구매비용과 외식비가 있다. 내 남편은 코로나19 시국에도 임산부인 나를 마트에 데려갔다. 반대로 나는 아이들이 어려 나의 노동력을 아낀다는 의미로 외식을 자주 했다. 나는 힘들 때마다 외식, 배달에 의지하며 나에 대한 보상을 해왔다. 게으름 비용이었다. 그 게으름 때문에 아이들의 건강이 어떻게 되어 가는지는 모른 채로.

　결국은 냉장고 상황을 파악하고, 마트를 줄이고, 집밥을 해 먹는 방법이 가장 현실적이었다. 먼저 나부터 바꿔 보자고 다짐했다. 다른 블로그를 참고해 냉장고 지도를 만들었다. 이미 냉장고 속에 있는 식재료를 중복으로 구매하는 일이 없도록 하기 위함이다. 나는 가정 보육을 했건, 아이들의 상황이 어땠건 핑계 대지 않았다. 밥시간이 되면 어김없이 집밥을 해서 먹었다. 이런 생활을 몇 주째 계속 이어 갔다. 예전이라면 하루에 다 썼을 돈으로 일주일을 생활하기도 했다. 일주일 식비를 5만 원도 안 되는 돈으로 줄여 보기도 했다. 나의 블로그에서 많은 분들이 이 글을 읽으며 칭찬과 공감을 해 주었다. 그러다 보니 자신감이 생겼다. 다른 사람들이 나의 조그마한 변화에 자극받는 모습을 보니 잘하고 싶은 마음이 커졌다. 내가 다른 사람의 의지가 일어나도록 돕고 있다는 생각에 내 꿈이 실현된 듯한 착각도 들었다. 가계부를 처음 쓸 때만 해도 남편은 뭐 하러 시간 들여 그걸 쓰냐고 물었다. 하지만 그 가계부를 함께 보며 충격에 빠지기도 했고, 지출 감소를 보며 웃기도 했다. 내가 먼저 내 할 일을 하고 나니, 남편이 마트를 포기하는 일도 생겼다. 생각보다 변화의 나비효과는 컸다.

　또 다른 변화를 만들기 위한 나의 삶은 분주하다. 아이들이 등원하고 텅 빈 집. 평소라면 생각 없이 유튜브를 보고 인스타그램을 하던 시간이다. 이제는 청소, 빨래, 설거지로 빠르게 채운다. 목표가 세워지니 무기력감은 온데간데없다. 집안일마저 즐겁다. 집밥도 열심히 해 먹는다. 배달과 외식을 할 때 내 몸은 편했지만, 마음 한구석은 불편했다. 하지만 내 손으로 밥을 챙기며 잘 먹는 아이들 모습을 보니 뿌듯함이 배가 된다. 큰애가 엄마는 요리사라며 콧노래를 부른다. 특별한 목표를 이뤄야만 성취감을 느끼는 것은 아니었다. 사소하지만 내가 지금 당장 해야 하는 일. 그 일을 나의 계획하에 끝냈을 때 얻는 성취감이 생각보다 컸다. 그렇게 나는 더 당당한 엄마와 아내로 성장하고 있다.

부지런히 집안일을 끝내고 나면 나만의 시간이 찾아온다. 내 삶의 이정표를 바로 세우는 시간이다. 내가 우선순위에 두겠다고 플래너에 적은 일부터 시작한다. 경제신문을 펼친다. 종이 신문의 부스럭거리는 소리가 조용한 방 안을 채운다. 그 고요함 속에 아이들의 재잘거리던 소리는 잊힌다. 내가 모르는 용어, 내가 알고 싶은 경제 상황. 노트북을 켜고 검색해 본다. 한국말이 맞나 싶다. 다들 경제 상황에 관해 설명도 하고 댓글로 갑론을박하는데, 아는 게 없어서 낄 수가 없다. 웃픈 현실이지만 어쩌겠나. 받아들이는 수밖에. 그런데 놀랍게 이런 나도 하루하루 묵묵히 공부하다 보니 조금씩 신문이 눈에 들어온다. 낯섦에 시간이 더해지니 익숙함이 되어 간다.

'냉장고에서 뭐 꺼내려고 했더라?'

익숙하지 않은 나의 모습이다. 나는 원래 기억력이 좋다고 자부하던 사람이다. 출산은 애도 낳고 뇌도 낳는 거라던데. 그 우스갯소리가 내 일상이 되었다. 기록이 필수가 됐다. 결혼 전에는 10년 가까이 매일 감사 일기를 적었다. 하지만 이마저도 남편이나 시댁 이슈를 다른 사람이 보게 될지 두려워서 결혼 후에는 적지 않았다. 어리석은 일이었다. 즐겁고, 힘든 시간이 쌓여서 나의 역사가 되는 건데. 나의 역사는 결혼 전에 멈춰 있었다. 다시 나의 삶을 기록하기로 했다. 노트에 적기도 하지만, 사람들과의 소통 창구로 블로그를 개설했다. 글로써 다른 사람들을 돕고 싶다는 의미로 '글로업'이라는 닉네임도 만들었다. 이웃이 단 한 명도 없던 블로그. 글을 쓰는 현재, 블로그를 시작한 지 한 달이 넘었다. 그 사이 나의 블로그 이웃은 150명이 넘었고, 방문객 수는 5,000명이 넘었다. 글을 하나씩 쓸 때마다 사람들이 글이 재미있다며 칭찬 일색이다. 글로업 특유의 시트콤다운 이야기들로 블로그가 채워져 갔다. 글쓰기를 반복할수록 가출한 자존감이 나에게 돌아오는 듯한 희열을 느꼈다. 더불어 책 쓰기도 시작했다. 나의 삶을 기록하며 나의 자존감도 찾고, 누군가를 돕고 싶다는 생각에서다. 처음에 내가 품었던 작가의 꿈. 아무에게도 말한 적 없었던 나만의 비밀. 그 꿈을 향해서도 움직이고 있다. 이 책이 나의 첫 번째 책이자, 또 다른 변화의 시작이다.

사소한 일의 반복을 통해 나는 조금씩 변화를 만들어 갔다. 나의 자존감은 수직으로 상승했다. 이제는 남편도 나를 향해 엄지를 치켜세워 준다. 이 모든 것은 나의 노력과 기록의 합작품이었다. 노력만 했을 때의 남편 반응은 무덤덤했다. 열심히 하는 것 같기는 하다며 애매한 이야기만 남겼다. 하지만 내 노력의 결과물을 기록으로 보여 주자, 그가 인정하기 시작했다. 단순히 남편에게 인정받아서 기쁜 것은 아니다. 나에 대한 믿음이 남편 안에 싹트고 있음이 나를 춤추게 했다. 더 나아가 내가 내 삶의 주도권을 찾아가고 있음에 감사했다. 그 주도권을 통해 남편까지 변하는 것은 덤이다. 물론 아직도 가끔은 벌레 씹은 표정을 하고 나를 바라볼 때도 있지만 말이다. 이 또한 지금 내가 할 수 있는 일들을 실행에 옮기다 보면 남편도 나와 함께 변화의 길을 걸어 주리라 믿는다.

결국 내가 지금 여기서 당장 할 수 있는 작은 일에 집중하는 것. 그것이 나의 발전을 도왔다. 때로는 하기 싫고 귀찮을 때도 있다. 하지만 그걸 해냈을 때의 성취감으로 또 다른 내일을 살아간다. 앞으로의 인생에서도 수많은 문제에 부딪힐 것이다. 하지만 이제는 믿음이 생겼기에 두렵지 않다. 지금 내가 여기서 할 수 있는 일부터 하자고 매일 스스로 다짐할 뿐.

8.
꿈을 실현하기 위한 바탕

..

전혜진

지금 나의 꿈은 5년 후 경제적 자유를 얻는 것이다. 순자산 10억을 만들어서 마음과 시간의 여유를 갖는 것이다. 돈을 멀리하려고 했던 내가 2년 사이에 돈을 좋아하게 되었다. 어릴 적에는 과자 살 돈만 있어도 행복했는데. 어른이 되어서는 더 많은 돈이 필요했다. 필요하다는 것을 알면서 나는 외면하기에 바빴다. 처음부터 내가 가질 수 없는 것으로 생각해서 돈 외의 다른 가치를 원한다는 고상함을 떨었다. 돈을 원한다는 내 마음을 40대 중반이 되어 깨달았다.

10억이라는 금액이 경제적 자유를 달성하게 해 줄지는 사람의 그릇마다 다를 것이다. 이제 막 경제 공부에 눈을 떠 가는 내 수준에서 가장 높게 잡을 수 있는 금액이다. 다음 목표는 10억을 만든 뒤에 생각해 보려고 한다.

꿈을 실현하기 위해 무엇을 먼저 해야 할까. 10억을 만들어야겠으니, 돈에 초점을 둘 것이다. 자산을 모으려면 소비 줄이기, 급여 소득 늘리기,

꿈을 이루는 여자들

부수입 만들기가 필요하다. 부자가 되기 위해 누구나 알고 있는 방법이다. 방법을 알고 있는데 왜 우리는 그것을 하지 않을까. 아니면 하지 못하는 것일까. 바로 그 과정을 이겨 나갈 기본적인 요소가 형성되지 않아서이다. 나 역시 그런 이유로 2년간 시행착오를 겪었다. 그래서 나는 꿈을 실현하기 위한 바탕이 될 3가지를 꼭 기억하려고 한다. '좋은 습관 만들기, 남과 비교하지 않기, 나는 이것을 왜 하려고 하는가.' 즉, 습관을 매일 반복하면서 하루하루를 쌓아 가는 과정을 왜 해야 하는지 아는 것이다.

첫 번째로 꼽을 것은 좋은 습관 만들기이다. 그 습관들을 이어 나가다 보면 어느 순간 변해 있는 나와 만날 수 있다. '새벽 5시 기상, 달리기, 독서, 글쓰기, 경제 공부 하기' 나는 이 습관들을 매일 이어 가고 있다. 새벽 5시에 일어나서 책 읽고 글쓰기 할 시간을 마련한다. 달리기하면서 저질 체력이 강철 체력으로 바뀌었다. 독서와 글쓰기로 새로운 세상을 경험한다. 경제 공부를 하면서 돈이 잡힐 듯 가까이 있음을 알게 된다. 내가 가진 습관들이 준 영향이다. 이 습관을 갖고 있는 것만으로 당장 내 앞에 순자산 10억이 생길 수는 없다. 그러나 꾸준하게 습관을 이어 간다면 충분히 가능한 일임을 먼저 이 길을 걸어간 분들을 보고 알 수 있었다. 지금 당장 눈에 보이는 성과는 없지만, 나도 이 습관을 5년 동안 유지한다면 분명히 내가 원하는 것을 실현할 수 있을 것이다.

두 번째는 나와 남을 비교하지 않는 것이다. 나는 이 5가지 습관을 시스템 안에서 하고 있다. 2년 전의 나는 정해진 규칙에 맞추느라 이 습관을 장착하는 본연의 목적을 잊고 인증을 위한 인증을 했다. 단순하게 매일의 습관을 꾸역꾸역 해내는 것을 목표로 했다. 주객이 전도된 격이다. 중요한 것은 기계처럼 의미 없이 매일 반복만 하는 것에 매달리는 것 그리고 남을 넘어서는 기록이 아니다. 습관을 축적하면서 나의 꿈에 가까워지는 것에 의미를 두어야 한다. 2년 전의 나는 그러지 못했기에 꿈을 향한 걸음이 조금 늦어졌다. 습관을 쌓는 참 의미를 알지 못했기에.

이제는 시간, 거리, 분량에 연연하지 않는다. 꿈을 실현하기 위해 이 일들을 나는 매일 조금씩하고 있다는 것에 초점을 맞추었다. 그랬더니 압박감 대신 여유가 생긴다. 오늘 하지 못하면 내일 다시 이어서 하면 되는 것이다. 남들만큼의 성과를 내기 위해 나의 속도를 파악하지 않고 무작정 따라가는 것은 너무 힘든 일이다. 경제 공부와 달리기는 내가 사는 동안 관심을 둘 것이라고는 생각지도 못했던 일이다. 다른 사람들이 많이 하는 것을 보니 필요한 것인가 하는 생각으로 시작한 일이다. 하다 보니 누군가의 판단이 아닌 나 스스로가 해야 할 필요를 느끼게 되었다. 그렇기에 지치지 않고 즐겁게 해 나갈 수 있는 것이리라. 나에게 맞는 습관과 속도로 수정해 가면서 꾸준히만 하면 된다. 어제의 나보다 하나씩 더 하면서 그렇게 걸어가면 되리라.

마지막은 지금 내가 하는 일의 이유를 알고 있어야 한다는 것이다. 습관 형성이 좋다고 해서 하고는 있는데, 내가 이걸 왜 하고 있나 하는 생각. 성취감이 있지만 지루한 반복을 왜 하는지 의문이 드는 순간이 있을 것이다. 바로 내가 했던 고민이다. 명확한 목표가 없기 때문이다. 나 역시 그래

꿈을 이루는 여자들

서 쉽게 포기하고 멈추었던 것 같다. 나 이렇게 살고 싶은데 하는 두루뭉술한 생각 말고 한 문장으로 명확하게 눈에 보이는 목표가 필요하다.

확고한 목표가 설정되어 있다면 지금 나의 행동이 그 길을 향하는 즐거운 여정의 일부라는 생각이 들 것이다. 저만치 보이는 꿈의 실현을 위해 불편하고 힘들어도 하게 된다.

꿈을 이루기 위해 기본이 되는 3가지를 내 나름의 생각으로 정리해 보았다. 좋은 습관을 만들고 그것을 꾸준히 목표한 지점까지 고수하고 이끌어 가는 것. 이 한 문장을 실천하는 것이 꿈에 한발씩 다가가는 방법이라 말할 수 있다. 습관을 쌓으면서 내가 가고자 하는 목적지까지 가는 여정에 하루하루의 시간을 쌓아 보자.

나이가 들어도 가족이 생겨도 내가 원하는 삶을 만들어 갈 수 있다는 것을 알게 된 것이 얼마나 감사한 일인지 모른다. 세상을 알기 위해 나를 먼저 알자는 문구로 2년 전 블로그를 시작했다. 독서를 통해 성장하여 세상에 선한 영향력을 전하는 사람이 되고 싶다고도 했다. 독서를 통해서 내가 모르는 것이 참 많다는 것을 알아간다. 이제 왜 독서해야 하는지를 어렴풋이 이해하는 정도이다. 그것을 통해 성장을 하는 일이 남아 있다. 나와 세상을 알아 갈 독서를 계속하면서 성장하는 그날까지 나를 응원한다. 감히 내가 할 수 없다고 생각했던 일들을 하나하나 해 나가는 것을 보면서 남은 절반의 내 삶도 더 충만하게 보낼 것을 예감할 수 있다. 꿈꾸는 삶을 위한 나의 도전과 실행을 응원한다.

9.
진정한 봄을 기다리며

..

조은주

　주말 아침엔 자주 수목원에 간다. 허리 근육을 지키는 데는 걷기만큼 좋은 게 없기도 하지만, 나이가 들수록 나무와 자연이 좋아진다. 봄이면 싱그러운 연두 잎이 빠르게 짙어지는 속도가 아쉬울 정도다. 아이들이 더 다 컸으면 좋겠다는 마음이 들 듯 봄이면 저 신록이 일주일이라도, 하루라도 더 버텨 주었으면 하는 마음이 생기곤 한다. 봄의 매력에 빠져들기 무섭게 어느새 튤립이 피고 수국이 한창인 여름이 된다. 햇살이 뜨거워 걷기 힘들 여름엔 뒤편 나무 그늘 가득한 마로니에 길을 택한다. 나무 그늘을 이룬 잎들 사이로 비치는 빛에서 숨 쉴 구멍을 얻는다. 가을 단풍에 이어 이내 겨울이 오고, 추운 날에 곧 피어날 새싹을 기다린다. 발걸음을 멈춰 나무 이름, 풀 이름을 하나하나 들여다본다. 소나뭇과는 얼마나 많은지. 몇 걸음 앞으로 옮기는데도 시간이 꽤 든다. 칠엽수가 마로니에라는 것도 알게 된다. 자세히 살피고 느끼다 보면 그렇게 또 봄은 연둣빛을 쏟아 낸다.

꿈을 이루는 여자들

신록을 유달리 좋아하는 나는 봄을 좋아하나 보다. 아기 천사의 이름도 봄으로 정했다. 봄을 설레며 기다렸다. 이름만 정해 놓은 봄이는 결혼한 지 2년이 지나도 찾아오지 않았다. 나이가 있어 난임 검사 후 시험관을 받기 시작했다. 외동이었기 때문에 나중에 결혼하면 야구 구단 정도 꾸리겠다고 호기롭게 말했다. 결혼처럼 당연히 이어질 줄로만 알았다. 임신 후 버틸 허리를 만들기 위해 매일 운동도 했다. 산부인과에 다니는 2년여 시간 동안 아이를 원하면서도 일을 놓고 제대로 집중하지는 못했다. 이런 내가 싫었다. 시험관 시술을 하고도 휴가를 낼 줄 몰랐고, 그중 한 번은 비행기를 타는 출장길도 마다하지 않았다. 병원에서 부탁하는 몇 안 되는 하지 않아야 하는 행동들이 있는데, 일을 하기 위해 그마저도 변명을 대고 있었다. 꼼짝하지 않고 누워 있는 것이 최선은 아니라고는 하나 일과 임신 사이에서 일도 포기할 수 없었다. 친구가 벌써 챙겨 준 신생아 물품과 유모차가 나를 기다리고 있었다. 내가 다 키워 줄 테니 낳기만 하라는 주변 동생들의 응원이 있었다. 나보다 더 먼저 임신했으나 소식을 전할 수 없게 만든 게 벌써 여러 번이다. 돌아갈 수 없지만 기대한 만큼 슬프기도 했던 그 시간은 나에게 귀한 기억으로 남아 있다. 한 번 더 그 시간을 살 수 있다면 이번엔 달라질 수 있을까?

"내게 소중한 것은 무엇일까?"

소위 일에 미쳐 있던 그때는 그것이 제일이었다. 최선이었고 포기할 수 없었다. 내가 선택하고 애쓴 시간이 없어지지 않음도 알고 있다. 일이 재미있어 열심히 할 수 있었고, 그래서 행복했다. 후배 중 한 녀석은 밤낮없이 나처럼 일해야 하는 게 우리 회사의 비전 같다며 퇴사를 했다. 고생하지 말라는 뜻이었지만, 후배의 퇴사는 나에게 백 마디 말보다 크게 다가왔다. 내가 치우쳐 있음을 보았다. 건강을 돌보지 않고 나를 돌보지 않은 삶은 보는 사람도 지칠 수밖에 없었다. 임신이 간절했다면 집중했어야 했다. 더는 후회하지 않기 위해 지금 나는 지난 시간에서 아프게 배운 것을 실천하는 중이다. 진정으로 원하는 것이 무엇인지를 찾는 일에 시간을 쏟고 있다. 그때처럼 돌이켜 후회하고 싶지 않다. 후회 없는 삶을 위해 생긴 습관이 있다. 매번 질문한다. 내가 원하는 것이 무엇인지 묻고, 진짜로 원하는 것이 맞는지 또 묻는다. 그 답을 찾기 위해 점차 좁혀 간다. 내게 와 주지 않는 봄이 다르게 매년 누구에게나 돌아오는 봄이 더 희망찰 수 있도록 내 봄에 물을 주려고 질문하기를 계속한다. 그 봄을 기다리며 나로 살기로 결단했다.

나를 향한 이런 질문은 친절한 시선에서 시작되더라. 혼자가 되고 싶지 않았던 때 나는 자주 남을 향하고 있었다. 누가 시키지도 않았는데 남에게 선택권을 넘겼다. 먹고 싶은 메뉴 하나 내 마음대로 정하지 못하고 남에게 맞춰 갔다. 내가 선택하지 않으니 남이 선택해 주는 삶을 살게 되더라. 이걸 깨달은 지도 불과 얼마 되지 않았다. 나는 무엇을 좋아하는지, 나는 무엇을 할 때 가장 기쁜지, 어떤 인생을 살고 싶은지 알아 가려고 애쓰고 있다. 상대에게 맞추려 쓰던 애를 나를 알아 가는 데 쏟고 있다. 누군가 무엇을 좋아하냐고 물었던 적이 있다. 하지만 무엇을 좋아하고 싫어하는지 똑 부러지게 말하지 못했다. 나로 사는 것이 아직도 힘든 이유이기도 하다. 하지만 그럴수록 선택은 단순하게 나를 향한 시선을 놓지 않는 것으로 이어진다.

완벽해지려던 때도 있었다. 40여 년 동안 해 오던 것들이 무엇을 원한 다고 하루아침에 바뀌지도 않을 뿐더러, 바꾸기도 쉽지 않다. 나쁜 습관 은 헤어지려고 할 때면 그러지 말라고, 변화하기를 그만두라고도 말한다. 그냥 편하게 하던 대로 하라고 옆에서 속삭인다. 변하기 위해 세운 내 가 치에 맞춰 선택하지 못하는 순간마다 나는 왜 이럴까 싶다. 완벽하게 하려 던 의지도 무너지는 순간이다. 타협하는 순간이기도 하다. '다시 하지 뭐', 아니, '하지 말지 뭐' 그런 타협이 지금의 내 모습일 때도 많다. 완벽한 결 과가 나오지 않을 것을 예감하면 도중에 멈추기도 잘하던 나였다. 완벽을 핑계로 미루기도 하였다. 하지만 예전과 달라진 점이 있다면 이제는 완벽 하지 못한 순간에도 있는 그대로의 나를 인정하고 계속한다는 것이다. 내 마음의 감사와 만족을 채울 수 있는 사람은 다른 사람이 아닌 나여야 하 기에 난 누구보다 앞서 나를 사랑스러운 눈으로 칭찬하고 격려한다.

혼자만의 시간보다 함께하는 소통에서 의미를 찾던 내가 요즘은 혼자 있는 여유를 즐긴다. 나의 몸에 귀를 기울여 주고 내가 좋아하는 것을 하 며 보낸다. 집중할 수 있는 이 시간에 감사하고부터 만나는 사람이 줄었 다. 오랜 지기들이 좋지만, 책을 읽고 나의 성장을 살피는 시간을 먼저 세 워도 본다. 자신을 향한 시선과 칭찬을 아끼지 않고, 멈추지 않으면 언제 든 다다를 수 있다는 책의 글귀를 붙들며 시간을 보내고도 있다. 마치 선 물할 때와 같다. 선물을 준비할 때면 받는 사람에게 꼭 필요한 것이 무엇 일지 고민하며 기뻐할 모습을 떠올리며 고른다. 누구보다 잘 어울리는 것을 주고 싶어서 시간도 쓰고 발품도 판다. 마침내 선택한 선물엔 산뜻한 포장지와 어울리는 리본을 찾아 예쁘게 묶어 본다. 카드도 한 장 써서 정성을 보탠다. 나 자신을 사랑하고 격려하는 마음, 선물 고를 때의 마음으로 준비한다. 나를 중심에 두고 이해하고 사랑하는 것, 그것이 내가 찾아가야 할 삶의 방향임을 알게 되었다. 내 삶의 봄을 기다리며, 그 봄이 더 따뜻하게 피어날 수 있도록, 오늘도 나는 나에게 물을 주고 있다.

10.
꿈을 이루기 위해서는 실행이 답이다

..

최소연

새벽 5시. 일어나 물을 한 잔 마신다. 기지개 힘껏 켜고 창문을 살짝 연다. 한겨울의 차가운 바람에 흠칫 놀란다. 하지만 이런 작은 루틴이 나만의 시간을 가지기 위한 준비 단계라는 걸 몸이 먼저 안다. 슬슬 잠이 깨고 책상에 앉으면 집중 상태가 된다. 이런 생활이 2년 정도 되었나 보다. 처음에는 10분만 더 일찍 일어나는 걸 목표로 했다. 그리고 일어나서 무엇을 할까, 고민했다. 한 가지만이라도 꾸준히 하자 생각하고 가계부 작성을 했다. 어제 우리의 지출 명세는 어땠는지 피드백도 한다. 그러면서 점차 새벽에 해야 할 일이 보인다. 목표가 보이기 시작한다. 아침잠 많은 내가 피곤함도 잊는다.

나의 구체적 목표는 나 같은 엄마들이 꿈을 꾸는 공간을 만드는 거다. 혼자 와도 어색하지 않고 여유를 즐기며 꿈을 키워 가는 공간. 모처럼 시간이 나서 나왔는데, 갈 곳이 없어 서성이지 말고 곧장 우리 카페를 생각해 낸다. 그곳은 식물이 많은 자연 친화적인 공간이다. 한쪽에는 책도 한

가득 있어 독서도 할 수 있다. 맛있는 음식도 있는 카페는 1, 2층으로 되어 있고, 10층짜리 이 건물은 나의 소유다. 미취학 자녀를 둔 엄마들은 혼자 우아하게 먹을 수 있는 음식이 50% 할인도 된다. 아침마다 명상하면서 이 카페 이미지를 자세히 시각화한다. 눈을 감고 이미 난 그 카페에 앉아 글을 쓰는 상상을 한다. 수다도 떨고, 꿈을 위한 조언도 해 주는 내가 있다. 곧 현실이 되리라 믿는다. 명상에서 돌아오면 감사 일기를 쓴다. 하루를 시작하기 전에 감사한 일 3가지를 적으며 이미 감사한 하루를 시작하는 거다. 이렇게 나의 새벽을 마무리한다. 누군가의 엄마, 누군가의 아내가 아니라 꿈을 꾸는 내 이름 석 자만 남아 있는 온전한 나의 시간이 좋다. 하나하나 하고 싶은 일이 많아진다. 자연스레 새벽을 깨우는 시간이 길어진다.

1년 넘게 참여한 돈 모임에서 주식, 달러, 비트코인에 대해 알게 되었다. 미국 주식도 조금씩 사고, 얼마 안 되는 돈이지만 비트코인도 샀다. 사실 주식에 대해 잘 알진 못한다. 주식에 관한 책은 읽지만, 직장에 다니면서 회사를 조사하고 시세를 확인하면서 투자하기에는 무리가 있다. 그래서 적립식 투자를 한다. 저축하듯 한 달에 한 번씩 적립식으로 우량주를 매수하는 거다. 파란색이든 빨간색이든 상관하지 않는다. 내 돈이 돈을 버는 그날까지 기다릴 테니까. 묵혀 두는 거다. 예전부터 막연히 알고는 있었지만 실천하지 못했던 일들을 하나씩 실천하고 있다. 거울에 비친 나. 토닥토닥, 잘하고 있다. 그러고 보니 경제신문이 배달 온 지도 어느새 2년이 다 되었네.

남편에게 "나 가계부 쓸 거야. 이제 우리 아끼자!" 하고 공표했더니 얼마나 가나 보자 하는 표정이다. 아랑곳하지 않고 매일 남편에게 오늘 지출 명세를 묻고 가계부에 피드백도 한다. 쓰면서 보니 우리 집 엥겔 지수가 말도 안 되게 높다. 이렇게 외식을 많이 했다고? 기억이 잘 나질 않는다. "2~3인 가구는 사 먹는 게 저렴해!"를 외쳤던 내가 집밥의 중요성을 뼈저리게 느끼게 된다. 당장 일주일 식단을 미리 알려 주면서 함께 소통하며 요리하는 프로그램을 신청한다. 막상 해 보고 나니 요리도 할 만하고, 즐겁게 느껴진다. 반찬을 해서 언니와 동생과도 나눴다.

"엄마 음식 솜씨가 소연이에게 갔네."

연신 극찬이다. 자칭 요리마다 실패하는 사람이라 했는데, 다음에는 뭘 만드나 즐겁게 고민한다. 그동안 수많은 책에서 '실천, 실행이 답이다.'를 외치고 있었는데 정작 난 읽기만 하고 실천하지 않았다. 막상 해 보니 시작이 반이라는 진부한 소리도 와닿는다. 이제는 장조림, 멸치볶음, 오이소박이쯤은 간단히 해내는 나. 처음부터 진수성찬을 차리지 않아도 된다. 오이소박이를 만들겠다 마음먹으면 일단 오이를 준비하고 씻는다. 사 등분 해서 칼집을 내고 소금에 절인다. 하나씩 시작하면 되는 거다. 내가 하고 싶은 일을 하며 사는 삶에 대한 시작도 거창하지 않아도 된다. 한꺼번에 무언가를 이루어 내야 하는 것도 아니다. 그걸 요즘 깨닫는다. 점점 늘어나는 가계부 잔액을 보며 절로 미소가 지어진다.

퇴근 후 나의 작은 손에 이끌려 거실로 온 아빠는 엉거주춤 서 계셨다. 깔끔하게 정돈된 집을 보여 드리며 내가 했다고 자랑한다. 아빠의 반응을 살핀다. 아빠 초등학생 솜씨라 믿지 않았고, 엄마가 한 거 다 안다며 웃었다. 난 억울했다. 소심했던 나는 몇 번을 내가 했다고 하다 서러워 울었다. 사실 가정주부셨던 엄마는 안 그래도 시집가서 계속하게 된다며 딸들에게 집안일을 거의 시키지 않으셨다. 그래서 아빠는 너무 깨끗이 정돈된 집 안을 당연히 엄마가 하셨겠거니 했던 거다. 그 일 이후 집 안에서 나는 정리 정돈을 잘하는 아이로 인정받았다. 언니가 성인이 되어 남자 친구를 집에 초대하는 날 나에게 당시 거액의 돈을 주며 정리 정돈을 부탁했을 정도였다.

'어, 시간이 어느새 이렇게 지나갔지?'
모처럼 침대에 누워 웹툰을 몇 편 봤을 뿐인데 어느덧 아이의 하원 시간이다. 허둥지둥 옷을 입고 나갈 준비를 한다. 건조기와 식기세척기에는 정리되지 못한 물건들이 가득하다. 휴 한숨을 쉬고 흐린 눈을 하며 집을 나선다. 쉬는 날 모습이다. 성인이 되어 보니 주변 정리 정돈도 중요하지만, 인간관계와 시간, 삶에도 정리 정돈이 필요하다는 생각이 든다. 시험을 앞두고 공부를 해야 하는데 책과 필기구로 엉망진창인 책상을 생각해 보자. 일단 시험 공부를 하고 싶지 않다. 먼저 정리부터 한다. 정작 중요한 시험 공부 시간은 줄어들고 있다. 지금 내 주변이 그랬다. 할 일들에 싸여 있다. 수많은 메일과 카톡 대화창이 나의 답장을 기다리고 있다. 보고 싶은 프로그램과 웹툰, 책이 넘쳐 난다. 만나고 싶고, 만나야 할 사람도 많다. 먹어 봐야 하는 음식, 가 보고 싶은 곳도 왜 이렇게 많은지. 책상 위의 어지러운 물건들 같다. 내가 잘하는 정리 정돈의 능력을 시간에 적용해 보고 싶어서 3P 바인더 강의를 신청했다. 그리곤 곧 깨달았다. 난 정리를 잘하는 거지 카테고리별로 물건을 분류하는 정돈은 못 하는 사람이었다. 정돈이란 쓰고 제자리에 놓을 수 있고, 늘 같은 상태를 만드는 거다. 시스템화시키는 건데, 그 정돈이 삶에서는 습관이란 생각이 든다. 부족한 습관을 기르기 위해 난 매일 기록을 시작하기로 한다.

일요일마다 3P 바인더로 다음 일주일 일정을 대략 적는다. 해야 할 일을 적는다. 그중 우선순위를 정하고 실행 시간에 표시해 둔다. 빽빽하게 채우는 게 아니라 시간별로 꼭 해야 하는 일을 집어넣고 중요한 일을 먼저 한다. 급하면서 중요하지 않은 일, 급하지 않고 중요하지도 않은 일은 뒤로 미룬다. 하루를 마감하면서 그날의 피드백을 하고, 다음 날 점검을 하고 바인더를 덮는다. 못 하는 날도 있지만 될 수 있으면 금요일 저녁이나 토요일에는 지난 일주일을 피드백한다. 시간을 되는대로 살아가는 게 아니라 의식적으로 우선순위를 정해 살아 내기 시작한 거다. 각 시간에 의미를 부여하고 시간을 정리하니 인생도 조금씩 정돈이 되는 기분이다. 요즘은 그 전날 이미 할 일을 다 정해 놓았기 때문에 쉬는 날도 길게 느껴진다. 집안일도 어느새 다 되어 있다. 시간의 밀도가 달라졌다. 실행을 통해 하루를 정돈하는 방법도 알게 되니 의미 있는 시간이 쌓여 간다. 이제는 안다, 꿈을 이루기 위해서는 실행이 답이라는 걸. 글쓰기로 시작된 나의 한 발이 지금은 경제적 자유라는 목표를 위한 삶으로 이끌고 있다. 처음 시작한 작은 한걸음이 나를 더 크게 만든다.

제4장

꿈의 한계를 넘어
이루는 인생으로!

1.
흑백이었던 내 삶을 컬러로

..

오은수

    정신없이 육아하던 내 모습을 우연히 거울로 본 적이 있다. 화장은 언제 했는지 기억조차 나질 않고, 눈가는 그늘이 져 있다. 얼굴은 핏기가 없었고, 허연 입술 때문에 얼굴이 한층 더 창백해 보였다. 머리는 대충 묶여 있고 그 주변으로 흐트러진 머리카락들이 보인다. 거울에 비치는 배경 색은 분명 컬러인데, 내 모습만 흑백으로 보인다. 흑백으로 보이는 내 품에 작은 아이가 안겨서 자고 있다. 숨소리를 들어 보고 흔들어 본다. 깨지 않는다. 드디어 깊이 잠이 들었나 보다. 발뒤꿈치를 들고 살짝살짝 침대 방으로 들어간다. 달팽이 속도보다 느리게 아이를 안은 팔을 침대로 뻗는다. 엉덩이, 다리, 몸, 머리 순서대로 아이를 눕혔다. 야호! 이제 조금 쉴 수 있다는 생각에 소리 없이 히죽히죽 웃으며 가벼운 발걸음으로, 거실로 나간다. 소파에 앉는 순간 아이의 울음소리가 들린다. 이게 무슨 일인가. 1분만 쉴 시간을 주면 얼마나 좋을까. 눈을 질끈 감아 본다. 깊은숨을 내쉬며 눈을 뜨고 아이에게 간다. 누워 있는 게 불편하다는 몸짓으로 아이는 가랑가랑하며 울고 있다. 아이를 얼른 안아 올린다. 몇 번 등을 토닥여 주니 아이는 금세 스르륵 잠이 든다. 그렇게 아이가 낮잠에서 깨어날 때까지 안고 있어야 했다. 나날이 이런 일상이 반복되고 있었다.

복직했지만 내 모습은 여전하다. 육아할 때랑 달라진 게 있다면 매일 머리를 감고, 대충 화장하는 것뿐이다. 아침에는 등원 시간보다 한 시간 일찍 나온다. 어린이집에 가지 않겠다고 우는 아이를 달래야 하기 때문이다. 곤충을 관찰하고, 낙엽도 줍는다. 어린이집 주변을 1시간 정도 배회하지만 결국 강제 등원을 시켜야만 했다. 어린이집 입구까지 우는 아이의 목소리가 들린다. 가슴이 미어지는 듯 아팠다. 눈물이 흐른다. 다시 아이에게로 돌아갈 수 없기 때문에 손으로 쓱 닦아 내고 차로 걸어간다. 40분 거리에 있는 직장으로 다른 차들을 제치며 빠른 속도로 달린다.

둘째 아이가 병원에 가는 날은 오전 반일 연차를 쓴다. 재활 치료를 받고 돌아오는 길에 나들목에서 남편을 만나 아이를 건네고 직장으로 바로 간다. 따로 점심 먹을 시간이 없어서 차 안에서 초코바나 삼각김밥 하나로 해결한다. 평소에 내가 출근하고 나면 남편은 하루 종일 둘째 아이와 함께 지낸다. 그래서 병원을 데려가는 일까지 남편에게 맡길 수가 없었다. 몇 개월을 했더니 몸에는 살이 거의 남지 않았다. 오랜만에 보는 사람들은 내 모습을 보고 안쓰러워했다. 그저 살이 빠졌거니 생각했다. 어느 날 세수하고 거울을 우연히 봤는데, 내 얼굴에서 해골이 보였다. 언제 이렇게 된 거지? 거울도 제대로 볼 시간이 없었던 나는 뒤늦게 내 얼굴이 이상해졌다는 걸 알았다. 흑백이었던 내 모습에 해골까지 더해진 것이었다. 며칠 뒤 새벽, 나는 병원에 실려 갔다.

입원해 있는 동안 내가 행복하지 않으면 애들이 행복할 수 없다는 걸 깨달았다. 아이들은 성인이 되면 독립하고, 나는 60세가 되면 퇴직한다. 일을 더 하고 싶어도 할 수가 없다. 수명이 연장된 요즘을 100세 시대라 한다. 그렇다면 1/3 정도 남은 내 인생을 어떻게 살아야 할까? 나를 위한 삶은 어떤 것일까? 퇴원할 때까지 끊임없이 생각했다. 그리고 나를 위한 꿈을 가져야겠다고 결심했다. 꿈을 꾼다고 생각하니 초등학생 때로 돌아간 것 같았다. 그때는 어떤 사람이 되어 있을지 매일 내 모습을 상상했었다. 그런데 지금은 미래를 꿈꾸는 일이 쉽지 않다. 방향을 조금 돌려 지금 하고 싶은 것을 찾아 하나씩 해 보기로 했다. 내가 없었던 내 모습이 흑백이었다면, 꿈을 이루는 과정은 그 흑백 세상에 컬러로 채워 넣는 과정이었다. 그것은 단순히 물감으로 색을 입히는 것이 아니라, 내 인생을 새롭게 그려 나가는 과정이었다. 이 과정은 절대 쉽지 않았다. 중간에 포기하고 현실에 안주하자고 생각할 때도 있었다. 그러나 도전과 성취를 통해서 내가 원하는 삶을 얻을 수 있다는 것을 알게 되면서 다시 힘을 냈다. 그렇게 꿈을 이루고 삶을 컬러로 칠하기 위한 도전은 계속되고 있다.

꿈을 이루기 위해서 첫 번째로 한 일은 꿈의 한계를 설정하지 않는 것이었다. 종종 스스로 제한하며 '이 정도면 충분해'라고 생각했다. 더 하고 싶어도 그냥 그 자리에 멈춰 버렸다. 그건 옳지 않았다. 더 높은 목표를 설정하고 그것을 이루기 위해 노력해서 한계를 넘어섰을 때. 그때가 내가 성장하는 순간이었다.

두 번째는 나 자신을 믿는 것이다. 전자책을 쓰기로 했을 때 몇 번을 포기하려 했는지 모른다. 글을 쓰면서 오는 자괴감 때문에 매일 나를 질타했다. 우여곡절 끝에 결국 전자책을 완성할 수 있었던 것은 나 자신을 믿는 힘 때문이었다. 스스로를 꾸짖을 때는 포기하자는 생각밖에 들지 않았다. 그러나 주변에서 해 주는 조언으로 나를 믿어 보기로 마음을 바꿨을 때는 뭐라도 써 보자는 생각이 들었다. 그 생각이 이어져 내가 해낼 수 있다는 확신을 하면서 전자책을 마무리할 수 있었다. 나는 때때로 다른 사람들의 기대나 사회적 기준에 맞추어 나의 가치를 판단했다. 다른 사람과 비교도 했다. 그러나 진정한 자기 확신은 외부의 평가에 흔들리지 않고, 나 자신을 사랑하고 존중하는 데서 온다는 걸 알게 됐다. 나의 꿈을 이루기 위해서는 내 인생의 주인공은 나라는 것을 깨닫고 스스로 믿어야 했다.

세 번째는 계획을 세우는 것이었다. 펠리컨적 사고를 하고 불가능한 일을 시도해 보는 것도 좋지만, 하기 전에 먼저 계획을 세워야 했다. 나는 계획하고는 거리가 먼 사람이라 무턱대고 덤볐다가 후회했던 경험이 많다. 계획의 필요성을 알게 되면서 단계별 계획 세우는 법을 배웠다. 그중의 하나가 매일 작은 목표를 설정하고 하나씩 성취해 나가는 것이었다.

마지막 네 번째는 꿈을 이루는 과정을 즐기는 것이다. 내가 하는 일이 즐겁고 의미 있다고 느낄 때, 그 꿈은 더욱 가치 있게 다가온다. 즐기면서 자기 계발을 하고 내 일을 했다. 피곤하지만 힘들다 말하지 않았다. 즐거움 때문이었다.

내 인생을 만든다는 것은 단순히 꿈을 이루는 것만 의미하지 않는다. 그것은 내 삶을 내가 주도적으로 끌어 나가는 것이다. 내가 가는 길이, 내가 선택하는 것이 정답이다. 거울 속의 내 모습은 조금씩 컬러를 되찾고 있다. 매일 아침 눈을 뜰 때마다 오늘은 또 어떤 부분이 컬러로 바뀔지 기대감으로 가슴이 뛴다. 색깔이 조금 이상해도 괜찮다. 색깔 없는 캔버스에 하나의 색이 덧칠해진 것뿐이다. 나는 내 인생의 작가이며, 내 삶의 색깔을 채워 넣는 화가이다. 흑백이었던 내 삶이 꿈을 꾸는 과정에서 다양한 색깔로 물들어 간다. 나는 더 이상 꿈을 잊고 살지 않는다. 내 꿈을 위해 끊임없이 도전하며, 내 삶을 컬러로 채워 나간다. 꿈을 이루는 여자는 늙지 않는다. 나는 언제나 청춘이고, 언제나 새로운 꿈을 꾸며 살아간다.

2.
아직 늦지 않았다

..

김선미

지난 40년 동안 내 머릿속에 들어 있던 것은 학교와 집, 학생과 수업 그리고 가족뿐이었다. 학교의 일과 수업을 위해 가정을 소홀히 하기도 했다. 둘째 아이는 언제나 엄마가 옆에 있기를 바라며 유난히 엄마를 찾았다. 학교에서의 학부모 모임도, 줄넘기 학원의 발표에도, 태권도 도장의 품새 심사에도 엄마가 함께해 주기를 바랐다. 그 소원을 들어주지 못했다. 늘 학교가 우선이었고, 수업이 먼저였다. 그렇게 세월이 가고, 내 나이 먹는 줄도 모르고 나의 정열과 젊음을 모두 쏟아부었다.

이제 나이 먹었으니, 할 만큼 했으니 나가란다. 맞는 말이다. 후배들을 위해서도 물러나는 게 세상 이치이고 그렇게 해야 한다. 2023년 12월, 2024년 계획이 무엇이냐는 질문에 '마무리를 잘하겠다'라고 답했다. 그렇게 대답은 했으나 마음은 아니었나 보다. 2024년을 맞이하니 신년 계획은 물론이고 무엇 하나 손에 잡히는 것이 없었다. 여행을 다녀와도, 친구를 만나도, 무얼 해도 재미가 없고 무기력하기만 했다. 하고 싶지도 않았고,

무엇을 해야 할지 가늠이 되지 않았다. 그렇게 2개월을 방황하며 보냈다.

그런 나를 일으켜 준 것은 책이었다. 2개월을 방황한 후 슬로 리딩으로 책을 읽기 시작하니 마음이 차분해지는 게 느껴졌다. 살 것 같았다. 살 수 있을 것 같았다. 새벽에 일어나 책을 읽는 시간이 너무나 소중했다. 나를 버렸던 세상이 다시 나를 품어 주고 있었다. 책이, 독서가 나를 그렇게 껴안아 주었다.

책상 앞에 앉아 지나간 시간을 되돌아보면서 내 삶의 서사가 엄마로서, 교사로서, 내가 맡은 역할과 깊이 얽혀 있다는 것을 깨달았다. 이런 역할은 경험을 풍부하게 하고, 많은 기쁨을 가져다주었다.

그러나 현재의 나를 보니 경험이나 기쁨보다 무거운 책임감이 내 삶을 누르고 있다는 걸 알게 됐다. 개인적인 꿈을 무색하게 만든 것이다. 이젠 무거운 내 삶을 벗어 버리고 싶다.

무엇을 하며 살 것인가? 제2의 인생에서 하고 싶은 것은 무엇일까?

자기 계발을 처음 하는 것은 아니다. 쉴 새 없이 했다. 살기 위해 해야 했다. 새로운 수업 방법이 나타나면 배워야 했고 적용해야 했다. 수업을 재미있게 하고 학생들에게 동기를 부여하며 호기심을 자극하기 위해 스스로 배우고 공부해야 했다. 부지런히 배우고 익혀야 했다. 교사로서의 삶을 후회하지 않는다. 학생들과 함께하는 그 시간이 내겐 힘이 되었다. 살아갈 이유가 되기도 했다.

그렇게 40년을 살았는데, 이젠 남은 게 없다. 교사가 꿈이라 생각했고,

천직이라 여겼다. 내가 좋아하는 일로 돈을 벌고 사는 삶이니 최고라 생각했다. 덕업일치라니, 모두가 부러워했다. 그런데 이젠 내 삶이 없어졌다.

나이 60이 되어 시작한 자기 계발은 나만을 위한 것이고, 후회하지 않을 것이어야 한다. 글을 쓸 수 있다고 생각하지 못했다. 글은 필요할 때 쓰는 것이었다. 계획을 세우라고 하면 계획서를 작성했다. 결과물을 제출하라고 하면 보고서를 써야 했다. 수업 준비를 위해 지도안을 쓰고 수업 활동을 위한 기획안을 만들었다. 손가락에, 손목에 통증이 생겨도 키보드를 두드리며 글을 썼다. 그 글은 내 글이 아니었다. 그저 단어의 연결일 뿐이었다. 그 많은 일 중에 '나'란 존재는 없었다. '나'를 위한 글은 더더욱 없었다. 이젠 내 삶의 이야기를 쓰고 싶다. 내 삶의 이야기를 쓰는 것은 기발한 생각이나 재미를 담지 않는다 해도 나의 열정을 담고 있다. 내가 이루고자 하는 진심 어린 목표는 글쓰기에 '너무 늦은 때란 없다'는 것을 보여주는 것이다.

돌아보니 수년 동안 직장과 가정에 집중하며 매 순간을 소중히 여기면서도 나의 꿈은 미루어 두었다. 이제 나 자신을 위한 시간으로 채워 가고 싶다. 정말 내가 하고 싶은 일이 무엇인지, 무엇을 하며 시간을 보내고 싶은지 찾았다. 독서는 언제나 나에게 안식처였다. 책이 아니면 광고 전단이라도 읽어야 마음이 편해지는 활자 중독이기도 했다. 책은 한 페이지, 한 페이지마다 내가 모르는 세계로의 여행, 다양한 삶을 살 수 있는 곳이다. 반면에 글쓰기는 별로 시도해 본 적이 없었다.

처음 블로그 글을 쓸 때는 무엇을 어떻게 써야 하는지도 몰랐다. 제목을 적는 것도 부담이었다. 첫 시작은 어떤 말로 해야 할지 몰라 한없이 시간을 보내기도 했다. 그러다 사진 찍는 법을 배우며 '세 줄 일기'라는 것을 써 봤다. 한 장 이상의 사진에 세 줄의 글을 쓰는 작은 프로젝트였다. 매일 주제를 주고 500자 글쓰기를 하는 어느 출판사의 프로젝트에 참여하여 소책자를 세 권 만들어 보기도 했다. 그 이후 블로그 글쓰기를 할 수 있겠다는 용기가 생겼다. 이젠 하얀 화면에 키보드를 두드리는 것이 조금 재미있다. 글감이 떠오르지 않아 하루 종일 고민할 때도 있지만 '발행' 버튼을 누르면 성취감이 느껴지기도 한다. 이것이 전환점이 되었다. 이제 좀 더 용기 내어 책 읽고 글쓰기에 전념하는 제2의 인생을 가꿔 가려고 한다.

유튜브에서 책 읽어 주는 영상들을 보며 책상 위 책을 들고 읽어 본다. 종종 목소리가 좋다는 소리도 들었다. 이런 생각과 칭찬이 계기가 되어 낭독을 배우고 있다. 함께 공부하던 동기들과 함께 시각 장애인을 위한 오디오북 제작에도 참여했다. 각자 녹음한 것으로 오디오북이 되어 나온 것을 들으니 뿌듯했다. 시각 장애인에게 도움이 될 수 있다고 생각하니 설레기도 했다. 아직은 미숙하지만, 열심히 낭독을 배우고 연습하여 낭독 봉사도 하고 북 내레이터로 활동하고 싶다.

책을 많이 읽어야 한다. 특히 글을 쓰겠다는 작가의 꿈을 가졌다면 책 읽는 것은 너무나 당연한 일이다. 글을 잘 쓰기 위해서는 꾸준히 써야 한다. 매일 써야 한다. 끊임없이 낙서하고 기록하며 글을 만들어 가야 한다. 책 읽고 글 쓰는 시간은 내가 방해받지 않고 완전히 몰입할 수 있는 시간이어야 한다. 시간 확보를 위해 새벽 기상을 하고, 2시간은 오롯이 책 읽고 글 쓰는 시간으로 만들고 있다. 꿈을 현실로 바꾸려면 꾸준히 연습하고 많은 시간을 투자해야 한다. 모닝 페이지와 블로그 쓰기, 어휘력과 문장력 공부를 위해 필사도 한다. 퇴직 후 시간 부자가 될 나에게 딱 맞는 일이다.

북 내레이터가 되기 위한 낭독 연습 역시 꾸준함이 답이다. 낭독 공부도 더 해 보려 한다. 낭독 공부와 연습을 통해 북 내레이터의 꿈을 이뤄 보려 한다.

아직 늦지 않았다.

한동안 자기 계발을 하면서 '이 나이에 이걸 해서 무엇하나?', '너무 늦어서 내가 할 수 있는 게 없다', '저건 나와는 거리가 먼 얘기다'라고 생각했다. 하지만 지금부터 시작해도 늦지 않았다. 100세 시대에 앞으로 살아갈 날이 40년이다. 지금 시작하여 10년 후에 이룬다 해도 70대이다.

'할 수 있다!' 이렇게 생각하니 못 할 게 없다는 생각이 들었다. 나의 꿈은 여전히 유효하며, 노력할 가치가 있다. 쓴맛을 보지 않고는 영광을 맛볼 수 없듯이, 대가를 치르지 않는 성공은 없다. 완벽하기를 기다리기보다 완성되는 것부터 실천하자.

해 보자! 매일 읽고 써 보자. 매일 낭독해 보자. 완벽이 아니라 완성을 목표로 해 보자!

지금 이 순간도 완벽해지기보다는 완성을 목표로 쓰고 있다.

내 안에 어떤 보물이 숨겨져 있는지 모른다. 나는 내 꿈을 이루기 위한 일을 할 수 있는 능력이 있음을 믿고 느낀다. 나 자신을 격려하며 오늘도 나아간다. 글을 쓰는 이 순간이 내 인생 최고의 날이다.

3.
행동했더니 꿈이라는 꽃이 피다

..

김희선

아침 6시, 샐러드를 준비하고 남편을 부른다. 남편 손에 두꺼운 파일이 하나 들려 있다. 남편이 공부하면서 정리하는 노트다. 아침은 먹지 않고 파일을 연다. 뿌듯한 목소리로 "마누라, 한번 볼래?" 묻는다.

타자로 친 것처럼 정갈한 글씨가 A4 종이 위에 빼곡히 적혀 있다. 감탄이 절로 나온다. 나의 반응에 남편이 환하게 웃는다. 생기와 활력이 넘치는 얼굴이다.

요즘 들어 남편 얼굴이 좋아졌다는 소리 종종 듣는다. 뭘 먹어서 그리 좋냐는 질문과 함께. 어머님이 보내 준 한약을 먹고 있지만, 한약 때문이 아니다. 잃어버렸던 꿈을 다시 찾으며 그 빛도 돌아왔다. 환하게 웃는 남편 얼굴 위로 젊은 날 내게 꿈을 묻던 남편의 모습이 겹쳐 보인다.

엄마, 아내로 정신없이 사느라 방치되어 있던 '나'라는 보석을 다시 찾았다. 긴 세월이 흐른 만큼 두껍게 쌓인 먼지를 오랜 시간 털어 낸다. 매일

194　**꿈을 이루는 여자들**

새벽 꾸준히 닦았더니 드디어 형체가 보이기 시작한다.

보디 프로필 사진을 찍었다. 내성적이고 남 앞에 나서는 걸 싫어하는 내가 어느 순간 카메라 앞에 서서 당당하게 자세를 취하고 있었다. 지금 생각해도 하겠다고 말한 게 신기할 따름이다. 살던 대로 살면 똑같은 삶의 반복일 뿐이다. 매일 같은 하루를 보내면서 다른 미래를 꿈꾸는 것만큼 어리석은 일이 있을까. 내 안의 나를 뛰어넘어 보고 싶었다. 무작정하겠다 말하고 이불을 발로 차며 후회도 했다. 저질러 놓았으니, 방법을 고민하고 실행했다.

나를 위한 밥상을 차리고 거울 속 내 몸에 집중했다. 막상 해 보니 할 수 있는 일이었다. 배에 그어진 선명한 복근은 그간의 노력에 대한 훈장 같다. 아이 낳고 다시는 가는 허리를 만들지 못할 거라고 생각했는데 배에 근육까지 얻었다. 불가능하다는 건 스스로 만든 허상에 불과했다는 걸 깨닫는다.

헬스장 거울 속에 비친 내 모습을 바라본다. 이렇게 오랫동안 내 몸을 천천히 살펴본 적이 언제였던가. 거울 속 내 눈과 마주치는 순간, 가슴속에서 뜨거운 무언가가 올라와 두 눈에 머문다. 거울 속 내가 흐릿하게 보인다. 소중하게 여겨 주지 못해 미안하다. 아이들 하나라도 더 먹이겠다고 나조차도 나를 챙기지 않았다. 어디 먹을 것뿐이었겠는가. 씩씩하고 건강하게 살아 준 내 몸에게 고맙다는 인사와 함께 화해의 손길을 내민다. 더 이상 나를 뒷전으로 미루지 않겠다고 다짐한다.

아이들과 마라톤 대회에 참가하여 5km 패밀리 런 종목에서 2등을 했다. 상금으로 아이들이 좋아하는 리조트에 가서 수영, 탁구, 스쿼시도 했다. 아이들과 함께 목표를 세우고, 그 목표를 이루기 위해 매일 달렸다. 아침 6시 30분이면 운동화를 신었고, 아이들과 함께 약속한 거리를 뛰었다. 덥고 힘들어도 할 수 있다 응원했고, 하기 싫은 날에는 조금만 더 달려 보자 서로를 격려했다. 노력의 결과로 아이들과 두 손을 꼭 잡고 결승선을 2등으로 통과했다.

인생이 마라톤 같다는 아이들. 지금 걸으면 나중에 뛰어야 한다고, 뛰다 보면 언젠가 끝이 있으니 그때 마음껏 쉬면 된다고 말한다. 아이들은 마라톤을 통해 목표를 세워야 하는 이유, 끝까지 해 봐야 하는 이유도 배웠다.

다음 목표는 단풍이 예쁜 10월에 친구와 함께 10km 마라톤을 완주하는 거다.

나와의 약속을 지키기 위해 새벽 기상과 하루 일상을 블로그에 기록했다. 부족하기만 한 나의 글을 누가 볼까 싶었다. 어느 날, 친구에게 전화가 왔다. 나의 글에 힘을 얻어 남편과 함께 새벽에 일어나기 시작했다고 말이다. 고맙다고 말하는 친구의 말에 서로 코끝이 찡해졌다. 아이들과 여행을 다니던 가족 모임이 자연스레 부부 새벽 기상 모임으로 바뀌었다. 이름도 정했다. '미준사', '미래를 준비하는 사람들의 모임'이다. 새벽마다 인사를 나누고 정해진 활동을 한다. 공부 책상, 운동 후 찍은 신발, 수영장 가는 길, 달리기, 읽은 책 등 다양한 인증 사진이 올라온다. 새로운 것에 도전하고 꿈을 향해 달려가는 서로를 응원한다. 마음이 흐트러질 때면 조언을 구하며 한발 앞서 나간 사람이 다른 사람을 끌어 주고 있다. 작은 도전과 성공이 쌓이며 서서히 주변을 물들이기 시작했다. 누구나 가슴속에 잊고 있던 꿈 하나 간직하고 사는 것을. 그 꿈을 이제야 바라본다.

지금은 글로 내 생각을 표현하고 책 쓰기에 도전하고 있다. 개인 저서를 쓴다는 것이 쉽지 않은 일이지만 생각을 글로 표현하는 일이 매력적이라 선뜻 도전했다. 새벽 시간 방전된 배터리를 충전하면서 잊고 있던 나를 찾고 조금씩 빛을 내기 시작했다. 요즘엔 몰랐던 새로운 내 모습을 발견하기도 한다. 결혼하고 15년 동안 입지 못했던 청바지를 다시 입는 행운도 얻고 말이다. 앞으로의 인생은 얼마나 더 신나는 일들이 펼쳐질까 기대된다.

나를 내버려 둔 채 엄마로서 아내로서 충실하면 우리 가족이 행복할 줄 알았다. 누군가의 희생을 바탕으로 쌓아 올린 가족이 견고하고 단단할 리 없다. 내가 행복한 삶을 살아야 사랑하는 이들도 행복할 수 있다는 걸 이제야 깨닫는다. 오히려 나를 찾고 소중히 여기기 시작하니 그 열정과 긍정에 가족과 친구들도 빛나기 시작했다. 마음의 힘이 생기니 부족한 점을 채우기 위해 할 수 있는 일을 찾아 나섰다. 책과 강의로 돈 공부하며 가정 경제도 관리하고 있다. 역시 배워서 해내지 못할 일은 없다.

엄마가 되고 아내가 되면서 자연스레 내 꿈은 사라졌다. 꿈이 사라지니 무엇이든 다 해낼 것 같았던 빛나던 나도 잊었다. 내 삶의 운전대를 다른 사람에게 맡긴 채 이리저리 흔들렸다. 엄마라서, 아내라서 꿈을 포기할 이유는 없다. 엄마이기에, 아내이기에 오히려 그 역할을 통해 새로운 꿈을 찾았다. 우리 가족의 변화와 성장을 통해 배운 점들을 말과 글로 나누고 싶다는 꿈 말이다. 같은 어려움을 겪는 사람들에게 나의 경험을 나누고 함께하자, 손 내밀고 싶다.

스승의 날, 아이들이 꽃 한 다발 들고 집으로 들어온다. 꽃다발 사이에 수줍게 놓여 있는 쪽지 한 장. 우리에게 진정한 스승은 엄마, 아빠라며 응원의 말로 마음을 전해 왔다. 교육의 지름길은 모범이라고 했던가. 아이들도 엄마, 아빠가 꿈을 이루기 위해 노력하는 모습을 보며 자신들의 꿈을 마음속 어딘가에서 조각하고 있으리라. 내 꿈을 이뤄 가는 과정에 가족과 함께할 수 있어 감사하다.

나는 이제 두 번째 꿈을 꾼다. 도전, 행동, 성공의 경험을 통해 나의 한계를 스스로 규정짓고 살았다는 걸 깨달았다. 행동하기에 적당할 때는 없다. 생각에 머물지 않고 할 수 있는 일을 찾아 실행했더니 불가능이 '가능'한 일이 되었다. 꾸준함을 더했을 뿐이다. 어느새 나는 할 수 있는 사람이 되었다.

긴 시간 돌고 돌아 다시 내 꿈을 꽃 피우기 시작했다. 활짝 핀 꽃향기가 누군가에게 닿아 그들의 꿈도 꽃 피울 수 있기를 소망한다.

꿈을 이루는 여자들

4.
덤으로 사는 인생, 백만장자를 꿈꾸며

..

이경민

본의 아니게 퇴직 후 생활이 어떨지 미리 경험했다. 회사를 나오면 아무것도 할 줄 아는 게 없고, 뭘 해야 할지도 막막하다는 걸 알았다. 월급이 얼마나 소중한 건지도 뼈저리게 느꼈다. 맞벌이하면서 겁 없이 돈을 썼다. 자녀 교육비에 투자를 많이 했고, 사회생활이라는 명목으로 모임도 많았다. 여행도 자주 다니고, 경조사도 빠짐없이 챙겼다. 부자도 아니면서 부자 흉내 내기를 하며 살았다. 둘이 벌다가 하루아침에 수입이 끊기니 뭘 어찌해야 할지 몰랐다. 남편 퇴직금으로 버티다 보니 곳간의 곡식을 빼먹듯이 훅훅 줄어들었고, 순식간에 바닥이 보였다. 남편은 이런 것보다는 나의 재발 소식에 정신적으로 힘든 상황이었다. 옆에서 함께 있어 줄 시간도 없이 서둘러 입원해야 했다. 내가 정신을 차릴 수밖에 없다. 이때부터 돈에 관련된 책을 읽고 다양한 강의를 들으며 돈벌이할 수 있는 걸 찾아보았다. 있을 줄 알았다. 역시나 바로 아웃풋을 낼 수 있는 건 없다. 수업을 들을 때는 쉬워 보여도 막상 우리가 해 보려고 하면 만만치 않았다. 부동산을 공부하면서 매달 받았던 월급을 월세로 받으려면 몇억짜리 건물이 있어야 한다는 계산을 할 줄 알게 되었다. 그렇게 생각하니 다시 받게 된다면 소중하게 여기고 악착같이 모으겠다고 다짐도 해 본다.

천직이라고 여기고 25년 넘게 한 직장을 다니고 있다. 여기에서 어느 정도 자리까지 올라가는 게 목표였고, 정년퇴직한다고 생각하며 다녔다. 최선을 다해 조직 생활을 했다. 어느 날 갑자기 못 돌아가고 퇴사를 해야 할지도 모른다고 생각하니 암 선고를 받았을 때만큼이나 눈앞이 캄캄했다. 어찌 보면 내 삶의 반을 차지하고 있고 인간관계도 여기가 다가 되어버린 삶. 일도 사랑했고, 영혼을 갈아 넣었다고 해도 과언이 아닌 곳. 꼭 돌아가고 싶다고 매일 적었다. 지금도 적고 있다. 아니, 반드시 복직해서 정년퇴직할 거다. 암이 재발해서 복직을 못 할 수도 있다는 생각이 들었을 때 병원 복도로 나와 인사팀 직원에게 전화했다. 휴직 중인 직원은 퇴직금을 산정할 때 3개월 평균 임금 기준이 어떻게 되냐고. 다행히 정상적인 월급 받을 때 기준으로 산정한다고 한다. 이 말을 하면서 꼭 복직할 테니 걱정 말고 치료에 집중하라고 하는데, 눈물이 핑 돌고 목소리가 떨렸다. 정말 그렇게 하고 싶어서 그랬나 보다.

이제는 엄마, 아내, 딸, 며느리의 직함은 다 내려놓고 오롯이 나를 위하며 살기로 했다. 몸이 조금이라도 힘들면 아무리 할 일이 많아도 쉬는 걸택하며 살 것이다. 이 병은 평생 관리를 철저하게 해야 한다. 모든 일에 있어서 우선순위가 나를 돌보는 것부터이다. 그리고 생긴 새로운 꿈이 백만장자다. 사전적 의미는 순자산이나 부가 백만 달러를 초과하는 사람을 가리킨다.『돈, 뜨겁게 사랑하고 차갑게 다루어라』책에서는 일할 필요도 없고, 고용주 또는 고객에게 머리를 숙이지 않아도 되는 사람이야말로 진정한 백만장자라고 정의했다. 퇴직 전에 만들어 놓은 파이프라인에서 고정적인 수입이 들어오고, 목돈으로 계속 재산을 불리며 돈부자가 되고, 억지로 일을 안 해도 되니 시간 부자이다. 아름답게 나이 들면서 주변에 나눔을 실천하며 사는 게 꿈이 되었다.

『나는 나의 스무 살을 가장 존중한다』라는 책에 시간, 공간, 인간을 리셋하라는 말이 나온다. 다른 책에서도 자주 봤던 구절이다. 직장 생활을 유지해야 하니 당장 100% 바꿀 수는 없다. 하지만 이전과는 다른 삶을 살거라고 자신 있게 말할 수 있다.

결이 비슷하고 목표가 같은 사람들과 소통하며 만나고 있다. 온라인 세상에서 만났지만, 대화도 잘 통하고 배울 점이 많은 분들을 만나니 삶이 풍요로워지고 있다.

시간에 쫓기며 숙제하듯 살아가는 게 아니라 리드하며 살고 있다. 나에게 집중하는 시간을 만들어 책 읽고 글 쓰고 명상하는 것이 소중해졌다. 이런 시간을 가져야 한다는 걸 더 늦기 전에 알게 되어 감사하다.

퇴직 이후에는 사는 곳도 바꿀 거다. 부동산 공부를 하면서 최종 목적지인 서울에 집을 마련할 것이다. 결혼하고 신혼집에서 잠시 살다가 친정 옆으로 이사했다. 친정 부모님의 도움을 받으며 아이를 키워야 했기에 선택한 아파트에서 20년 넘게 살고 있다. 최고의 학군지여서 이사할 생각을 전혀 안 했다. 집으로 자산을 불려야겠다는, 불릴 수 있다는 생각을 못 하고 살았다. 똑같이 월급을 받아도 재테크에 관심이 있었던 사람과는 지금 보니 차이가 어마어마하다. 직장 동료들이 돈을 번 이야기는 남의 일이라고 생각했다. 이제는 그런 이야기들을 흘려보낼 수 없다. 투병할 때부터 꾸준히 챙겨 준 직장 동료이자 남매 같은 이들이 있다. 몇 년 전 암으로 고생하던 아내를 좋은 곳으로 떠나보낸 형님, 얼마 전 3년간 암 투병 하시던 어머니를 하늘나라로 보낸 동생, 내가 아픈 내내 잔심부름을 도맡아 해 준 동생, 이렇게 세 명이다. 이들은 아주 가까이에서 암 투병하는 걸 뒷바라지해 봤기에 내가 얼마나 큰 고통을 이겨 내고 있는지 알고 있다. 그래서 살아만 달라고 매일 응원하고 격려를 해 줬다. 형님은 서울로 아내 뒷바라지를 하러 다녔다. 치료 기간이 길어질 것 같기도 하고, 갈 때마다 집이 있어야겠다 싶어서 지역의 집을 팔고 서울에 평수가 큰 빌라를 샀다고 한다. 아내는 오래 버티지 못했지만, 아이들이 서울에 정착할 수도 있으니 전세를 주면서 지금까지 가지고 있었단다. 최근에 그 집이 재개발 관리 처분인가가 났고, 더 놀라운 건 그 한 채가 아니라고 한다. 그걸 사 놓고 나니 주변에 부동산이 보이기 시작했고 돈만 모이면 서울에 투자하고 있다고. 잔심부름을 해 준 동생도 분양권 투자로 실거주 집을 상급지로 갈아타기에 성공했다. 부동산 공부를 하고 있으니 오가는 말들을 알아들을 수 있고, 궁금한 건 질문도 했다. 예전의 나였으면 또 흘려듣고 나랑은 상관없는 일이라고 했을 거다. 이제는 이론 공부가 아닌, 실전에 뛰어들어 투자 영역도 넓힐 거다. 이렇게 3간을 바꾸면서 살아가려고 노력하고 있다.

이 모든 것을 비전 보드에 적었고, 매일 보면서 이룬 것처럼 시각화하

꿈을 이루는 여자들

고 필사한다.

죽는다고 했지만, 온 우주의 기운을 받아 운 좋게 살아났다. 지금 살아 가는 하루하루는 덤이다.

얼마 전 한국경제신문에서 바닷가재에 대한 칼럼을 읽은 적이 있다. 바 닷가재는 나이를 먹을수록 성장을 계속한다. 수명이 100년이 넘는 경우도 있다. 갈수록 힘이 세지고 번식력도 커지는데, 그 비결은 끊임없는 '껍질 벗기'(탈피)다. 속살을 감싸고 있던 껍질이 떨어져 나가면 그 안에 있던 분 홍색의 얇은 막이 더 크고 딱딱한 껍질로 자란다. 방금 탈피한 바닷가재 의 갑각은 부드럽고, 생존 환경으로 보면 가장 위험한 시기다. 그러나 이 과정을 거쳐야 몸집이 커지고 힘도 강해진다. 육지에 사는 곤충도 '탈피 과정'을 통해 성장한다. 우리에게도 스스로 껍질을 벗는 과정이 필요하단 다. 날마다 성장하는 사람은 늙지 않는다고 하고, 배움에는 끝이 없다고 했다. 인생의 '덤'은 시간이라는 선형적 개념뿐만 아니라 배움이라는 입체 적 개념을 아우르는 말이란다. 끊임없이 공부하고 새로운 일에 도전하며 기존에 나를 탈피하려고 하니 설렌다. 남을 위해 사는 것이 아니라 오롯 이 나를 위하여 이기적으로 살아 보려고 한다. 나를 가장 사랑하고 아끼 고 칭찬하며 살아간다는 거다. 몸이 보내는 신호에 더욱 귀 기울이고 다 독이면서 감사, 감동, 감탄하는 삶을 살 거다.

오늘을 매일 선물 받고 있다. 현재를 알차고 즐겁게 보내면 그것이 나의 미래가 된다. 백만장자가 되어 플러스 인생을 행복하게 살아갈, 성공한 행 복오뚜기를 응원한다.

5.
오늘도 급하지는 않지만 중요한 일로 바쁘다

..

이명진

두 아이를 등원시키고 집에 들어서자 개지 않은 빨래 더미가 수북이 쌓인 소파가 눈에 들어온다. 싱크대 안에는 방금 전까지 전쟁을 방불케 했던 등원 시간을 고스란히 담아내기라도 하는 양 설거짓거리도 한가득이다. 예전 같으면 한숨부터 내쉬었을 테지만, 나는 예전의 내가 아니다. 완벽하게 집안일을 끝내려고 하는 마음과 나를 무가치하게 느끼게 하는 가사 노동이라는 생각이 뒤엉켜 혼란스러워했을 것이다. 불과 몇 달 사이, 그 마음은 온데간데없이 사라졌다. 두말 않고 쌓여 있는 빨래 더미에서 수건 하나 덥석 쥐고 개기 시작했다. 저절로 콧노래가 나온다. 내가 손을 움직이면 움직일수록 나만의 시간이 생긴다는 생각에 자연스레 빨래 개는 속도도 빨라진다. 내가 읽어야 할 책이, 내가 써야 할 글감이 책상에서 나를 기다리고 있다. 집안일을 후다닥 해 놓고 얼른 책상에 앉아야 할 이유가 생겼다.

가슴 뛰는 삶이 있기는 한 걸까. 인터넷에서 성공한 사람들의 인터뷰를 봤다. 내일이 오는 것을 기대한다는 내용이었다. 가슴 뛰는 삶을 살고 있어 하루가 행복하다는 그의 말을 보며 콧방귀를 끼었다. 육아에 지쳐 삶에 재미라고는 찾아볼 수가 없는데 설렘이라니. 어린애도 아니고, 내일을 기다린다는 말이 와닿지 않았다. 그런 내가 어느새 내일을 기다리는 사람이 되다니. 무기력하게 주저앉아 있기만 하던 나였건만. 이제는 성장하고 변화하는 하루에 설렌다. 가끔 버겁다고 느껴지기도 하지만 바삐 움직이다 보면 불평할 틈이 없다. 가사 노동을 하는 내가 가치 없다 느껴져 하기 싫었던 집안일을 재빨리 몸을 움직여 해 버린다. 그조차 내가 좋아하는 것들을 할 수 있도록 나에게 시간을 확보해 주는 가치 있는 움직임이 아니던가. 부리나케 몸을 움직여 쌓여 있는 집안일을 해치우고 책상 앞에 앉는다.

성경 읽기부터 시작했다. 의무감에 했던 묵상과 기도가 이렇게 즐거울 줄이야. 독서도 마찬가지다. 세 개의 커뮤니티에 속해서 책을 읽고 있다. 만만치 않은 분량이지만 어느 하나도 놓치고 싶지 않아 열심을 더해 본다. 최근 글쓰기도 시작했다. 막연하게나마 가지고 있던 책 출간이라는 목표가 그저 멀리 있는 꿈만은 아니란 것을 이미 걸어간 선배들의 모습에서 발견했다. 나도 그렇게 될 수 있단 생각에 글쓰기에 대한 열망은 더욱 커졌다. 이전에는 어떻게 해야 할지는 모른 채 잘하고 싶은 마음만 가득했다. 그러다 보니 오히려 기대만큼 잘하지 못하는 내 모습을 보고 실망하기도 했다. 이제는 무조건 완벽하게 잘하는 모습만이 전부는 아니란 것을 안다. 인생 목표가 새롭게 생긴 것이다. 기왕에 쓰는 글, 조금 더 잘 쓰고 싶어졌다. 많은 사람이 내 글에 공감하고, 내가 쓴 글로 누군가를 위로해 주는 사람이 되고 싶다. 책 출간이라는 목표가 생겼고, 글쓰기 커뮤니티에 가입하기까지 했다. 무기력하기만 했던 내 삶에 생겨난 작은 변화와 그에 따른 성장. 나도 할 수 있는 일이었다. 거창하게 무언가가 바뀌지 않았더라도 마음을 바꾸니 방향이 보이기 시작했다. 바쁘게 해내야만 하는 일들이 아닌 목표를 위해 급하지는 않지만 중요한 일들을 한다. 나는 변했고, 성장해 가고 있다. 도전하는 내가 되었다.

이제는 작가를 꿈꾼다. 내가 어떤 글을 쓸 수 있을지 생각해 보니 내가 어떤 사람이고 다른 사람과의 차별점이 무엇인지 알아야 했다. 나에 대해 들여다봐야만 찾을 수 있는 답을 변화와 성장 과정에서 찾아냈다. 자녀 교육에 관심이 많았고, 기독교 신앙이 내 삶의 중심이었다. 두 가지 분야에서 길을 잃고 방향을 찾으려 하는 사람들에게 내 경험을 나눠 주는 작가를 꿈꾼다. 이만큼 변화하고 성장해 왔던 것처럼 내가 찾은 작가라는 꿈도 나를 그곳으로 데려다주리라.

결혼하기 전부터 자녀 교육에 관심이 많았다. 아이를 낳으면 엄마가 우리를 대한 것처럼 헌신적으로 양육해야겠다는 막연한 그림을 그리고 있었다. 지금까지 자라 오면서 엄마는 우리를 감정적으로 혼낸 적이 없었다. 기분에 따라 우리를 대하지도 않으셨다. 엄마는 엄마 나름의 철학으로 우리를 대하셨을 거다. 엄마가 되고 보니 그게 얼마나 힘든 일인지 새삼 알겠

꿈을 이루는 여자들

다. 엄마처럼 아이들을 키우고 싶다. 엄마를 떠올릴 때면 '정성'이란 단어가 생각난다. 자식 사랑하지 않는 부모가 어디 있겠느냐마는, 엄마의 자식 사랑은 당시의 어린 내가 느낄 정도로 남달랐다. 엄마는 충분히 우리에게 진심을 다하셨으나, 어른이 되고 보니 아쉬움이 남는 부분도 있다. 자연스럽게 자녀 양육에 관한 책을 보며 더 나은 방법을 찾아보게 되었다. 이미 걸어온 길을 돌이켜보고 책에서 알게 된 지식이나 경험들까지 함께 아이들에게 적용해 보며 계속 배워 나간다. 엄마가 우리에게 보여 준 자녀 교육의 철학에서 큰 영감을 받을 수 있었기에 늘 엄마에게 감사하다.

교육 전문가는 아니지만 먼저 길을 걸어간 선배로서 이제 막 아이를 키우기 시작한 이들을 돕는 책을 쓰겠다는 꿈이 생겼다. 어떻게 해야 그 꿈을 이룰 수 있는지 방법을 찾기 시작했다. 그 속에서 내가 노력해야 하는 것들이 보였다. 다행히 지금까지 아이들을 키워 오는 동안 기록해 온 다이어리도 있다. 훗날 아이들에게 소중한 자산이 되어줄 것이라 믿으면서 귀찮아도 해 왔던 기록이다. 그저 흘러가는 시간도 쌓이고 모이면 헛되지 않다는 것을 알게 됐다.

아직 내가 어떤 일을 새로 시작할 수 있을지 모를 일이다. 작게나마 꿈이 생겼고, 그 꿈을 이루기 위해 구체적으로 무엇부터 할지 이제 막 길의 입구를 찾았다. 확실하고 구체적인 무언가를 손에 쥐지 않았음에도 여전히 바쁘게 하루를 시작하고 마무리하고 있노라면 피식 웃음이 나오기도 한다. 스티븐 코비의 『성공하는 사람들의 7가지 습관』에는 시간 관리에 관한 대목이 나온다. 성공하는 사람 대부분은 중요하지만 급하지 않은 일에 많은 시간을 쓴다는 것이다. 지금 내가 쓰고 있는 시간도 따지고 보면 나에게 급하지는 않은 일이지만, 내 꿈을 위해서는 중요한 일이다. 마음속에서 이런 기세면 뭐든 해도 성공할 수 있겠다는 자신감이 생긴다.

새롭게 마음먹고 나서도 쉽게 바뀌지 않는다. 변화하겠다고 다짐해 봐도 매번 그때뿐이었다. 이제야 알았다. 동기가 없었다는 것을. 나는 왜 이렇게 변화하고 싶었는가. 아이들 때문이었다. 아이들에게 무기력한 엄마로 기억되고 싶지 않았다. 어린 시절, 나는 술을 끊겠다며 우리들 앞에서 약속해 놓고 번번이 어기는 아빠에게 자식 보기 부끄럽지 않냐며 잔소리를 해 댔다. 부모님에게 높은 기준을 들이대며 날카로운 지적과 비난을 했던 나는 그 기준을 지키며 살고 있는가. 그때의 내가 지금의 나를 보면 영락없이 뼈아픈 소리를 날렸을 것이 뻔하다. 내가 생각했던 대로 살아 내야 했다. 아이들에게 본을 보여야 했다. 그때의 나처럼 여섯 살 난 첫째는 엄마가 왜 자기보다 늦게 일어나느냐고 잔소리한다. 부모라고 완벽할 수는 없는 노릇이다. 적어도 아이가 아침에 눈을 떴을 때 자고 있는 엄마보다 일어나 활짝 웃어 주는 엄마로 살아가고 싶어졌다. 나의 하루에 최선을 다하는 사람이 되려고 한다. 나에게도 다시 찾은 꿈이 생겼다. 거창하지 않아도 좋다. 무기력했던 삶에 반짝이는 빛을 주었으니. 더는 내 삶의 주도권을 놓지 않으리라. 한번에 되는 것은 없다. 그저 나의 하루를 무작정 바쁘게 쳐내야 하는 일에서 급하지 않지만 중요한 일로 조금씩 채워 가기만 하면 그뿐이다. 유치원 등원할 때 종종 엄마는 집에 있어서 좋겠다는 딸아이에게 자신 있게 한마디 해 주련다. 엄마는 엄마 인생을 위해 중요한 일로 채우느라 오늘도 바쁘다고.

6.
꿈과 도전으로 나의 나무를 키워 간다

··

이미지

오랜만에 창문 열고 환기하자는 남편의 말에 기분이 상했다. 매일 아이들을 보낸 후 창문 열고 청소기부터 돌리는 나다. 웃으며 이야기할 수 있었는데, 마음이 삐뚤어져 있으니 말이 예쁘게 나가지 않는다. 아침마다 환기하고 있는데 내가 놀고만 있는 줄 아냐며 쏘아붙였다. 유독 예민해 있었다. 남편이 회사에서 성과 내고 인정받았다는 이야기를 들은 날이었다. 나는 육아에 지쳐 별 볼 일 없는 아줌마가 되어 가는데, 남편은 유능한 차장님이 되어 간다. 나는 경력을 포기하고 아이들을 키우고 있는데, 남편은 자아 실현을 하고 있다고 생각했다. 그런 생각이 꼬리에 꼬리를 물 때면 사소한 말 한마디에 자존심이 상했다. 전업주부 선택한 것을 후회하지 않지만, 일과 가정 모두 성공적으로 이루어 가는 워킹맘들이 부러웠다. 아이 키우며 프리랜서로 일하고 있는 친구들은 마냥 행복해 보였다. 끊임없는 비교로 나의 자존감은 낮아져 갔다. 아이가 크고 시간 여유가 생기면서 무언가 해 보려 하다가도 이내 접곤 했다. 자신감도 간절함도 없었던 거다.

뜻하지 않게 집안이 어려워지는 일이 생겼다. 목돈을 마련하느라 당장이라도 생활비가 부족해질 수 있는 상황이었다. 발등에 불이 떨어지니 움직이게 된다. 아이들이 학교와 유치원에 가 있는 시간 동안 할 수 있는 일자리를 찾아보았다. 아이 돌봄 플랫폼이 생각났다. 육아에 지쳤을 때 도움을 받아 볼까 싶어 찾아본 적이 있었다. 선생님으로 활동할 수 있는지 알아보았다. 아이를 키운 경험이 있다면 누구나 가능했다. 지원서를 쓰는데 자기소개 동영상 앞에서 망설여졌다. 얼굴을 드러내고 나를 어필하는 영상을 찍자니 차라리 배달 일이 나을 것도 같았다. 어쩌겠는가. 방문을 닫고 커튼을 배경 삼아 좋은 선생님 될 자신이 있노라 여러 차례 녹화 끝에 업로드를 마쳤다. 돌봄 선생님이 되었다. 우리 아이들이 기관에 가 있는 시간이면 다른 아이들도 집에 없다는 사실을 미처 생각하지 못했다. 일정을 맞추기 쉽지 않았는데, 마침 일주일 수업 요청이 들어왔다. 네 살짜리 아이와 매일 두 시간씩 만났다. 집에서 아이들과 함께했던 경험을 떠올리며 다양한 놀이와 미술 활동을 준비했다. 아이와 엄마 모두 만족스러워했고, 두 달 가까이 정기 수업을 이어 갔다. 새로운 아이를 만나는 아침에는 늘 긴장했다. 두세 시간은 금방 지나갔고, 헤어질 때면 다음 약속을 잡곤 했다. 자신감이 생겼다. 누군가에게 도움 주는 일을 하고 있다는 생각에 하루하루가 즐거웠다. 다시 내 힘으로 돈을 버는 것 역시 기분 좋았다. 수업을 점차 늘려 인기 선생님이 되리라는 목표도 세웠다.

첫째 아이가 스트레스로 힘들어하면서 나도 갑작스레 일을 그만두어야 했다. 실망이 컸다. 그러나 돌아보니 이 시간이 인생의 전환점이었다. 힘든 시간을 견디며 자기 계발을 시작했고, '나의 삶을 찾게 되었으니 말이다. 무엇보다 우리 가족이 내 꿈의 든든한 지원자라는 사실을 알았다. 내가 항상 가족에게 맞춰야 한다고 생각해 왔다. 남편과 아이들 역시 나의 시간과 일을 존중해 주었다. 일찍 나가야 하는 날은 남편이 출근 시간을 조정했고, 아이들은 수업할 때 쓰라며 아끼는 스티커도 내주었다. 자아 실현을 할 수 있도록 든든하게 외조받아 왔음을 이제야 깨닫는다. 가족은 나를 성장시키는 최고의 원동력이었다.

좋은 성적으로, 훌륭한 성과로, 살림 잘하는 아내로, 최고의 엄마로 사람들에게 늘 인정받으려 노력했다. 칭찬은 동기 부여가 됐지만, 한계가 있었다. 기대했던 반응이나 결과를 얻지 못하면 금방 자신감이 떨어졌다. 잘한다는 말만 듣고 싶어서 할 줄 아는 것만 했다. 살면서 실패를 많이 경험하지 않았다. 다시 말하면 그만큼 도전하지 않았다는 뜻이다. 실패하면 사람들이 나에게 실망할 것 같아 두려웠다. 공부든 일이든 새로 시작하는 것을 망설였던 이유기도 하다. 자기 계발서를 읽으며 나에 대한 긍정적인 확신이 가장 필요하다는 것을 알았다. 남들이 해 주는 인정이 아닌, 내가 나를 인정해 주기. 집을 깨끗이 청소하고 셔츠를 말끔하게 다려 놓고 냉장고에 우유가 떨어지지 않게 채워 놓으며 나를 칭찬하기 시작했다. 책 읽고 글 쓰는 내가 멋지다, 매일 새벽에 일어나는 자신이 대견하다 나에게 말해 주었다. 나를 인정하니 나에 대한 믿음이 생겼다. 무엇이든 할 수 있다는 믿음은 나를 움직이게 했다.

온라인으로 캘리그라피 수업을 듣고 연습한 지 두 달쯤 되었을 때였다. 예쁜 손 글씨를 배워 카드 선물이나 용돈 봉투를 만드는 데에 활용하고 싶어 시작했던 터였다. 네이버 OGQ 스티커 제작 프로젝트를 진행한다고 했다. 실력이 부족하니 스티커를 만들어 수익 내는 것은 몇 달 후에 도전해 보려고 했다. 어차피 안 될 텐데, 시간을 쏟고 싶지 않은 것이 솔직한 마음이었다. 선생님이 결과물을 내 보자며 계속해서 격려해 주었다. 그래, 일단 시작부터 하기로 했지. 스티커로 만들 문구를 붓펜으로 쓰고, 노트북에서 색을 보정하고 그림을 찾아 꾸몄다. 며칠이 걸려 스물네 개의 도안을 만들었다. 홈페이지에 제출하고 심사 결과를 기다렸다. 얼마 후에 반려 메일을 받았다. 실패했지만 괜찮았다. 실력이 늘었고, 편집 프로그램을 능숙하게 사용할 수 있게 되었다. 다시 준비해서 수익화를 실현하겠다는 목표도 세웠다. 실패하더라도 도전하는 삶이 가치 있음을 깨달았다.

올해 초, 경제 공부 모임에서 2027년 목표 선언문을 작성했다. 기어들어 가는 목소리로 발표했다. 집에 돌아와 혼자만 볼 수 있게 다이어리 앞장에 옮겨 적었다. 여전히 자신이 없었던 모양이다. 달라지자고 했는데 이러면 안 되지. 목표를 되뇌며 이루어 보리라 마음먹었다. 무엇부터 해야 할지 고민했다. 연도별 계획을 세워 빈 곳에 써 두었다. 다이어리를 펼 때마다 눈으로 읽었다. 브런치 작가 되기와 캘리그라피로 수익화 도전하기가 올해 목표였다. 미루지 않고 도전했기에 이룰 수 있었다.

예전에는 눈앞의 상황만 생각하며 열심히 살았다. 시험 봐야 하니 밤새워 공부했고, 취직해야 하니 스펙 쌓기에 바빴다. 이제는 목표를 세우고 미래를 바라보며 열심을 낸다. 성장하기 위해 공부하고 꿈을 이루기 위해 경험을 쌓는다. 하고 싶은 일을 찾아 계획을 세우고 실천한다. 아내와 엄

꿈을 이루는 여자들

마로 채웠던 하루에 내 자리를 마련해 본다. 나를 위한 시간이 쌓이니 많은 것이 변했다. 새벽 기상을 하면서 시간의 주인으로 살아가기 시작했다. 지나가 버릴 일상에서 의미를 찾고 기록하니 매 순간이 특별해졌다. 아이들의 행동과 마음을 이해하고 남편과 함께 미래를 꿈꾸게 되었다. 무엇보다 스스로에게 떳떳하다. 5년 후에 더 나은 내가 될 자신감이 생겼다.

겨울을 앞두고 아파트 단지에 수목 가지치기 작업이 한창이었다. 잘린 나뭇가지들은 푸른 잎을 잔뜩 단 채로 공터에 수북이 쌓였다. 몇 년 동안 단지를 풍성하게 꾸며 주었던 나무는 이제 기둥만 남아 있었다. 나무를 베어 버리는 것이 괜히 아깝고 불쌍해 보였다. 그러나 꼭 필요한 일이었다. 쓸데없이 길게 자라 죽는 가지가 생기거나 병해충의 피해가 발생하는 것을 예방하고, 아름답게 자랄 수 있도록 정리해 주려는 목적이 있기 때문이다. 앙상하게 기둥만 남은 나무를 보고 있자니 문득 나와 처지가 비슷하다는 생각이 들었다. 내 삶에도 가지치기가 이루어지고 있었다. 육아에 대한 욕심, 비교 의식, 현실에 안주하려는 마음, 시작을 주저하는 모습. 오랜 시간 붙잡고 있었던 생활 습관과 사고방식을 하나하나 잘라 내는 중이었다.

언제 새로운 가지가 자라서 다시 나무다운 나무의 모습이 될지 궁금했다. 계절이 바뀌고 봄이 되니, 기둥만 남았던 나무에 새로운 가지와 푸른 잎이 돋아나기 시작했다. 봄비를 맞은 후에는 잎이 더욱 무성해졌다. 아직은 이전만큼 멋있지 않다. 그러나 머지않아 더 아름답고 풍성한 모습을 보여 주리라. 나의 나무를 그려 본다. 아이들을 향해 뻗었던 자리에는 함께 성장하려는 새 가지가 자라고 있다. 익숙함에 한정되어 있던 곳에는 새로운 시작을 도전하는 싹이 튼다. 튼튼한 나뭇가지와 무성한 잎 아래 우리 가족의 행복한 얼굴을 상상해 본다. 햇빛과 물을 받아 나무가 계속해서 자라듯, 꿈꾸고 도전하며 나의 나무를 키워 갈 것이다.

7.
나의 도전은 내 삶의 동력이 되어

..

이정표

머칠 전, 육아 관련 단체 채팅방이 시끄러웠다. 새로운 육아템이라도 나온 건가 싶었다. 시댁 이야기로 한창이었다. 대부분 시댁을 향한 조롱과 비난이었다. 과거의 나를 보는 듯했다. 나 역시 모든 것이 시댁과 남편 탓이라고 생각했으니까. 지금 와서 돌이켜보니 그때의 나는 그저 주변 탓, 세상 탓만 하고 있었다. 내 삶의 주도권을 놓쳤다는 사실은 깨닫지 못한 채. 시댁의 요구를 들어주며 타인의 변화가 일어나기를 바랐다. 내가 말하지 않으면 아무도 알지 못하는데도 표현하려 하지 않았다. 시댁의 요구는 거절하면 그만이었을 텐데, 그때의 나는 왜 말하지 못했던 것일까. 철저하게 FM 모범생으로 살아온 인생을 결혼 이후에도 계속하려 했던 것은 아니었을까. 되돌아 생각해 보니 과거의 나는 나를 내려놓고 타인에게 맞춰주는 것이 갈등 없이 상대를 바꿀 방법이라고 생각했었다.

가끔 엄마와 통화할 때면 엄마는 시댁 일로 속상해하는 나를 향해 그래도 어른들에게 공손하게 행동하라고 하셨다. 그때 엄마가 내 이야기를 들고 같이 흥분했다면 문제는 커졌겠다는 생각도 해 본다. 당시에는 엄마의 말에 화가 나기도 했다. 딸이 속상하다는데도 딸을 두둔하기는커녕 공손을 얘기하다니. 이건 무슨 조선시대 급 유머인가. 그래도 한바탕 엄마랑 통화하고 나면 엄마 얘기대로 어른들을 대할 수 있었다.

시어른들은 아이 재롱을 보고 싶어 하셨다. 나는 부끄러워하는 아이 옆에서 크게 노래하고 춤도 췄다. 아이가 마음껏 노래하고 춤출 수 있게 말이다. 그리고 나는 밝게 웃으며 시댁 식구들과 이야기 나눴다. 마치 시댁이 친정만큼 편한 사람처럼 행동했다. 자칫 보면 나는 나의 감정을 속이는 행동을 한 것처럼 보이기도 한다. 하지만, 나에게는 이게 공손함이었다. 나에게 공손함은 상대에 대한 배려였다. 그래서인지 시댁 식구 사이에서는 며느리 잘 얻었다는 칭찬이 계속되었다고 한다. 지금도 여전히 시댁에서 나를 보는 시선은 나쁘지 않다. 그렇기에 이제는 나의 이야기를 할 수 있게 되었다. 마음의 파도에 덜 휘둘리게 되었다. 주변 탓, 세상 탓만 하며 이리저리 흔들리던 내가 두 다리로 단단하게 버텨 나가고 있다. 태도는 어른을 향한 공손함이더라도 마음은 탄탄해진 상황, 즉 삶의 주도권을 점차 나의 것으로 만들어 가고 있다. 어쩌면 내 삶의 주도권을 다시 찾아올 수 있었던 것이 공손함 덕분인지도 모르겠다.

이제는 달라졌다. 명절과 같이 우리 부부가 서로 이야기해서 꼭 만나야 하는 때에만 시댁에 간다. 생신처럼 특별한 때 안부 전화 드리는 것 외에는 남편이 주로 연락드린다. 며느리로서 해야 할 도리는 하되, 100% 어른들의 마음에 들게끔 행동하는 것을 우선에 두지 않으려 한다. 혹자는

꿈을 이루는 여자들

야박하다 할 수도 있겠다. 하지만 시대의 요구를 들어주느라 정작 내 아이들의 사랑스러운 때를 그 자체로 즐기지 못했었다. 아이들과의 시간보다 시대를 우선하던 시간은 지나갔다. 뒤돌아보며 슬퍼할 시간이 없다. 지금 중요한 것은 바로 현재니까.

인터넷에서 사춘기 아이를 둔 엄마의 이야기를 봤다. 중학생이 된 아이가 방문을 쾅 닫고 들어가니 어린 시절 엄마만 찾던 시절이 사무치게 그립다고. 몸이 힘들어 외면했던 아이의 부름이, 이제는 추억 속으로 사라졌다는 글이었다. 휴대폰을 내려놓고 앞을 바라본다. 해맑은 웃음소리가 들린다. 블록을 가지고 노는 작은 손. 오동통한 볼. 두 팔을 벌리자 두 아이가 와락 안긴다. 누군가가 그리워하던 소중한 시간이 나에게는 아직 남아 있다. 아이들 옆에 앉아 눈을 맞춘다. 나의 달라진 모습이 느껴졌는지, 좋아하는 장난감을 내 앞에 쏟아 놓는다. 놀아 달라는 신호다. 이제 아이의 요구가 귀찮게 느껴지지 않는다. 나중에 돌아보고 이 시간을 후회하지 않도록 내가 가진 끼를 발산한다. 아이들은 배꼽 잡고 쓰러진다. 또 해 달라고 물개박수를 쳐 준다. 이보다 더 열정적인 관객이 어디 있으랴. 한동안 방구석 공연이 계속 이어진다. 아이들을 씻기고 재우는 시간에 큰애가 아쉽다며 잠을 잘 수가 없단다. 잠을 자야 내일 더 신나는 공연을 볼 수 있다는 말에 미소를 머금고 침대로 향한다. 침대에 올라가서도 아쉬운 마음이 남았는지 나에게 한마디 한다.

"엄마, 내일도 나랑 친구 하자!"

나는 어떤 상황이든 긍정적으로 바라보려는 경향이 있다. 무작정 나쁘거나 안 좋다고 여기기보다 그 속에서 나에게 이로운 점을 찾아가려 했다. 그러다 보니 현실에 대부분 만족했다. 돈 문제에 대해서도 그 성향은 어김없이 나타났다. 가계부를 쓰기 시작하면서 돈에 대해 다시 생각해 봤다. 결핍에서 오는 부자를 향한 열망이 아니었다. 나는 돈을 많이 모아야겠다는 생각조차 없었다. 그저 있으면 있는 대로, 없으면 없는 대로 맞춰 살면 되는 것으로 생각했다. 주변에서 돈, 주식, 부동산 이야기를 하는 사람들을 보면 내심 속물 같다고 생각했다. 경제 공부를 시작하고 보니 얼마나 내가 어리석었는지 알게 됐다. 여전히 돈만 추구하는 삶은 위험하다고 생각한다. 다만, 경제를 알아 가면서 내가 돈을 벌고 모으는 길의 끝에는 우리 가족의 행복이 있다는 것을 깨달았다. 나와 가족의 행복, 결국은 내 꿈의 밑바탕이다.

돈을 돈으로 여기지 않는다. 돈은 나를 성공시켜 주는 발판이다. 돈이 모일수록 나의 성공 발판이 더 높아진다. 그로 인해 다른 사람을 돕고자 하는 나의 목표에 더 쉽게 도달할 수 있다. 지금은 가계부에서 시작하지만, 지출을 줄여 모은 돈으로 투자에도 도전할 계획이다. 3개월간 경제 강의를 들으며 생활비 절약만으로 100만 원을 모았다. 그저 허리띠를 졸라매기만 해서 만든 돈은 아니었다. 그랬다면 의미 없이 답답했을 것이다. 나의 노력으로 인해 또 다른 통장에 돈이 쌓이니 그저 신이 났다. 어찌 보면 큰돈은 아닐 수 있다. 상관없다. 내 인생의 꿈이 100만 원 모인 것과 같으니 말이다. 나의 꿈이 커지도록 돈을 더 불리는 데에 집중할 것이다. 이는 내 꿈꾸는 삶의 양분이 되어줄 것이다.

나의 휴식이라 여겼던 휴대폰을 보던 시간이 이제는 꿈을 위해 달리는 시간으로 바뀌었다. 경제신문을 읽고 독서를 한다. 휴대폰을 보고 싶어질 때면 강의를 듣고 내 삶에 적용할 점이 없는지 찾는다. 더 알고 싶은 부분이 생기면 책을 찾아 읽는다. 책은 꼬리에 꼬리를 물며 다른 책을 찾아 읽어 보고 싶게 만든다. 그럴수록 계속 알아 가고 싶은 마음도 커진다. 이러한 경험 또한 예전의 나와 같은 이들에게 도움을 줄 수 있을 거라고 생각하니 더욱 눈에 불을 켜고 찾게 된다. 내가 이런 삶을 살아갈 줄은 꿈에도 몰랐다. 변하는 데에 들인 시간은 그저 불과 몇 달뿐이었다.

무엇보다 나의 꿈을 이루기 위해 먼저 나를 돌본다. 그동안 아픈 곳을 치료받는 것도, 내가 하고 싶은 일을 하는 것도 뒤로 미뤄 둔 채 가족과 시댁이 우선이었다. 내가 나를 잃어보니 나 없는 삶이 뼈저리게 슬펐다. 이제는 내가 하고 싶은 일이 있으면 한다. 아픈 곳이 있으면 치료받으러 간다.

엄마가 되면서 내가 좋아하는 것이 무엇인지 많이 잊어버렸다. 내 시간을 갖는 게 허락되지 않는다고만 생각했지, 찾아보려는 노력은 없었다. 이제는 다시 나의 삶을 돌아본다. 방 한편에 서 있는 기타를 발견했다. 조용히 연주해 본다. 손에 닿는 쇠줄의 느낌이 어색하다. 하지만 그 어색함도 잠시, 잊었다고 생각했던 곡을 조금이나마 연주해 냈다. 이것이 내 삶의 주도권을 찾기 위한 작은 실천이다.

작심삼일일 줄 알았던 나의 목표에 진심을 더한 시간 3개월. 짧으면 짧을 수 있겠으나 나의 변화에 남편도 내 마음을 조금은 읽는 모양이다. 선

순환이 되는 대화를 하다 보니 앞으로 점점 삶의 문제를 함께 해결해 나
갈 수 있게 될 것이라는 희망도 생겼다. 서로 다른 방향을 보고 있던 우리
부부의 시선이 점차 한곳으로 모이는 걸 느낀다. 포기하지 말자. 내가 바
라는 나의 모습이 어렴풋하게나마 그려졌으니. 내 삶의 주도권을 잃지 않
고 나를 통해 다른 사람의 변화를 끌어내는 사람이 되고 싶다. 글로 타인
을 돕고 성장시키는 '글로업'으로 살아가려고 한다. 이제 새로운 삶의 여정
에 첫발을 내디뎠다. 과거의 나로서는 상상조차 할 수 없는 첫걸음이다.
나의 도전은 내 삶의 동력이 되어 내가 바라는 대로 살아 낼 밑바탕이 될
것이다.

8.
돈으로 시간을 사는 부자가 되리라

..

전혜진

내가 부자가 될 수 있을까?

부자는 아무나 되는 것이 아니라 지레짐작했다. 못 올라갈 나무는 쳐다보지도 않으려는 듯이 한 번도 부자로 살겠다 다짐해 본 적도 없다. 주어진 대로 순리에 맞게 살면 나다운 모습이라 생각했다. 처음부터 이렇게 살지는 않았는데, 언제부터 내가 이리도 현실에 순응하며 살았던 건지 씁쓸하다. 교실에서 곧잘 재잘대던 어린 소녀는 사회에 나와 살면서 깎이고 깎여 작아지고 주눅 들어 간다. 무엇 하나 시작하려 해도 자연스레 움츠러들면서 내가 가진 것이 한없이 작아 보이기만 하다. 남들은 커다랗고 반짝이는 것들을 잘도 갖는데, 나는 여전히 작고 못나 보이기만 하다. 나의 본모습을 꺼내 놓으면 조금 더 닦아 내고 빛낼 수 있으련만, 여전히 밖으로 나오진 못한 채 안에서 남들이 나를 알아봐 주기만을 바랐다. 진심을 꺼내 놓지 않았고, 밖으로 나오려 하지도 않았기에 관계 맺기가 어려웠다. 가족들에게 집중하는 것이 내가 해야 할 역할이라며 애써 외면하고 숨어 버렸다.

　우연히 책을 읽고 자기 계발을 시작했다. 타고난 사람들만이 부자가 되는 거라며 나를 다독였는데, 평범한 사람 중 부자가 된 사람들이 눈에 보였다. 살면서 이런 문화 충격은 처음이다. 그들은 타고나거나 비범한 재능이 있거나 부모로부터 물려받은 것이 있어야만 부자가 될 수 있는 것은 아니란 것을 몸소 보여 줬다. 그저 꾸준한 노력만으로도 이룰 수 있다는 것을 증명해 내는 것을 보니 그동안 난 뭘 한 것인가 하는 자괴감까지 생겼다. 부자가 되기 위해 주저하는 벽을 깨는 것이 급선무였다. 돈을 멀리하고 부자를 싫어하면서도 부자를 동경하는 그 마음부터 깨야 했다. 나 역시 돈은 가져서는 안 되고, 놀부처럼 나쁜 사람으로 만들 것이라는 생각을 해 왔기 때문이다. 생각을 바꾸기로 했다. 평범한 그들도 생각을 깨는 것부터 시작했다고 하니 나도 거기부터 시작하면 되겠다 싶었다. 쉽지 않았다. 수십 년 동안 굳어져 온 생각을 한번에 바꿀 수 있다면 이 세상 사람들 모두가 이미 부자가 되지 않았을까. 돈을 좋아한다고 말하고 글로 적기 시작했다. 말도 안 된다 했던 '5년 안에 10억 자산'이라는 목표도 슬며시 적어 본다. 적었다가도 누가 볼세라 이내 다시 지운다. 이렇게 해서는 깨겠다는 생각의 벽을 깰 수 없을 것 같아 다시 손에 힘을 주어 꾹꾹 눌러 적는다. 아이들과 남편을 챙겨야 해서 나는 못 한다고 생각했던 일을 어떤 이는 어린아이들을 키우면서도 해내고, 어떤 사람은 잠을 줄여 가면서까지 이룬다. 나 또한 내가 스스로 만들었던 벽을 깨고 자산을 이뤄 시간을 사려고 한다. 세상을 향해 문을 박차고 한 걸음 나아갈 것이며,

세상 사람들과 관계를 맺고, 그들에게 내가 할 수 있는 작은 도움을 주고 싶다. 그렇게 산다면 더할 나위 없이 행복할 것이라고 생각했다.

내가 과연 할 수 있을까.

끌어당김의 법칙 따위 믿지 않았다. 시대와 어울리지 않는 미신이라 치부했다. 세상을 향한 생각을 깨고 나니 온 마음을 다해 간절히 원한 몇 가지들이 이루어지더라. 미신이 아니었다. 생각이 나를 바꾼 것이다. 간절한 마음으로 생각을 깨고 싶어 100일 동안 100번 쓰기에 도전했다. 2월에 시작한 쓰기 노트에는 연말까지 월수입 600만 원을 만들겠다 적혀 있었다. 적으면서도 내가 과연 할 수 있을지 의심이 들면서, 한편으로는 꿈은 크게 가지랬는데 너무 적나 싶은 생각도 들었다. 피식 웃음도 나왔다. 이대로만 된다면 세상에 고민 있을 사람들 없겠다 싶었다. 나를 지켜보던 남편도 동참해 주니 이게 뭔가 싶었다. 신나기까지 했다. 아직 이룬 것도 아닌데 적는 것만으로도 이리 신명 날 수 있는 건가. 신기했다. 쓴다고 이뤄지나 하는 의심은 이내 곧 확신으로 변했다. 매일 쓰다 보니 어떻게 해야 600만 원의 월수입을 만들 수 있는지 고민하는 나다. 쓰는 행위만으로도 생각이 바뀌다니 놀랍다. 생각의 끝은 온라인 창업에 관한 강의로 향했고, 평생 월급쟁이로만 살아온 내가 창업이란 것에 도전할 수 있게 해 줬다. 동참하던 남편은 중간에 멈췄다. 멈추든 아니든 내 생각을 지지해 주고 함께 마음을 더해 준 것만으로도 기뻤다. 생각 하나 바꿨을 뿐인데 삶이 변한다. 꿈을 종이에 적으면 목표가 된다더니, 어느새 허황되었다고 생각한 꿈이 슬며시 나의 목표로 자리 잡았다. 남편의 노트를 살짝 들춰 본다. 5년 내

10억 자산, 월수입 600만 원을 목표하던 나와 달리 남편의 그릇은 더 컸다. 내가 세운 나의 목표를 먼저 이뤄 남편의 그릇도 채울 수 있음을 내가 먼저 보여 주려 한다. 목표를 향해 간절한 마음을 담아 좋은 습관을 이어 간다면 내 삶은 반드시 바뀔 것이다. 내가 생각했던 허황한 꿈이 실현되지 말라는 법은 세상 어디에도 없다.

성장하기로 결심했다. 물론 그 길이 순탄치만은 않을 것이다. 종이 위에 적다가 멈춘 남편처럼 나도 언제 또 멈출지 모를 일이다. 성장하고 변화하는 데에 집중하다 보면 그동안 내가 들인 시간의 일정 부분을 목표 달성에 써야 할 일이 생길지도 모른다. 당연히 가족들은 그 과정에서 서운함을 느낄 수도 있다. 달라지기로 한 지금 내가 넘어야 할 첫 번째 문턱일지 모르겠다. 요즘 들어 달라진 나를 보는 남편의 시선도 그리 달갑지만은 않아 보인다. 내가 무언가를 하는 것에서 오는 시선은 아닐 테다. 아마도 그동안 내가 가족들을 향해 쏟았던 마음에 소홀함이 있을까 하는 걱정이 더해진 눈빛이겠지. 남편을 설득할 생각은 없다. 그저 묵묵히 내가 원하는 길 위에서 멈추지 않고 꾸준히 노력하는 모습을 보여 주면 남편 역시 나와 내 목표를 보는 시선을 바꿔 주리라 믿는다. 사람을 바꾸려 애쓰기보다 사람의 시선을 변화시키기 위해 내가 보여 주면 그만인 것이다. 이미 결심한 만큼 벌써 처음의 시작점보다 많이 걸어 나와 버렸다. 얼마나 가겠나 하며 보던 의심스러운 눈초리는 이미 온데간데없다. 나의 소중한 이들이 나에게 서운해하지 않게끔 나의 성장과 가족을 위한 시간 사이의 균형을 찾아가면 되리라. 그 과정에서 겪게 되는 시행착오 또한 내가 감당

해야 할 길이라 생각한다. 사람의 인생은 순탄하게 생각하고, 계획한 대로만 흘러가는 법이 없기 때문이다.

주어진 대로 사는 것만이 정답이라 생각했다. 나는 가족들을 챙겨야 해서 못 한다고 엄두조차 내지 못했다. 나에게도 꿈을 실현해 나갈 힘이 있다는 사실을 미처 들여다보려 하지 않았다. 어느새 꿈을 다시 꾸게 되고, 목표를 잡아 나간다. 부자는 아무나 되는 것이 아니라며 외면했던 시선을 다시 부자에게로 고정시킨다. 그저 돈을 많이 모으기만 하는 부자로 살아갈 생각은 없다. 돈으로 시간을 사서 내가 소중하게 생각하는 내 가족과 행복하게 그 시간을 쓰리라. 더불어 안전지대를 벗어나 관계 맺게 될, 예전의 나와 같은 이들에게 내가 도울 수 있는 작은 손길을 내밀어 보리라. 그러기 위해서라도 시간을 돈으로 사야 했다. 내가 꿈꾸는 부자가 되어야 한다. 나는 할 수 있고, 해낼 것이다. 처음 안전지대를 깨고 나온 그때의 내가 지금 새삼 예뻐 보인다. 나도 할 수 있는 사람이란 것을 알려준 나이기 때문이다.

9.
나 역시 누군가의 페이스메이커가 되어

..

조은주

'내가 이걸 왜 한다고 했을까.'

마라톤 대회 날이 가까워져 올수록 걱정만 앞섰다. 동호회에 가입한 지 이제 겨우 3개월밖에 되지 않은 내가 무슨 10km 마라톤을 뛰겠다고 설쳐 댔는지. 신청서를 제출한 내 손을 연신 타박한다. 연습할 때 7km까지는 뛰어 봤으나, 10km를 완주해 본 적이 없다. 더군다나 더위에 약한 내가 아닌가. 뛰다가 쓰러지면 누굴 탓할 수 있을까. 왜 이 고생을 사서 하나 싶어 취소하고 싶다는 연락을 몇 번이고 하려다 멈춘다. 받아 놓은 날은 더 빨리 다가오는 법. 어느새 대회가 코앞이라 이제는 취소도 못 한다. 영락없이 뛰어야 했다. 국제마라톤이라는 이름이 붙은 만큼 출발 장소에는 사람들로 붐볐다. 같이 온 일행을 잃어버리기라도 할까 봐 연신 눈을 동그랗게 뜨고 앞사람만 쳐다봤다. 한번 속도를 줄이기 시작하면 계속 뛰기 어려워진다는 선배들의 말이 자꾸 떠오른다. 뒤처지지 말자는 말만 중얼중얼한다. 먼저 뛰어가다 지칠 테니 절대로 앞서지도 말자, 다짐한다.

꿈을 이루는 여자들

물론 이제 막 시작한 사람이라 그들을 앞서갈 리 만무하다. 긴장한 탓일까. 배가 아프다. 뛰다가 멈추면 안 되겠기에 뛰기 전에 화장실부터 들른다. 곳곳에 선글라스와 모자, 무릎 테이핑 등으로 만반의 준비를 한 사람들이 보인다. 걱정은 있는 대로 해 놓고 아무런 대비책 없이 덜렁 나온 내가 부끄러운 순간이다. 뭘 준비해야 할지 기본조차 알아보지 않은 채 걱정만 앞섰던 나다. 무작정 걱정만 할 것이 아니라 내가 해야 할 일이 무엇이고, 어떻게 준비하면 좋을지 구체적으로 계획을 세우지 않았음에 무지했다.

그랬구나. 그래서 성과가 나지 않았구나. 취미 부자에 안 해 본 운동이 없었다. 배우는 것을 좋아해서 이것저것 배운 건 아니다. 그저 집에 혼자 있기 싫었다. 아니, 혼자 있는 시간이 두려워 피하려다 보니 뭐라도 해야 했었다. 방향성이 있는 배움이 아니니 그만두기 일쑤였다. 지속할 힘이 떨어질 즈음 새로운 것에 도전했는지도 모른다. 못하는 사람인 걸 인정하기 싫어서 새로운 것을 시도하면서 나를 위로했던 나만의 방식이 잘못되었던 것일까. 어느 순간 무기력해졌다. 꽉 채워진 스케줄 속에서 바쁘게 살아왔음에도 성과가 나지 않으니, 기운이 빠져 버린 것이다. 열심히 뛰다 넘어진 길에서 나는 나를 일으켜 세우려 하지 않았다. 남이 일으켜 세워 주기만을 바란 채 넘어진 지점에서 옴짝달싹하지 않았다. 그 결과, 걸어온 길에서 성과가 있을 리 없었다. 그래 놓고 성과없는 나 자신을 탓하고 있었던 거다.

출발 소리에 맞춰 첫발을 내디뎠다. 출발선에 섰던 사람들이 우르르 뛰기 시작한다. 나도 덩달아 뛴다. 옆에서 뛰는 발에 내 발을 맞춘다. '한방

병원'이라 쓰인 티셔츠를 입고 빨간 풍선을 멘 참가자와 어느새 비슷한 속도로 달린다. 이 사람으로 정했다. 나만의 페이스메이커. 그 사람은 알았는지 몰랐는지 그건 상관없었다. 오직 그를 놓치지 않겠다는 나의 다짐만이 중요했을 뿐. 그 사람의 걸음에 발맞추어 달려 보니 혼자 뛸 때보다 한결 수월했다. 동호회에서 연습할 때도 그랬다. 내 속도를 모르고 달릴 때보다 페이스메이커 역할을 맡은 리더가 함께 뛰며 속도를 짚어 주면 달리는 데 힘이 덜 들었다. 초보인 내 속도에 맞추면 운동도 되지 않고 힘이 들 텐데, 더 빨리 달릴 수 있음에도 기꺼이 수고해 주는 고마움은 나를 뛰게 했다. 더 나아가 나를 위한 응원에 멈출 수 없었다. 연습하던 때를 떠올리며 오롯이 나의 들숨과 날숨에 집중한다. 연습은 해가 없던 저녁이라 수월했지만, 대회 당일 쨍쨍 비추는 한낮이다. 내리막이 나와도 마냥 좋아하기보다 반환점을 돌고 다시 올라갈 생각에 걱정이 앞선다. 도움 되지 않는 걱정은 내려놓고 나의 페이스메이커를 따라잡기 위해 보폭을 맞춰 본다. 그저 앞서 뛰어가는 이에게만 집중하며 한 발 한 발 옮기니 10km를 무사히 완주할 수 있었다. 과연 할 수 있을지 걱정만 가득했던 출발 시점과 달리 끝까지 들어올 수 있다니. 20년 전 친구들과 겁 없이 경주 마라톤에 참여해 완주한 이후로 처음이다. 이미 먼저 도착해 메달을 받아 놓은 동호회원들은 속도와 나이는 반비례하냐며 놀렸지만, 나는 그들의 놀림을 받을 수 있는 완주 자체로 충분했다.

페이스메이커 덕분에 완주한 기쁨도 잠시, 이후로 달리기를 한참 쉬었다. 버티며 오기로 뛴 게 무리가 되었는지 골반과 무릎에 탈이 났다. 걸을 때마다 무릎도 아프고 골반도 맞지 않는 느낌에 통증이 심해졌다. 내 페

꿈을 이루는 여자들

이스를 알지 못하고 무리를 한 결과물이었다. 완주하는 것도 중요하지만, 무엇보다 내 페이스를 지키는 것이 더 중요하다는 것을 새삼 느낀다.

배움을 시작할 때면 나만의 속도에 관한 생각이 많아진다. 다들 잘하는데 나만 뒤처지는 것 같아 마음이 힘들었다. 제풀에 지쳐 갔다. 예전부터 익혀 온 사람들은 견고하게 아는 것을 세우고 있어 보였다. 그들의 오랜 시간을 한번에 사려고 했던 것은 아니다. 지루하고 재미없는 것도 묵묵히 해 온 힘, 그 덕분에 보이고 들렸던 것인데 나는 시간을 쌓은 그들과 나를 비교하기 시작했다. 지금이 늦었다고 생각되었다. 무엇보다 열심히 시간을 쌓지도 않고 결과만 바라서는 안 되는 줄 알면서도 마음은 내려앉기를 반복하고 있다. 자칫 내 속도를 잃고 또 무작정 달려갈 법한 순간이다. 무리해서 달려가다 한동안 달리지 못했던 것을 잊고 이번에도 그러면 안 되지 않는가. 나의 속도대로 나아감에도 점이 하나 찍히고 있음을 놓치지 않으려 한다. 여전히 마음이 왔다 갔다 하지만 내 속도를 지켜 나가려 마음의 애를 쓴다. 그리고 할 수 있는 선에서 강의에 참여하고 공부에 마음을 더한다.

그런 내 마음을 알았는지 강의에서 강사가 보여 준 화면에 마주한 마음이 쿵 울린다. 하얀 종이에 점이 하나 찍힌다. 이윽고 하나 더. 점이 더해질 때마다 점들의 간격이 좁아진다. 마침내 큰 점이 꽝 찍히면서 점과 점 사이가 연결된다. 점이 더해 선으로 이어지는 진귀한 화면에 넋이 나가 버렸다. 마음이 쿵, 내려앉는다. 내가 써 내려가는 내 삶의 빈 페이지에는 과연 얼마나 많은 점들이 찍혔는가. 내 삶은 더는 빈 페이지로 남아 있지 않았다. 내가 찍은 점들은 내 삶을 수많은 선으로 연결해 주고, 더 넓은 면으로 이어질 테니. 강사가 보여 준 점과 선처럼 나 역시 촘촘히 그리고 굵게 찍은 점들이 색을 채워 나만의 그림을 그릴 수 있을 것이라는 희망도 보았다. 그림을 그려 나가는 과정이 쉽지 않으리라. 곁에 함께 뛰어 주는 이가 있다면 쉽지 않은 과정에 힘을 덜 들이리라. 마라톤에서도 함께 뛰어 주는 페이스메이커 덕분에 완주할 수 있듯이, 요즘 내가 하는 공부와 글쓰기에도 페이스메이커가 있었다. 리더들과 멤버들 그들이 함께 달려 준다. 할 수 있다고도 말한다. 처음엔 누구나 그러니 힘내라는 말도 아끼지 않는다. 그들의 발걸음에 속도를 맞춰 본다. 목표 지점이 다소 멀게 느껴졌는데, 그들과 함께 걸음을 옮기니 그 지점에 왠지 가까워 보이기도 하다. 나 역시 누군가의 페이스메이커가 될 수 있으리라. 내가 먼저 목표 지점을 향해 나아가는 체력을 키우고 시행착오를 줄일 방법을 깨쳐 간다. 그로 인해 나의 경험으로 누군가를 도울 수 있는 날을 그려 본다. 이미 걸음을 내디딘 이상, 이제 막 시작하는 누군가를 도울 수도 있으리라. 삶의 페이스메이커로 살아가는 것, 내가 다시 찾은 꿈의 모습 아니겠는가.

10.
평범한 사람도 부자가 될 수 있다, 목표만 있다면!

..

최소연

"소연아, 네 일기장이 베란다에 한가득하다!"

수화기 너머 들려온 엄마의 목소리에 그렇게까지 많았나 싶다. 버리든 가져가든 알아서 하라면서 일기 한번 참 열심히 쓰던 어린 날의 나를 말씀하신다. 그렇다. 남들은 일기 쓰기 싫어서 밀렸다가 억지로 쓴다던데 나는 달랐다. '일기 쓰기'라는 숙제를 좋아했다기보다 무언가를 쓰면 마음이 안정되었다. 기분이 나쁘든 행복하든간에 늘 일기장을 펼쳤다. 엄마의 성화에 찾아온 일기장 상자들을 들춰 본다. 그 속에는 첫 아르바이트 하며 느꼈던 생각과 그 시절의 감정, 누군가를 미워했던 순간들, 첫사랑의 설렘 가득한 기억도 고스란히 담겨 있다. 인생 기록이 따로 없다. 쓰는 걸 좋아하는 사람이었는데, 잊고 살았다. 글을 쓰고자 하는 욕구를 잠재우기 위해서는 글을 쓰는 것밖에는 방법이 없다는 말처럼, 쓰는 행위만으로도 스트레스는 풀렸다. 글을 쓸수록 생각이 단단해지고 또렷해진다. 문학소녀를 꿈꾸기도 했더랬다. 어린 시절의 난 그랬다.

　현실의 삶에서 치열한 하루를 보내는 사이 꿈꾸던 문학소녀도 사라
졌다. 아니, 잊고 살았다. 그러다 문득 2년 전 '맘부클'이라는 책 읽고 쓰
는 모임에 참석하게 되었다. 자기 계발을 하면서 독서의 필요성을 알게 되
고, 부족한 독서력을 키우고자 참석한 모임이었다. 줌으로 진행하는 온라
인 독서 모임이었는데, 함께하는 이들이 발표하는 것을 보면서 깜짝 놀랐
다. 다들 감명 깊게 읽은 책과 구절을 술술 이야기하는 거였다. 독서와는
담쌓고 지낸 지난날이 부끄러웠다. 글 쓰는 것을 좋아한다고 말하기 창피
했다. 한때는 문학소녀를 꿈꾸던 사람이었는데, 글쓰기도 독서가 선행되
어야 실력을 키울 수 있다는 것을 깨달았다. 이제는 더는 일기장에만 끄
적이기 싫어졌다. 내가 도움받은 것처럼 나의 글로 타인을 돕고 싶다. 내
가 누군가를 도울 생각을 한다니, 책을 읽을수록 내 생각의 크기도 커져
만 갔다. 최근에는 '본질 독서'라는 프로그램에 참여하여 계속 책을 읽고
있는데, 이곳에서는 그야말로 독서의 본질을 꿰뚫는 연습을 한다. 정해진
분량을 읽고 독서록에 글로 쓰면서 내 생각을 꺼낸다. 읽으면서 생각을 꺼
내는 연습을 하니 책의 내용이 더 잘 생각나고, 삶에 적용점이 많아진다.
　문학소녀를 꿈꾸며 글 쓰는 것을 좋아하던 내가 독서의 결핍을 채우다
보니 어느새 자기 계발을 하게 되었다. 그저 쓰는 것이 좋아 책을 찾던
나의 작은 행동은 결국 나라는 사람의 가치를 높여 가는 자기 계발까지
하게 된 것이다. 자기 계발을 한 지 몇 년이 지났지만, 아직도 내 성에 차
지 않는다. 매우 부족하다는 것을 느낀다. 자기 계발 모임 안에서 함께하

는 이들을 보면 이미 성과를 내고 많은 것을 이룬 사람들도 보인다. 나는 아이가 어려서 또는 2교대로 근무하면서 개인 시간이 턱없이 부족해서 못한다고만 여겼는데, 새삼 고개를 돌려 보니 나보다 더한 조건에 있는 이들조차 자신이 가진 목표와 열망을 가지고 자신의 꿈을 이뤄 내더라. 이미 성공한 사람들을 보니 결과물이 없는 내가 작게 느껴질 수 있는 순간이다. 마음을 다독여본다. 인생은 속도가 아니라 방향이기에 내가 정한 방향만큼은 내가 원하는 길로 들어섰다는 것을 알 수 있다. 이미 그 길에서 성과 낸 사람들이 증명해 보이지 않는가. 그들을 보면서 부자가 되고 싶다는 꿈을 슬며시 갖게 되었다.

지루한 걸 매일 해내는 그들을 보며 꾸준히 따라가려 한다. 최소한 놓지 않으려 한다. 예전에는 직장에 다니고 육아도 하니 늘 시간이 없다는 핑계만 댔다. 아이도 어리고 할 일이 많다면서 자꾸 안 되는 이유만 찾고 있었다. 그들을 보니 시간이 없는 게 아니다. 그저 난 살아지는 대로 시간을 보내고 있으니, 여유가 없었던 거다. 정말 중요한 걸 먼저하고 중요하지 않은 일은 가지치기하기로 했다. 목표를 가지고 앞으로 나아가니 그에 따른 계획을 세우게 된다. 내가 세운 계획대로 하나씩 도전하고 실행하다 보니 그 목표를 이룰 방법과 이룰 수 있는 상황이 함께 오더라. 점차 내가 꿈꾸는 목표가 조금씩 더 선명하게 보였다. 결혼하기 전에는 출산율이 저조해 큰일이라고만 생각했는데 아이를 낳고 나서는 주변에 아이들만 보인 것처럼 내가 시선을 어디에 두느냐에 따라 목표한 길이 달리 보이는 법이다. 그 속에 필요한 것은 오직 상황을 만드는 나뿐이다.

부자가 되고 싶었다. 평범해서 안 되리라 생각했으나 평범한 삶에서 목표를 세우고 방향을 바꿔 원하는 꿈을 이루고 성공한 이들을 보니 나도 그들 따라 할 수 있을 것 같았다. 이제 방향을 바꿔 시작한다면 고명환 작가처럼 고난을 딛고 새로운 삶을 살 수 있을 것이다. 작가 봉현이 형처럼 자신만의 속도대로 부를 쌓아갈 수 있으리라. 무엇이든 이루어 낼 가능성은 오직 나에게 있는 거였다. 방향대로 따라가다 보니 여러 가지 도전을 하게 되었다. 스마트스토어로 온라인 셀러가 되어 월급 외 월 76만 원이라는 의미 있는 수익을 냈다. 책에서 보고 강의에서 배운 대로 미국 주식에 투자해 현재 주식이 30%, 65% 수익률도 기록하고 있다. 소액이지만 85% 수익도 있다. 나도 할 수 있는 거였다. 천천히 가도 그 길에서 내려오지 않으면 결국 성과는 나올 수밖에 없는 것이다.

이제는 소비자가 아닌 생산자의 삶을 살아 내려 한다. 자본주의 사회에서 언제까지 소비자의 삶만 살 수는 없지 않은가? 나 같은 평범한 사람도 생산자로 또 한 걸음 내디딘다면 원하는 삶으로 조금 더 가까워질 수 있다. 그렇게 순간순간 부자가 되어 간다. 늘 1, 2등만 성공하고 성과를 빨리 내는 사람만 성공하는 게 아니다. 나처럼 나만의 속도대로 걸어 나가는 평범한 사람도 부자가 될 수 있는 거였다. 단, 목표만 있다면 말이다. 평범하게 나만의 속도대로 나아가고 있으나 나에게는 목표가 있다. 이 목표의 힘을 믿고 찬찬히 앞으로 나아가려 한다. 하얀 종이 위에 나의 목표를 빼곡히 적어 두고 삶을 살아가면서 그 목록들을 하나씩 달성하고 지워 나간다. 그렇게 원하는 목표를 하나씩 이뤄 가다 보면 내 삶을 바꿀 콘텐츠도 만날 수 있을 거라 믿는다. 그렇게 가슴 뛰는 삶, 내가 하고 싶은 일을 하면서 산다면 돈은 따라온다는 것을 이미 조금씩 경험하고 있다. 그래서 더욱더 하나라도 실행하면서 작은 점들을 열심히 모아가는 중이다.

"나만의 콘텐츠로 30억 자산가가 되어 타인의 삶을 돕는다."

하루를 시작하기 전, 목표를 적어 본다. 종이 위에 적힌 목표를 보며 명상하면서 시각화한다. 눈을 감고 엄마들을 위한 카페를 열고 그곳에서 상담해 주는 나를 상상한다. 별것 아닌 이 행동은 평상시의 아침과는 다른 하루를 만든다. 글로 쓰면 쓸수록 생각이 단단해진다. 막연하기만 했던 길이 또렷하게 보인다. 내가 가는 길 위에 놓인 점들을 성실하게 모아 나의 목표로 연결해 나가려 한다. 꿈을 향해 가면서 내 인생도 그것에 맞게 만들어 간다. 지금껏 꿈이라 여긴 장래 희망과는 다른 삶을 꿈꾼다. 무엇보다 내 안의 가능성을 보게 되었으니, 앞으로 내가 써 내려갈 삶의 페이지는 나의 목표로 빼곡히 적혀 있을 것이다. 그동안 거창하고 커다란 목표를 이루진 않았더라도 하나씩 도전해 온 것들이 결과물을 만들었다. 결과물들이 모여 내 삶을 새롭게 만든다. 도전하지 않았다면 일어나지 않았을 일이다. 늘 같은 자리에 서 있다고만 생각했던 내가 목표한 길을 향해 첫걸음을 내디뎠다. 이전과 달리 이제는 내일이 기다려진다. 나를 기다리고 있을 가슴 뛰는 삶이 조금씩 형체를 드러내며 보이기 시작하기에.

마치는 글

오은수 •

잠시 잊고 살았던 나와 꿈을 다시 찾으면서 그 꿈을 이루기 위한 여정을 보내고 있습니다. 그 과정을 통해 얻은 깨달음을 여러분과 나누고자 이 책을 썼습니다. 다시 꿈꾸는 사람으로 변신하는 과정에서 느낀 감정들과 배운 것들을 진솔하게 담아냈습니다. 이 글을 쓰면서 여러분이 자신을 돌아보고 진정으로 원하는 것이 무엇인지 다시 생각해 보기를 바랐습니다. 나 자신을 믿고, 한계를 뛰어넘어 새로운 가능성을 열어 가는 과정이 얼마나 중요한지 전하고 싶었습니다. 저의 경험이 여러분에게 작은 용기와 희망이 되기를 바라며, 각자의 삶 속에서 다시 꿈을 찾고 이루는 데 도움이 되기를 간절히 바랍니다. 지금, 이 순간도 저는 더 나은 사람이 되기 위해 노력하고 있습니다. 그 여정은 끝나는 날까지 계속될 것입니다. 이제 당신의 꿈이 무엇인지 찾아볼 시간입니다. 우선 꿈을 찾고 현실로 만들기 위한 작은 목표를 세워 보세요. 꿈을 이루는 여자들 속에 함께할 공간은 언제든지 마련되어 있으니, 혼자가 힘들다면 언제든지 문을 두드려 주세요. 문은 항상 열려 있습니다. 나의 꿈과 당신의 꿈, 모두 응원합니다.

꿈을 이루는 여자들

김선미 •

　교사로서의 삶이 제 인생 전부였습니다. 천직이라 생각했던 끈을 놓으니, 세상의 바보가 된 듯합니다. 가르치는 것 외엔 할 수 있는 게 아무것도 없었습니다. 절망했습니다. 무엇을 하며 남은 생을 이어 가야 할지 막막했습니다. 그런 내가 가장 쉽게 접할 수 있는 것은 책이었습니다. 책을 읽으니 숨통이 트였습니다. 퇴직이 끝이 아니고 시작이라 생각하니 용기가 생겼습니다. 새로운 열정으로 제2의 인생, 꿈을 찾아보게 되었습니다.

　은퇴는 잠시 접어 두었던 열정을 다시 불붙일 기회이기도 합니다. 이제 새로운 인생, 새로운 장을 열어 보려 합니다. 그동안 쌓아 온 삶에 대한 노하우가 앞으로의 삶도 이끌어 갈 것입니다. 살아온 경험이 새롭게 배우는 것을 배가시킬 수 있을 것입니다. 내가 방황하며 그려 온 시간과 경험은 앞으로 퇴직하게 될, 제2의 인생을 그려 갈 후배들과 나누고 싶습니다. 사랑하는 두 딸과 얘기하고 싶습니다. 나의 글이, 경험이 누군가에게 조금이라도 도움이 될 수 있기를 소망해 봅니다.

김희선 •

　가족이 우선이었습니다. 가족이 행복해야 내가 행복한 줄 알았습니다. 가족이 흔들리고 나서야 나를 돌아봅니다. 내가 행복하지 않으면 가족도 행복할 수 없다는 걸 깨닫습니다. 삶의 무게 중심을 나에게 두기 시작합니다. 오롯이 내가 될 수 있는 시간을 찾아 새벽 기상을 시작했습니다. 하고 싶은 일은 생각으로 머무르지 않고 도전하고 실행했습니다. 먼지 같은 작은 성공들이 쌓이며 마음의 힘이 생기고 새로운 꿈을 꾸기 시작합니다. 그 꿈은 나를 다시 빛나게 만들었습니다. 나의 성장이 가족과 주변 친구들에게 물들어 갑니다. 고단한 삶에 잊고 있던 남편의 10년 전 꿈도 다시 찾았습니다. 어느새 아이들도 아침 기상을 함께합니다. 가족 공동의 목표를 세우고 하나씩 이루어 가고 있습니다. 함께 만들어 가는 가족 문화로 우리 가족이 특별해졌습니다. 꿈꾸고 성장하는 나의 경험을 글로 나누었더니 친구들도 잊고 있던 꿈을 바라보기 시작합니다. 새벽 시간, 읽고, 쓰고, 달립니다. 잠들어 있던 나의 꿈과 인생을 깨웁니다. 가족과 친구와 함께여서 더욱 값진 꿈입니다. 그 꿈을 이제 꽃피우려 합니다.

이경민 •

　처음 암 선고를 받으며 임종 이야기를 들었고, 이식받고 6개월 만에 암이 재발해서 눈앞이 캄캄했습니다. 이젠 정말 죽을 수도 있겠구나 싶었습니다. 죽는다는 것보다 더 무서웠던 건 돈 걱정이었습니다. 신세 한탄이나 걱정을 한 게 아니라 투병과 함께 자기 계발을 시작했고, 꿈이 생겼습니다. 꿈이라 하면 명사형으로 직업과 연관했고, 아이들에게만 있는 거라고 생각했습니다. 그랬던 저에게 동사형 꿈이 생겼습니다. 꿈을 향해 달리다 보니 지치거나 포기하지 않고 여기까지 오게 되었습니다. 덕분에 몸도 많이 건강해졌습니다. 그야말로 기적이 일어났고, 위기를 기회로 만든 거지요. 내일모레면 50인데 꿈을 이루며 살아갈 생각에 가슴이 벅차고 설레기도 합니다. 살다 보면 어렵고 힘든 일이 없을 수는 없습니다. 그럴 때 좌절하거나 낙담하는 게 아니라 긍정적으로 해결 방법을 찾는 것에 초점을 두시면 좋겠습니다. 동사형 꿈을 적고 외치며 하나씩 이뤄 나가시길 응원합니다. 저의 이야기가 누군가에게는 희망이 되기를 간절히 바랍니다.

이명진 •

초보 엄마로서 주어진 역할을 해내기에만 급급한 시간을 보냈습니다. 몸이 힘들고 피곤하다는 핑계로 새로운 도전은 생각조차 하지 않았습니다. 마음속 깊은 곳에서 변화를 원하고 있었습니다. 이 책을 쓰는 내내 '어떤 삶을 살고 싶은가' 스스로에게 질문해 보았습니다. 누구에게도 부끄럽지 않은 삶을 살고 싶습니다. 나를 필요로 하는 사람들에게 용기와 영감을 주는 사람이 될 것입니다. 지난 시간을 돌아보니 나와 가장 잘 어울리는 모습은 '도전'을 마음에 품고 새로운 시도를 하는 '나'였습니다. 내가 변하면 모든 것이 변한다는 말이 진짜인 것을 알게 되었습니다. 지난 5개월 동안 매일 성경 읽기와 기도, 독서, 경제 공부, 글쓰기를 했습니다. 하루아침에 부자가 되는 일이 일어난 건 아닙니다. 그러나 무기력했던 내가 사라졌습니다. 오늘의 내 모습에 만족할 수 있게 되었습니다. 아내로서 엄마로서의 역할을 즐겁게 할 수 있게 되었습니다. 저는 오늘을 치열하게 살기로 결심합니다. 앞으로 제 앞에 펼쳐질 새로운 도전을 생각만 해도 내 삶이 더욱 풍성해지는 것만 같습니다.

이미지 •

고등학교 친구에게서 오랜만에 연락이 왔습니다. 아이를 키우다가 다시 일을 시작한 지 6개월이 되어 가는데, 육아와 병행하려니 힘들다고 합니다. 그만둘지 고민하다가 제 생각이 났다며, 다 내려놓고 전업주부로 살고 있는 마음이 어떤지 궁금하다고 묻습니다. 늘 빛나는 사람이었다고, 너처럼 빛나는 엄마로 살면 되지 않을까 생각했다는 말에 부끄러웠습니다. 그 친구에게 들려주고 싶은 마음으로 글을 써 내려갔습니다.

솔직히 전업주부가 되고부터 빛을 잃어 갔습니다. 연료는 다 써 가는데 채울 생각을 못 했습니다. 꺼져 가던 빛을 밝혀 준 건 가족이었습니다. 남편과 아이들 덕분에 나를 찾게 되었습니다. 새벽 기상을 시작하고 독서와 글쓰기로 연료통을 채워 가는 중입니다. 빛나는 엄마이자 빛나는 나 자신으로, 꿈을 꾸고 이루며 다시금 반짝이는 삶을 살아갑니다. 실패하더라도

꿈을 이루는 여자들

도전해 봅니다. 5년 후 더 나은 내가 되어 있길 바라면서요.

이정표 •

밝고 쾌활했던 저는 시댁으로 무너졌습니다. 관계 개선 방법이라도 찾고 싶었습니다. 하지만 개인 가정사를 온라인상에 오픈해 둔 경우가 많지 않았습니다. 맘카페, 육아 채팅방에 고민 글은 있는데, 답이 될 만한 글은 찾기 어려웠습니다. 답답함에 저는 상담을 택했고, 조금은 쉽게 일어날 수 있었습니다. 제 상황이 조금 나아지니 온라인상에서 비슷한 고민을 한 새댁들이 생각났습니다. 나의 경험을 통해 도움을 주고 싶었습니다. 여전히 시댁 이슈가 본인 탓인 듯 자책하고 울고 있을 한 사람을 돕고 싶었습니다. 요즘 시대가 그런 건지 주변에는 시댁과 연을 끊고 지내는 사람도 많습니다. 하지만 끝까지 시댁과 조율을 해 보려고 안간힘을 쓰는 이유는 우리 가족의 진짜 행복을 찾고 싶기 때문입니다. 양가와의 관계가 편안해질 때, 우리 가족이 더 행복할 것이라는 마음입니다. 우리 가족의 경계선을 조금씩 명확히 할수록 시댁도 변화하는 모습이 보입니다. 저는 이 상승 선의 방향대로 나아갈 것입니다. 울고 있던 한 사람이 일어나 삶의 변화에 동참한다면 저의 글은 그 자체로 의미 있을 것입니다.

전혜진 •

살다 보면 문득 내가 인생을 잘 살고 있는지 나에게 질문할 때가 있습니다. 일상에 치여서 하루하루를 살아가는 데 집중하느라 잊고 있던 생각을 어느 날 갑자기 하게 됩니다. 그런데 우리 대부분은 거기에서 더 나아가지 못하고 그저 생각하는 것으로 그치고 말지요. 40대 중반까지 저도 그렇게 하기를 반복했습니다. 3년 전 새해를 앞두었을 때 평소와 다른 질문을 저에게 던집니다. 나는 잘 살고 있는가. 지금이 최선의 삶인가. 잘 살아왔다고 생각했는데, 현실은 제가 꿈꾸던 모습과 아주 달랐습니다. 꿈꾸던 모습은커녕 이대로 살다가는 내 인생을 무의미하게 만드는 것이라고 생각하니 더는 그 자리에 머무를 수 없었습니다. 10년 후에 같은 생각을 하지 않기 위해서는 바로 지금이 움직여야 할 때입니다. 내 성향과 맞지 않아서, 혹은 내 능력이 부족해서 내 인생에서 그것을 할 수 없을 것이라고 단정 짓지 마십시오. 제가 해 보니 매우 할 만합니다. 할 만한 일들을 시작으로 작은 성과들을 쌓아서 꿈꾸던 삶을 제대로 살아 보시기를 응원합니다.

조은주 •

등산하면서 중요한 걸 배웠습니다. 나를 지키지 않고 무리를 하면 오래도록 산을 다닐 수 없다는 것. 올라갈 때보다 내려갈 때 더욱 조심해야 한

꿈을 이루는 여자들

다는 것을요. 산이 좋지만, 요즘은 무릎이 허락하는 높이만 다녀올 수 있습니다. 건강과 체력이 언제까지나 내 것일 줄 알았던 때와 다르니 소싯적 얘기를 하기도 합니다. 오르는 걸 포기하지 못하지만, 아직 저는 모든 일에서 정상을 향해 오르는 시기인 것도 같습니다. 경험해 보지 못한 큰 정상이 많이 남았습니다. 다만 일과 앞만 보며 정상을 향하던 예전과 다르게 지금은 저에게 질문하며 살고 있습니다. 어떻게 살아야 할까? 앞으로의 시간도 이렇게 살면 될까? 내가 원하는 삶의 모습은? 나를 향한 질문에 답을 찾다 보면 이내 기쁨이 찾아옵니다. 소중한 사람들과의 시간을 더 의미 있게 보내기 위해서 나의 중심을 잃지 않는 것이 우선이라는 것을 덕분에 깨달았습니다. 계속해서 오를 힘을 키우며 나에게 물을 주는 시간을 보내고 있습니다. 때로는 바람 곁에서 쉬어 가고 말이지요.

최소연 •

출근길 발걸음이 무거웠습니다. 내가 원하던 삶은 이게 아니었습니다. 생활이니 어쩔 수 없다고, 어디 가서 이런 돈을 벌겠냐는 주변인들의 말에 고개만 끄덕였습니다. 읽고 쓰는 삶을 사는 건 이제 다음 생애나 가능하겠지 싶었습니다. 42년 동안 쉼 없이 달려온 인생을 이제야 온전히 돌아봅니다. 잘한 점도 아쉬운 점도 있지만, 그 과정 모두가 저에게는 소중한 글감이고 콘텐츠로 남았습니다. 나이가 많다고, 아이가 있는 아내로 며느리로 산다고, 또 같은 일을 10년 이상 해 왔다는 이유로 다른 길로 갈 기회조차 없는 건 아닙니다. 도전은 언제나 가슴 뛰는 삶으로 저를 이끌고, 또 다른 도전을 꿈꾸게 합니다. 필요한 건 나의 결심과 실행을 위한 한 걸음 내딛는 용기만 있으면 됩니다. 혹 여러 이유로 지금과는 다른 삶을 살고 싶은데 망설이는 분들이 있다면, 우선 한 가지씩 실행하라고, 도전하면 당신도 반드시 할 수 있다는 걸 자신 있게 말씀드리고 싶습니다. 어떤 근거를 자신감의 근간으로 삼으면 반드시 무너지는 날이 온다고 합니다. 저는 오늘도 근거 없는 자신감을 가지고 새로운 도전을 시작합니다.